鲁迅文学与思想考论

白　草◎著

黄河出版传媒集团
宁夏人民出版社

图书在版编目（CIP）数据

鲁迅文学与思想考论 / 白草著. -- 银川 : 宁夏人民出版社，2022.8
ISBN 978-7-227-07663-6

Ⅰ. ①鲁… Ⅱ. ①白… Ⅲ. ①鲁迅著作 - 文学研究②鲁迅（1881-1936）- 思想评论 Ⅳ. ① I210

中国版本图书馆 CIP 数据核字（2022）第 161157 号

鲁迅文学与思想考论　　白　草　著

责任编辑　杨敏媛　刘　丹
责任校对　陈　晶
封面设计　姚欣迪
责任印制　马　丽

黄河出版传媒集团
宁夏人民出版社　出版发行

出 版 人　薛文斌
地　　址　宁夏银川市北京东路 139 号出版大厦（750001）
网　　址　http://www.yrpubm.com
网上书店　http://www.hh-book.com
电子信箱　nxrmcbs@126.com
邮购电话　0951-5052104　5052106
经　　销　全国新华书店
印刷装订　宁夏银报智能印刷科技有限公司
印刷委托书号（宁）0024425

开本　787 mm × 1092 mm　1/16
印张　16.25
字数　220 千字
版次　2022 年 9 月第 1 版
印次　2022 年 9 月第 1 次印刷
书号　ISBN 978-7-227-07663-6
定价　48.00 元

目　录

绪 论

鲁迅研究是中国现代文学史诸分支学科发展最成熟的一门，无论文献史料还是研究成果，用“浩如烟海”一词形容，一点儿也不过分。这对后来的研究者既有利亦有弊。好处一面，不用再“上穷碧落下黄泉”用力地搜检、整理资料，可充分利用前人成果，以完成自己的研究。与之相反一面，则面对了无穷的压力和挑战。“鲁迅学”各领域，诸如鲁迅生平、文学、思想等等，多少人研究过了，每一块领域都挤满了研究者，想再找一点生地、荒地，基本不可能。后来的研究者不单要研究鲁迅原典，还要研究“鲁迅研究”，特别是后者存在的一些带有偏差性的问题。

回到原点，目的是看清研究对象的本来面目。鲁迅的文学及思想，具有本来内涵和意义。作为新文化和新文学传统的一个重要组成部分，对它的解读、阐释甚至利用，有时会于有意无意中添加一些内容，其极致处，往往把不是鲁迅的东西算在鲁迅的头上，把鲁迅说得不像鲁迅。比如，对散文诗《过客》的解读，其中“过客”形象被阐释成了特定身份的“战士”，概括了整整一个时代中“革命探索者”的道路和命运。“过客”身上反映了鲁迅自身的经历，同时也寄托着他坚持不懈和苦闷思索的情怀。这种循环式的论证结果，展示了“过客”形象等同于作者鲁迅，鲁迅也就成了“革命探索者”和“战士”。而《过客》也就成了卓然特立的压轴之作。证之以本来史实，这一说法有欠周延。鲁迅生前对此称号颇不以为然，曾慨然辞谢过。1926 年 1 月 25 日，鲁迅到中山大学任教，在学生举行的欢迎会上，鲁迅发表讲话明确声明：“我不是什么‘战士’‘革命家’。倘若是的，就应该在北京、厦门奋斗；但我躲到‘革命后方’的广州来了，这就是并非‘战士’的证据。”[①]这里也直接关涉到了鲁迅对革命的论述、意见和态度。鲁迅思想世界里，“革命”一词至少包含了两个层面的意思。其一，系实际的革命。这是革命的本义，“革命是痛苦，其中也必然混有污秽和血，决不是如诗人所想象的那般有趣，那般完美；革命尤其是现实的事，需要各种卑贱的，麻烦的工作，决不如诗人所想象的那般浪漫……”[②]其二，革命的意思即“革新”。鲁迅举“文学革命”为例，如果换一个字，改称“文学革新”，便平和得多了，文学革新不够充分、有力时，即提倡思想革新，由此渐渐引发起社会革新云云[③]。对实际发生的革命，鲁迅的态度很明确，敬而远之：“老实说，远地方在革命，不相识的人们在革命，我是的确有点高兴听的，然而——没有法子，索性老实说罢，——如果我的身边革起命来，或者我所熟识的人去革命，我就没有这么高兴听。有人说我应该拼命去革命，我自然不敢不以为然，但如叫我静静地坐下，

① 朱正：《鲁迅传》，人民文学出版社，2013 年版，第 209 页。
②《鲁迅全集》（第四卷），人民文学出版社，2005 年版，第 238-239 页。
③《鲁迅全集》（第四卷），人民文学出版社，2005 年版，第 13 页。

调给我一杯罐头牛奶喝，我往往更感激。”[①]假如一定要用“革命”一词来形容鲁迅的一部分思想，鲁迅本人认可的术语“革新”尽够用了。“革命”使鲁迅形象显得空泛、模糊，“革新”则更接近鲁迅的本相。鲁迅终其一生所做的是文学革新和思想革新工作，这才是鲁迅的职志所在。再看《过客》的实际创作情况。王瑶《论鲁迅作品与外国文学的关系》一文正确地指出，《野草》所收部分篇章的写作受到了屠格涅夫《散文诗》影响，“特别是在艺术构思和形象选择方面”[②]。王瑶提到屠格涅夫描写幻象的《老妇》，起首“我独自在旷野中走着”，再写一老妇紧随其后，最后前方出现“一个又黑又大的东西”，那就是“坟”[③]。《过客》主人公一力向前，即使明知前方目的地为“坟”云云，显系借用了屠格涅夫的构思框架。鲁迅有许许多多具备了独创性特点的作品，是独一无二的、不可复制的，比如《故事新编》所收录八篇历史小说，至今都难以超越，成了一种艺术高度。但《过客》不是。举这个例子，是说明在鲁迅研究中，哪些是鲁迅本有的思想，哪些不是，鲁迅研究者应说清楚。

这是鲁迅研究领域里一种普遍现象，其特点是拔高鲁迅作品、思想，同时也拔高鲁迅本人。看似扩大了鲁迅意义，实际缩小了其意涵范围。鲁迅的贡献和意义在于文学方面，由文学而延及其他领域，比如国民性批判思想、立人思想等。质言之，鲁迅的意义在于精神贡献，他从事文学之初，即确定了启蒙主义文学观念，刻画许多令人难以忘却的人物形象，意在揭出病苦，引起疗救的注意。如上文所引鲁迅语，这

①《鲁迅全集》（第四卷），人民文学出版社，2005年版，第30页。
② 王瑶：《鲁迅作品论集》，人民文学出版社，1984年版，第72页。
③〔俄〕屠格涅夫：《散文诗》，巴金译，浙江文艺出版社，2019年版，第11−13页。

种观念由文学发生作用，进而至于思想革新，最终目的即在于引起社会变革。所谓“革命”“战士”等等，在鲁迅这里，其实只是一种比喻的说法。所以，与其说“过客”是一时代“革命探索者”形象的代指，还不如称其为思想探求者更为准确，它符合鲁迅的本初意旨。

与这种拔高式研究现象相似的，还有一种趋向，即为鲁迅作品中丰富、复杂的意象和形象寻找一个对应的、固定的内容，再将二者等同起来。鲁迅文学形象，包括小说人物形象、散文诗意象、杂文类型等等，具有广延性内涵，它们的丰富性常常同时也表现为某种模糊性，这才是文学本身的特质。为丰富的形象、意象等等匹配上一些固定内涵的对象，表面上看，好像已经把内容、意义解释清楚了，实则削弱了其丰富性，缩小了作品所包含的广阔阐释空间。这主要表现在两个方面。一是在某些人物形象身上搜索鲁迅的影子，其方法为，用已知的鲁迅生活经历及写作情况印证人物的活动，再将二者画上等号，至少要让二者产生一种联系。作家进入写作过程，诸种细节、形象到了呼之欲出的时候，他个人的经验、经历会自然、妥帖地化为小说细节和人物形象刻画，当作品完成之后，细节、情境、人物等要远远大于作家本人的经历。读者阅读时，眼前晃动着的是被创造出来的人物，看到的是人物活动，感受到的也是人物某种特定情境中的心理变化，很少有读者会越过人物、细节，在其背后去爬梳作家实有的生活经历。可是在鲁迅研究领域，恰恰有这样一种现象，把《铸剑》里的黑衣人宴之敖、《奔月》里的羿、《孤独者》里的魏连殳等等证明成鲁迅。这在一般的鲁迅作品研究中，所在多有。即使在一些令人印象深刻的著述中，也不乏其例。试举一例，如朱正那本在史料功夫上难以超越的《鲁迅传》，第十三节“兄弟失和”，认为鲁迅、周作人兄弟自1923年夏决裂之后，毕竟难以忘却昔日的情谊，于是在1925年10月间，二人以同名作品互道了一声“珍重”。朱正梳理了两条资料，发现了其间的隐深联系。周作人在1925年10月12日《京报》副刊上发表了一首译作《伤逝》，周作人在附记里说明这是一个罗马诗人的一首短诗，系悼其兄弟之作。9天后，即10月21日，鲁迅也创作了短篇小说《伤逝》，收入小说集之前未在报刊上公开发表。朱正据此认为，鲁迅的小说是对周作人译作的回应，周作人也读懂并看出这是大哥向他发回的“密码电报”。周作人后来在《知堂回想录》中写道，《伤逝》不是普通的恋爱小说，“乃是假借了男女的死亡来哀悼兄弟恩情的断绝的”[①]。研究《伤逝》的写作起因、动机等，朱正提供了可谓颇显新颖的解读，但这和《伤逝》是一篇爱情小说的基调无论如何是难以相符的。读者阅读小说，看到的是“五四”那一代青年自主恋爱、最终被生活打败的悲凉形象，这个基调要远高于所谓寄托“兄弟失和”后互道珍重的隐意。二是为鲁迅散文诗中出现的意象和形象寻找对应的具体对象，这在《野草》研究中表现得尤为突出。比如，将《秋夜》中的“枣树”意象当成“战士”形象，将“小粉红花”当成“青年”，等等。几乎要把所有意象，视为某种具有固定内涵的对象，此种研究方式自20世纪50年代出现，至今不绝，已经成了一种难以摆脱的模式。

与这种拔高式的研究相对的，则是另一种类似于还原式的研究，从鲁迅作品中搜检、罗列出某些语句，然后推论鲁迅究竟运用了何种材料，模仿了哪些外国作品，将已完成了的作品割裂开来，从中寻找出构成作品的原材料。这种研究法尤多见于日本的一些学者。如北冈正子《鲁迅与裴多菲——〈希望〉材源考》一文，比照了鲁迅与裴多

① 朱正：《鲁迅传》，人民文学出版社，2013年版，第157-158页。

菲作品在词句、段落及意象方面的相同之处，然后断定散文诗《希望》包括其结尾“绝望之为虚妄，正与希望相同”在内诸多描写，其“材源”都是来自于裴多菲的作品。藤井省三《鲁迅比较研究》一书所收文章，大半篇幅寻求鲁迅作品模仿了哪些外国文学作品，有时甚至到了牵强程度。比如，根据《伤逝》中涓生哀叹“那里去呢”一句，便认定鲁迅袭用了显克微支长篇小说[①]。其实这两部作品之间不存在丝毫关系，前者无非一个年轻人走投无路时的叹息，后者则是一个宗教使徒对神所说的话，风马牛不相及。鲁迅创作时借鉴过外国文学作品，对此他从不讳言。在创作谈《我怎么做起小说来》一文中，鲁迅说道，他写小说时，“大约所仰仗的全在先前看过的百来篇外国作品和一点医学上的知识，此外的准备，一点也没有”[②]。鲁迅当然清楚“采用”和“模仿”是大不相同的，他反对“模仿”，因为“依傍和模仿，决不能产生真艺术”；主张有条件地采用和吸收，“恰如吃用牛羊，弃去蹄毛，留其精粹，以滋养及发达新的生体，决不因此就会‘类乎’牛羊的”[③]。在影响、原型等与最终完成的作品之间，还有着鲁迅个人巨大的想象力地带及创造空间，经过艺术的融化，便成就了鲁迅那种具有独特风格的作品。北冈正子、藤井省三等学者，他们的还原式研究法就好像是要从充分吸收了营养的健康身体里面，一点点地割取出所吸收的牛羊肉原料来。其结果，便是降低了鲁迅文学的原创性特点。

于研究对象身上累积了太多外在因素，必然会出现一种反弹。在鲁迅研究史上，朱正《被虚构的鲁迅》和王富仁《中国反封建思想革

①〔日〕藤井省三：《鲁迅比较研究》，陈福康译，上海外语教育出版社，1997 年版，第 38 页。

②《鲁迅全集》（第四卷），人民文学出版社，2005 年版，第 526 页。

③《鲁迅全集》（第六卷），人民文学出版社，2005 年版，第 499 页、第 24 页。

命的一面镜子——〈呐喊〉〈彷徨〉综论》是两个颇具代表性的研究文本。前者是对许广平《鲁迅回忆录》材料的辨正，“正”其中之“误”；后者则从理论上结束了此前鲁迅研究中的阶级论影响，重新回到鲁迅的反封建思想的本原，王富仁因此被称为“结束了鲁迅研究的陈涌时代”的学者[①]。这已经成了一个学术规律：只要给鲁迅身上附加了太多与鲁迅本身无关的东西，走得太远，把鲁迅研究得不像鲁迅了，于此时刻，朱正、王富仁们则会出来，倡导回到原点。

鲁迅本人生前就明确表示过，倘若有人给他脸上贴金，把他装扮成一个无所不知的人，他是根本不认账的，“我想撕掉别人给我贴起来的名不符实的‘百科全书’的假招帖”[②]。

鲁迅研究领域有时也会有作家的参与，与研究者相比，作家的释读为此领域增添了无可替代的生机和活力。王蒙即是一个显著例子。作为同行，王蒙深知创作的艰辛，早在20世纪50—60年代，拔高式的研究法成了鲁迅研究的一个流行模式之际，王蒙即以作家的敏锐意识到，为鲁迅创造的具有丰富意味的意象寻求固定的政治化内涵是有问题的。他专门写作了《〈雪〉的联想》一文，批评了当时的模式化研究法，同时也提出了自己独特的看法。他认为，像鲁迅这样的伟大作家，自身具备了三个必要条件：一是广阔深刻的思想，二是对生活独特的观察和感受，三是高超的艺术表现力。唯其如此，作家在写作时便会给笔下的小景物、小事件赋予很多思想和感情，“使这小景物小事件的客观意义大大超出了作家的主观意图”[③]。《野草》中许多篇章可作如

① 许子东：《呐喊与流言》，上海文艺出版社，2004年版，第11页。
②《鲁迅全集》（第八卷），人民文学出版社，2005年版，第379页。
③ 王蒙：《王蒙文存·妙喻如舟》，人民文学出版社，2003年版，第6页。

是观。王蒙的阐释才是真正接近鲁迅的本义，也提升了鲁迅作品的意涵。

鲁迅文学及其思想已经成了一种传统，是自身内蕴着无限活力的传统。这个特点保证了鲁迅研究有时能够回到原点，回到鲁迅本身。鲁迅是他那个时代的产物，同时也不断为后来者所想象、所塑造。因而鲁迅既具有时代性特点，又是超越了时代的。以研究鲁迅与尼采关系而闻名的学者张钊贻写过一段话，颇能说明这一点："尽管很多人都认为鲁迅已经过时，但我每次重读鲁迅，总觉得他超越他的时代，也超越我们的时代。我们还没有跳出他早已看透的'五指山'。'未完成'的鲁迅，仍是中国知识分子的'紧箍咒'之一。尊重他，树立他，吹捧他，歌颂他，神化他，固然不能叫他'转变'，使他符合我们的需要；污蔑他，诋毁他，歪曲他，丑化他，亵渎他，不管他，也不能令他过时，叫他在我们面前消失。他已经成了一个徘徊的幽灵，至少我以为是这样，当然这也许只是我的想象。"[①] 作为具有内在生命力的传统，鲁迅文学及其思想延续至今，不可剥离，而研究者个人对原典忠实的科学态度以及切近对象的想象，或许正是接近鲁迅的一种途径。

① 张钊贻：《从〈非攻〉到〈墨攻〉：鲁迅史实文本辨正及其现实意义探微》，广西师范大学出版社，2017 年版，第 2 页。

第一章 “鲁迅复调小说”理论与启蒙主义文学观念的对立

一

巴赫金理论传入国内学术界后，在中国现当代文学研究领域得到了广泛运用，产生了相当深远的影响，其中也包括鲁迅研究。但是，严格来说，研究者在使用巴赫金理论时，边界显得有些宽泛，缺乏理论上的严密界定。有些研究显示出对巴赫金理论可能并不是很熟悉，比如对“复调小说”概念的理解，与巴赫金本人的定义和阐释存在很大的距离，有时仅仅是某种字面意义上的借用。即使是具有很高学养的学者，在使用这一理论时，也存在着因过于随意而产生的诸多问题。这些问题并未引起足够的注意，尤其在鲁迅研究方面，轻易地接受了鲁迅小说就是“复调小说”的说法，似乎这是不证自明的，用不着多说。

严家炎是国内较早将巴赫金“复调小说”理论运用于鲁迅作品研

究的学者，他的论文《复调小说：鲁迅的突出贡献》[1]被誉为"富有创新"的、"探索鲁迅小说现代性的又一力作"，读后"有豁然开朗之感"[2]；以"复调小说"的视角来研究鲁迅的小说，"使这种研究具有新意"[3]。然而，比照巴赫金的理论，严家炎论文在使用复调概念时存在着严重误置的情况。

严家炎文章开头即说鲁迅小说具有复调特点：

> 几乎每一位认真仔细地读过鲁迅小说的人，都会感到他的许多作品有一种特别的不大容易把握好的滋味，让人久久思索。这特别之处在于：鲁迅小说里常常回响着两种或两种以上不同的声音。而且这两种不同的声音，并非来自两个不同的对立着的人物（如果是这样，那就不稀奇了，因为小说人物总有各自不同的性格和行动的逻辑），竟是包含在作品的基调或总体倾向之中的。……[4]

然后具体寻绎出了小说中存在两种"不同声音"的地方，以下试

① 此文原刊《中国现代文学研究丛刊》2001年第3期，同年收入论文集《论鲁迅的复调小说》（上海教育出版社）后，仅有两处无关宏旨的增改，一处是第132页第二段增加了"让人对孔乙己不能不同情……让人对孔乙己实在无法同情"数语；另一处是第136页第十六行增加了"鲁迅一向主张小说作者不应自外于反省圈外……鲁迅就注意把自己同样放进小说具体情境之中"一段。2011年出版增订版《论鲁迅的复调小说》（北京大学出版社），亦收入了此文，无修改。

② 解志熙：《严谨的开拓者及其固执——〈论鲁迅的复调小说〉读后感言兼及对"五四"的反思》，《现代中国》（第五辑），湖北教育出版社，2004年版，第199页。

③ 杨剑龙：《深入探究鲁迅的复杂与深刻——评严家炎〈论鲁迅的复调小说〉》，《上海鲁迅研究》（第16辑），上海辞书出版社，2005年版。

④ 严家炎：《复调小说：鲁迅的突出贡献》，原载《中国现代文学研究丛刊》2001年第3期。以下引文均出自本文，不再一一注明。

撮述其要点。

《狂人日记》：表层上，日记既是病态的胡言乱语，又清醒深刻地揭发了封建历史真相，这只是表层的；“在深层内容上，同样也响着两种声音：主人公一方面在激昂地愤怒地控诉礼教和家族制度‘吃人’的罪行，另一方面，又在沉痛地发人深思地反省自身无意中也参与了‘吃人’的悲剧，惭愧到了觉得‘难见真的人’”。

《孔乙己》：孔乙己遭遇的冷漠令人同情，而他好吃懒做等毛病又使人无法同情，“以致这短短的三千字的作品令读者产生一种极复杂的感情”。

《药》：千千万万像华老栓家那样愚昧的普通百姓需要一场革命来解救，可革命者夏瑜却被自己的亲伯父告密，他的血成了愚民们治疗痨病的药。结果是“两个年轻的牺牲者”比邻而葬，他们的母亲于次年清明节同时出现在坟地，“小说迫使广大读者不能不认真思考：生活的出路究竟在哪里？……”

《故乡》：“我”暗自嘲笑闰土“崇拜偶像”的迷信，再一想到自己所怀抱的希望，也是“手制的偶像”，小说在这里又“回响起另一种声音”。

《头发的故事》：以小说中N先生的失望于革命与“我”对其人的批判态度“这两种不同的声音组成”。

《孤独者》：魏连殳穷困潦倒时连孩子们也躲着他，做了军阀的顾问后却门庭若市；魏连殳狼一般的哭声中同样反映了鲁迅本人的心声，“这是多重音响的复合”。

《祝福》：引用了汪晖的论述——小说叙述者是一个“新党”，是唯一能对旧伦理体系给予批判的人，也是祥林嫂寄托希望的人，但他回避了后者关于灵魂有无的追问，“或多或少加速了祥林嫂在绝望中走向死亡”，似乎也对她的死“负有责任”。

文章还以同样方法寻找出《补天》《奔月》《非攻》《理水》等作品中存在的不同“声音”，来说明鲁迅小说“基调的复杂性”。

这些论述过于牵强、随意，存在着太多待商榷的地方。

巴赫金所说的复调，实际上指的是人物各自独立的“意识”以及相互间的交锋。而《复调小说：鲁迅的突出贡献》一文在分析鲁迅作品时却未加界定，无限放大，凡是情节、性格、理念甚至情感色彩等方面，只要存在对照、对立或任何不同之处，均被视为不同“声音”，即使像《头发的故事》这样明显属于“自言自语”的作品，也要从中寻出不同，这本身就是成问题的。

二

“复调小说”理论是巴赫金对世界文论史的一大贡献。在《长篇小说的话语》一文中，巴赫金通过对一系列长篇小说的研究，发现了这一文类中所存在的“多语体、杂语类和多声部的现象”。在专著《陀思妥耶夫斯基诗学问题》中，巴赫金充分发展了“复调小说”理论：“确实，复调小说只有在资本主义时代才能出现。不仅如此，对复调小说最适宜的土壤，恰恰就在俄国。这里资本主义的兴起几乎成了一场灾难，它遇到了未曾触动过的众多的社会阶层，众多的世界。这些阶层和世界在资本主义兴起的渐进过程中，没有像西方那样减弱自己独特的封闭性。这样一种处于形成过程中的社会生活，其矛盾的本质是无法囊括在某一自信而冷静的审视者的独白型意识之中的。社会生活的矛盾本质在这里应该表现得特别突出；与此同时，相互邂逅而失去思想平衡的多种世界，也应该特别充分特别鲜明地表现出自己的独特面貌。这样便创造了客观的前提，使复调小说在极大程度上获得了多元化和多声部性质”。复调的特点恰恰在于“不同声音在这里仍保持各自的独立，作为独立的声音结合在一个统一体中，这已是比单声结构高出一层的统一体。如果非说个人意志不可，那么复调结构中恰恰是几个人的意志结合起来，从原则上便超出了某一个意志的范围。可以这么说，复调结构的艺术意志，在于把众多意志结合起来，在于形成事件。”①

巴赫金的复调理论有严格的条件限制，即“复调小说”首先出现在19世纪的俄国，其时资本主义已经兴起，它具备了前所未有的特点：一是无情，二是坚定。对其他已有的各种意识（如封建主义、贵族等等阶层的意识）来说，资本主义就是一种威胁或灾难。关于资本主义的这种无情和坚定性特点，巴赫金在《列夫·托尔斯泰〈复活〉序言》中有过议论：“资本主义已然定局，以无情的坚定性使各种社会力量各得其所，区分出不同意识形态之声音，使它们营垒更加分明。”②于此局面中，才出现了多语混杂、多声共起的现象，而陀思妥耶夫斯基的小说即是最典型地体现了这种特点的文本。

巴赫金的复调理论可能要走得更远，他还提出在陀思妥耶夫斯基的小说中，各个人物拥有相对独立的意识，人物相互之间争吵、辩论、对立，各不相让，谁都无法吞并或压服对方；而且小说人物的意识或思想有可能要高于创造了他们的作家本人。反过来，被创造的人物要与创造了他们的作家争辩、交锋，谁也说服不了谁。这样一种大胆、

①〔俄〕巴赫金：《诗学与访谈》，白春仁、顾亚玲等译，河北教育出版社，1998年版，第24—27页。

②〔俄〕巴赫金：《小说理论》，白春仁、晓河译，河北教育出版社，1998年版，第14页。

新奇的理论，引起一些西方学者的质疑，如法国学者茨维坦·托多洛夫就认为，这种观点在原则上根本无法成立，原因在于，作家是“作品惟一权威的创造者，与作品中的所有人物根本不同。因为，这些人物各人只能代表一种声音，而陀思妥耶夫斯基是这些众多声音的惟一的创造者”[①]。这说明了，作家高于他笔下的人物，而不是相反。

两相比对，可以明显地看出，严家炎忽视了巴赫金复调理论的条件限制，把凡是作品描写了不同人物、表现了不同观点的现象，均归结为复调，解释成多声部特点。

简单归纳上述巴赫金理论，从思想文化背景上说，“复调小说”理论有两个严格的限制：

一是19世纪的俄国资本主义兴起时，它以“无情的坚定性”使得各种社会力量“各得其所”，代表各种力量的意识形态相互间争吵不休，互不相让，边界分明；

二是只有陀思妥耶夫斯基的小说才称得上是“复调小说”，具有唯一性特点，其他所有小说家的作品都不可称为复调，像老托尔斯泰的小说，也只能视为“独白型”小说。

就“复调小说”理论本身而言，它包含了两个必不可少的关键性因素：

第一，小说中的人物必须是“自由的人”，具有各自独立的意识，人物的意识有时会反抗甚至高于作家的意识。巴赫金在研究陀思妥耶夫斯基长篇小说时发现，陀氏创造的人物不是“无声的奴隶”，他们都是“自由的人”，本身具有独立的意识。更进一步，“这自由的人

①〔法〕茨维坦·托多洛夫：《批评的批评——教育小说》，王东亮、王晨阳译，生活·读书·新知三联书店，2002年版，第91–92页。

能够同自己的创造者并肩而立，能够不同意创造者的意见，甚至能反抗他的意见”。作家创造出来的人物，反过来会与作家本人争辩，不同意作家的意见，并且起而反抗作家：“有着众多的各自独立而不相融合的声音和意识，由具有充分价值的不同声音组成真正的复调——这确实是陀思妥耶夫斯基长篇小说的基本特点。在他的作品里，不是众多性格和命运构成一个统一的客观世界，在作者统一的意识支配下层层展开；这里恰是众多的地位平等的意识连同它们各自的世界，结合在某个统一的事件之中，而互相间不发生融合。”①

第二，小说人物的意识并非“自足”封闭，“总是同他人意识处于紧张关系之中”，这体现了人类思想的“对话本质”。巴赫金认为，陀氏笔下人物的意识，也即“主人公的每一感受，每一念头，都具有内在的对话性，具有辩论的色彩，充满对立的斗争或者准备接受他人的影响，总之不会只是囿于自身，老是要左顾右盼看别人如何”。意识或思想总是希望被他人听到，获得理解，“得到其他声音从其他立场作出的回答”。这是因为，一个人的思想，唯有在与其他人的思想发生重要的“对话关系”之后，才能产生自己的生活，“亦即才能形成、发展、寻找和更新自己的语言表现形式、衍生新的思想”。他归纳出了陀氏小说中“对话”模式的一些特点：“在陀思妥耶夫斯基的长篇小说中，一切莫不都归结于对话，归结于对话式的对立，这是一切的中心。一切都是手段，对话才是目的。单一的声音，什么也结束不了，什么也解决不了。两个声音才是生命的最低条件，生存的最低条件。”②

①〔俄〕巴赫金：《诗学与访谈》，白春仁、顾亚玲等译，河北教育出版社，1998 年版，第 4 页。

②〔俄〕巴赫金：《诗学与访谈》，白春仁、顾亚玲等译，河北教育出版社，1998 年版，第 340 页。

与“复调小说”理论密不可分的，是巴赫金的“对话”观念。巴赫金认为，人类生活和人类思想的本质是“对话”，尽管在历史及现实的情境中，人类分成了不同的阶层和等级，而且每一个阶层和等级都有他们自己的语言、词汇及特殊的“情调体系”：“所有的词语，无不散发着职业、体裁、流派、党派、特定作品、特定人物、某一代人、某种年龄、某日某时等等的气味。每个词都散发着它那紧张的社会生活所处的语境的气味；所有词语和形式，全充满了各种意向。词语不可避免地会带有在上下文语境中得来的韵致（体裁的、流派的、个人的）。”①

巴赫金因而特别强调人类之间的对话——对话首先并“不是语言内部个人意向斗争的结果”，而是不同的社会语言观之间的“斗争”；对话是由自己的话语与他人的话语共同构成的。同时，话语不能脱离现实，如果一种话语离开了产生它的现实基础，那么，这对话语本身来说就是致命的，“因为那样它将干枯，失去意义上的深度和活力，失去在新鲜语境中扩大与更新原义的能力，实际上作为话语已在走向死亡；要知道有价值的话语是生存于自身之外的，也就是以指说外物为生命”，即语言不只指向它自身，更多处于与客观对象的关系之中。在此基础上，巴赫金又相应提出了“杂语的见解”和进入“他人的语境”的理论：

> 实际上，语言作为社会思想的真实而具体的存在，作为杂语的见解，对个人的意识来说，正处于自己和他人的交界线上。语言中的每个词，一半要算是别人的词。只是当说话

①〔俄〕巴赫金：《小说理论》，白春仁、晓河译，河北教育出版社，1998年版，第74页。

者给词加上自己的意向、自己的语调，掌握了它，使它获得了自己的意思和情态，这时词才能变为“自己的”。在变为自己的之前，词并非是存在于中立的无主体的语言之中（要知道说话者可不是由字典里取词呀！）；它生活在他人的嘴巴上，他人的语境里，服务于他人的意向。须得从这里取词并把它变成自己的东西。而且，不是所有的词都那么轻易地让任何人据为已有，强占后变成自己的财产。有许多词要顽强地抵抗，有的即使被说话者用于自己口中，也仍然是他人的词，带有他人的味道，不会同化在说话人的语境中，终于游离出来；它们仿佛不受说话人意志左右，自己把自己打在括号中。语言可不是一个中立地带，不能自由而轻易地转入到说话人的意向中去；语言总是充满着他人的意向。掌握语言，使其服从于自己的意向和语调，是一个艰难复杂的过程。①

“对话”，这一术语在巴赫金理论体系中又被称为“对话交际”，这一交际的结果就是超越性的人类思想产生：“思想是超个人超主观的，它的生存领域不是个人的意识，而是不同意识之间的对话交际。思想是在两个或几个意识相遇的对话点上演出的生动的事件。”②

“对话理论”是巴赫金于20世纪40年代提出来的，这是他研究长篇小说话语系统时得出的一个结论。有意味的是，在同一时间，欧洲流行着各种现代派思想，比如存在主义勾勒的“他人即是地狱”的

①〔俄〕巴赫金：《小说理论》，白春仁、晓河译，河北教育出版社，1998年版，第141页、第74页。

②〔俄〕巴赫金：《诗学与访谈》，白春仁、顾亚玲等译，河北教育出版社，1998年版，第114-115页。

阴郁图景，重心放在人类的难以沟通上。巴赫金的对话理论，则从另一极指出人类本质上的可沟通性，与之形成了对照。

三

再看鲁迅的小说。“自由的人”和“对话本质”这两个构成复调理论的重要因素，在鲁迅全部的小说中，连一条也归纳不出来。在鲁迅的小说世界里，多是一些在“铁屋子”里昏睡待死的人，他们需要同情和怜悯，需要被唤醒，需要被解救；更多的则是那些被当作背景处理、隐约闪现的麻木的看客们，他们没有灵魂，缺乏对同类遭际的同情性感觉。与之相对的，是那些极少数的先觉者、革命者，孤独莫名，结局悲凉。他们发愿解救前者，为之创造一个新的世界，可结果往往被前者“吃”掉。他们与前两类人根本不在同一个层面上，故而二者之间不存在对话的平台。

按照巴赫金的定义，小说人物是“自由的人”，他们必须具备独立意志和内在价值。以此为衡准，鲁迅小说中的几个先觉者都称得上是“自由的人”。尝试举几例。比如狂人，他敢于把“古久先生”的陈年流水簿子踹上一脚，先是翻开“历史”，加以细细审视，发现那看似“没有年代”的历史，每一页上面都写着“仁义道德”四个字。接着再仔细一瞧，这才发现那“历史”满本上都写着“吃人”两个字。这表明狂人已经开始怀疑传统，并由怀疑、不信到最后否定传统，进而以全然不同的眼光来审视传统控制下的人与事。文本以狂人的视角，展示了一个曾极为熟悉、熟悉到视若无睹，此刻却感到陌生、陌生到令人惊恐的图景：狂人痛苦地说出了自己的哥哥有“吃人”行为，被撕破了“隐情”的大哥“满脸都变成青色了”。然后又观察到周围那些与他有关或无关的一群人，都在无意中流露出以前吃过人和现在想吃人的鬼祟表情以及那种不正当的心思。小说对此有特别形象的描写，从外貌到心理，刻画了这一伙人的特点："大门外立着一伙人，赵贵翁和他的狗，也在里面，都探头探脑的挨进来。有的是看不出面貌，似乎用布蒙着；有的是仍旧青面獠牙，抿着嘴笑。我认识他们是一伙，都是吃人的人。可是也晓得他们心思很不一样，一种是以为从来如此，应该吃的；一种是知道不该吃，可是仍然要吃，又怕别人说破他，所以听了我的话，越发气愤不过，可是抿着嘴冷笑。"狂人其实具有大怜悯心、大慈悲心，他看清了自身所处社会的那种黑暗以及令人倍感绝望的压抑，自己却并未失望，依然恳切地规劝乃兄：既然已知"吃人"属于野蛮行径，则不得再继续行恶下去，即刻转念，抛却恶意，做一个真的人，"只要转一步，只要立刻改了，也就人人太平"(《狂人日记》)。比如夏瑜，他在狱中宣传革命思想，倡言"这大清的天下是我们大家的"，劝牢头造反。这也表明他已从君尊臣卑的传统观念中脱离出来，彻底否定了奴隶哲学，成为一个自由人（《药》）。其他人物如迅哥儿（《故乡》）、魏连殳（《孤独者》）等，称其为自由的人，名副其实。这些自由人系列，他们最终的结局，不是死亡，就是离乡出走。再则，从更为严谨的角度上说，巴赫金所谓"自由的人"是有绝对条件的，即一批自由的人与另一批同样自由的人，在一个不受限制的语境中展开意识间的交锋，往复辩难，未有已时，如此才会获得真正精神世界的自由。因而鲁迅小说中先觉者，身处黑暗的奴隶世界中，他们不可能与处于社会底层的被侮辱被损害者、也不可能与制造"铁屋子"的凶暴统治者"对话"，故他们本身的自由也受到了损伤，是不完整的。以夏瑜这个著名的革命者形象来说，他是绝对孤立的，他为之而死的一类人，以华老栓一家为典型，最后拿着馒头蘸他的鲜血来治病。另一类如康大叔、花白胡子、驼背五少爷、红眼睛阿义等人，统属一个阶层，他们感到了夏瑜的存在对他们的世界就是一种威胁，一致对付他，要合力杀死他。如果说《药》这个文本中存在着所谓复调因素，那么，至少得证明，得指出来其中一个能够与夏瑜“对话”的另一个人物形象，哪怕他属于统治阶层或能够代表此阶层利益，按照“复调小说”之题中应有之义，这另一阶层的人一定会和代表反对方面的夏瑜展开辩论，并为自己的阶层辩护。小说里不仅无一语类似描写，而且最主要最明显的特点，从始至终，主要人物夏瑜没有说过一句话。夏瑜的一切言行，都是通过康大叔们的代言传递给读者，属于间接引语。叙述不说话的主人公及其孤绝的内心世界，还能称得上是“复调小说”吗？

与“自由的人”相对立，鲁迅小说中更多的是巴赫金所说的“无声的奴隶”，没有个性，没有灵魂，没有独立的意识和声音。他们属于同一个谱系：华老栓一家、夏大妈、祥林嫂、爱姑等等。即使像赵太爷、鲁四老爷、花白胡子、驼背五少爷等人，尽管他们也发出了声音，表达了意见，那完全是被“规训”了的声音和意识。他们说出的话语是统一“批发”给他们的，没有思考，缺乏理性，少了人所应有的鲜活生气和个性，要而言之，没有人气。

“自由的人”与“无声的奴隶”之间不存在对话基础，没有相互交流的平台。先觉者、革命者为了启蒙和解救广大的愚民庸众，向他们宣传反清革命思想，尽其可能地做着对话努力，却得不到任何回应。因此可以说，鲁迅小说具有一种“反对话”的特征或本质，其中有三类比较典型的情景，表现出了这一特点。以下尝试论之。

第一类：先觉者、革命者说出的话，愚民庸众和帮凶们根本听不懂。狂人和夏瑜是两个突出例子。狂人自感周围“布满了罗网”，失去了自由，可并未放弃劝说的努力，只要有机会，只要不被囚禁起来，他会主动寻找机会，发出声音，甚至到了唇焦舌敝的地步。一部日记，便是狂人不间断向所有人发出声音、寻求对话的记录。他逼问一个年纪二十左右、满面笑容的年轻人“从来如此，便对么”，连续三次用了“对么”这一反诘词，其用意在于激醒对方，唤醒其沉睡太久的良知，让他明白吃人是不对的，得到的答复却是“你不该说，你说便是你错”。狂人“格外沉静，格外和气”地劝说他的大哥立刻“真心改起”，不要再去“入伙”吃人，大哥的反应始则“冷笑”，继而露出“凶相”。小说第二节，狂人对孩子们大声说“你告诉我”，孩子总归天真单纯，应与成年人有所不同，结果是“他们可就跑了”。狂人的一切诉求和寻求对话的努力全部归于失败。再看夏瑜，他“劝牢头造反”，说“这大清的天下是我们大家的”，刽子手康大叔嗤笑这不是“人话”。康大叔转述了夏瑜慨叹红眼睛阿义“可怜”的话，花白胡子、驼背五少爷等听了之后，连眼光都“有些板滞”起来，“话也停顿了”。大清国的顺民们早已停止了思考，也不会思考，黑白莫辨，是非不分，当然异口同声地说夏家的那个“小东西”“发了疯了”。再以魏连殳为例，魏最终向社会妥协后，自称“胜利”了又“失败”了，成了一个没有任何人能够理解、自己亦不愿与任何人产生瓜葛的孤独者。小说第四节，叙述者收到了魏连殳的信，其中一段话，细致地书写了自己内心的绝望和失败感：“人生的变化多么迅速呵！这半年来，我几乎乞求了，实际，也可以算得已经求乞。然而我还有所为，我愿意为此求乞，为此冻馁，为此寂寞，为此辛苦。但灭亡是不愿意的。你看，有一个愿意我活几天的，那力量就这么大。然而现在是没有了，连这一个也没有了。同时，我自己也觉得不配活下去；别人呢？也不配的。同时，我自己又觉得偏要为不愿意我活下去的人们而活下去；好在愿意我好好地活下去的已经没有了，再没有谁痛心。使这样的人痛心，我是不愿意的。然而现在是没有了，连这一个也没有了。……”①

魏连殳给主人公的信，也正是他的自我表白，那意思颇显豁：现在的处境孤凄至极，只剩他一个人了，他的内心世界亦无冲突了，遑论与他者辩难。令人奇怪的是，严家炎对这个人物的分析，与“复调小说”理论内涵，实际上没有一点关系：

> ……魏连殳对周围人物桀骜而在孩子面前又驯顺、对于世界冷漠又热爱的精神特点，也和鲁迅灵魂的某一侧面相通。鲁迅曾直言不讳地对胡风说：“我就是魏连殳。”小说所写的魏连殳的容貌“是一个短小瘦削的人，长方脸，蓬松的头发和浓黑的须眉占了一脸的小半，只见两眼在黑气里发光”，这不也是鲁迅的自画像么？而第一人称“我”对各自主人公消沉心态的否定性态度以及仿佛和自己血肉相关的感觉，也正表明着鲁迅内心难以摆脱的挣扎。从这个意义上说，《在酒楼上》《孤独者》（还有《头发的故事》）的叙事特点是将自己的内心体验一分为二，化成两个人物——两个孪生兄弟似的人物，一部分以单纯独白的主观方式呈现，另一部分则以客观的、非“我”的形式呈现。这种独特的方式，恰到好处地表现了作者自身经验过的许多内心矛盾，是鲁迅富有独创性的艺术尝试。它们在鲁迅小说中也是为数不多的。

①《鲁迅全集》（第二卷），人民文学出版社，2005年版，第103页。

依严家炎的论述，鲁迅把自己内心的矛盾、冲突（“内心体验”）分派到两个人物——一个是小说的叙述者，一个便是魏连殳——身上，然而，从小说结构角度观察，叙述者的功能只是代为介绍魏连殳，说明其行踪去向、境况顺逆等，他与魏的关系根本不能构成对立特点。将叙述者与主人公的不同之处也看成复调，是一种相当随意的构设。

显然，严家炎也注意到了巴赫金的“对话”理论，尤其是其中的内在对话。韦勒克指出，巴赫金的“对话”分为两种，一种是“外在对话”，其表现形式为，在两个人之间展开；一种是“内在对话”，则是指“一个人先后的自我之间展开的”[①]。一个人物内心自我之间的争辩、驳难、否定等，会一直持续下去，没有胜负结果，均属内在对话范畴。对照来看，魏连殳、吕纬甫等人物先前奋斗、后来失败的事迹，与内在对话无关，他们的声音微弱，力量弱小，最终被社会势力所压垮，就像吕纬甫对主人公所说的，自己恰如一只蜂子或蝇子，先停在某一个地方，给什么东西一惊吓，即刻飞开，“飞了一个小圈子，便又回来停在原地点”。吕纬甫借此形象表明他处处受到社会挤压，最后认输了。这是个人与社会之间的抗争，绝非一个人自我内心间的冲突，因而也就不是什么“多种声音的回响”。

第二类：知识者与庸众之间，缺乏一个基本的共有语境，相互之间无话可说，“说不清”。《祝福》中的“我”与鲁四老爷一见面，后者即“大骂其新党”，“谈话是总不投机的了”，只好一个人退回到书房里去。再如，“我”以“说不清”为由回答祥林嫂关于灵魂有

①〔美〕雷纳·韦勒克：《近代文学批评史》（第七卷），杨自伍译，上海译文出版社，2009 年版，第 612 页。

无的发问，这是无奈的，也是唯一的应对方式。祥林嫂的苦恼本身是一个习俗或迷信上的悖论，“我”作为一个新式知识者，肯定能够解答这个问题，这是毫无疑问的。出于知识者的良知和悲悯之心，他不会给出否定性的回答，那会增加问话者的苦痛。“何必增添末路人的苦恼”，故而答以“说不清”。小说写道，这“是一句极有用的话”，语气反讽，也是真实之情，所以从根本上说，主人公不存在什么负罪感或要负起什么责任。严家炎在论证中却将祥林嫂的死亡责任归咎于叙述者“我”：

> 正像汪晖先生所说，当我们把祥林嫂的故事放在小说的叙事结构中时，发现小说主题就复杂化了：第一人称叙述者是小说中的“新党”，是唯一能在价值观上对儒释道合流的旧的伦理体系给予批判的人物，而叙述过程恰恰层层深入地揭示出，这位叙述者似乎同样对祥林嫂之死负有责任。祥林嫂曾经把希望寄托在这个“识字的，又是出门人”的“新党”身上，但灵魂有无的问题却让“我”陷入两难的困境，“惶急”、“踌躇”、“吃惊”、“支吾”，最终以“吞吞吐吐”的“说不清”作结：这或多或少加速了祥林嫂在绝望中走向死亡。

在小说中，叙述者与祥林嫂的关系至为简单，从复调的内涵上说，他们之间根本不可能存在“对话”——无论平等交流还是对抗关系。将祥林嫂之死的部分责任归咎于叙述者，表明论者想在两者间强行建立起一种逻辑上的关系。

汪晖原文是：

> 祥林嫂似乎也把希望寄托在这个“识字的，又是出门人”的“新党”身上，但灵魂有无的问题却陷叙述者于窘迫的两难困境，“惶急”“踌躇”“吃惊”“支吾”，最终以“吞吞吐吐”的“说不清”作结。如果仅此而已，读者仍然会相信叙述者至少是个无能却好心的人，他的内心深处仍然有着深沉的道德感与责任心，因为他毕竟在心底里感到自己对祥林嫂的死负有道德责任。①

结合上下文，严家炎引用汪晖语时只引了一半，却忽视了另一半。根据汪晖的分析，叙述者不止要对祥林嫂之死“负有共同责任”“负有道德责任”；另一方面，叙述者还有一个对“两难处境”的逃避，“也是自己对故乡发生的悲剧应负的道德责任的逃避”。汪晖不太同意以往对小说的研究：把受害者祥林嫂作为一方，以鲁四老爷为代表的礼法关系为一方，以为这种分析过于简单，因而要引入叙述者这个视角，如此一来小说主题便“复杂化”了。这其实还是一种逻辑推演，与实际的文本无关。过去的那种分析、研究看似陈旧，恰恰准确地把握了鲁迅想要在小说中表达的主旨。是谁害死了祥林嫂？这个接受了新式教育的“新党”未出现之前，鲁镇所有的人都不清楚是谁害死了祥林嫂，还有一种可能，他们以为祥林嫂之死根本上就不是一个问题，是她命该如此，与任何人都没有关系。只有当这个出门在外的“识字的”“新党”主人公出现之后，文本中所描写的那种四面如黑幕般的礼法关系一下子被揭开了，敞露于光天化日之下。作为读者，我们终于在隐藏

① 汪晖：《反抗绝望——鲁迅及其文学世界》，河北教育出版社，2000年版，第195页。

的叙述者的指点下，看清了祥林嫂的悲剧命运，也看清了整个鲁镇人以为理所当然的事情，原来竟是这般荒唐、荒谬。汪晖把小说主人公即叙述者置于一个突出位置，赋予了其重要功能，其实是一种皮相之见。这个叙述者的功能仅仅在于引出小说事件，而且故意作出窘迫相，把祥林嫂推到前台。是隐藏的叙述者，直接地说，是作家鲁迅本人隐身在文本深处，引逗着读者一步步跟随事件进程，直至篇终。没有这个隐藏叙述者，鲁镇的一切会按着它“从来如此”的生活轨迹，一天天地过下去。正是这个隐藏叙述者，第一次向着鲁镇发出疑问：从来如此，便对么？

最明显的例子应属《故乡》，闰土的一声“老爷”，标志着一对曾是少年玩伴的成年人之间那层“可悲的厚障壁”般的身份限定：知识者与农民不可能“对话”、交流，前者明确地说“我也说不出话”。面对豆腐西施杨二嫂的乖张举动和言辞，叙述者也是“无话可说了，便闭了口，默默地站着”，眼看着她把母亲的一副手套塞进裤腰里，然后便如圆规般扭动着腿走出了院子。严家炎在他的文章中说，《故乡》写闰土拿走了香炉和烛台的时候，“我”还暗自嘲笑他的行为，到结尾时，“我”却反省自己所怀抱的“希望”也是“手制的偶像”，这种反省就是“回响起另一种声音”。复调中的“声音”必须具有争辩特点，而小说中叙述者内心所起的仅仅是一个念头而已，把这种明显带有偶然性、随机性的内心变化视为复调意义上的“声音”，就是牵强附会的论述。主人公接受了新式教育，他的价值观，他对世界、人生、社会的看法，与闰土当然分属于两个系统。巴赫金说，两个对立世界之间会发生意识、观念等方面的冲突，这才会有多种声音，形成多声部现象，因之便成了复调。以此来观察，在迅哥儿和闰土这个少年玩伴之间，会有冲突吗？

后者一见面，即俯下首来、恭恭敬敬地称呼前者为“老爷”，他们之间绝难发生对立情况。

第三类：如果稍稍扩大一点，从日常交流角度来审视鲁迅小说中底层人物，他们其实大多处于孤立、孤独的状态，相互之间也是难以沟通和对话的。祥林嫂失去孩子后，以不断的诉说来减轻痛苦，寻求安慰，次数多了，听的人就显出“厌烦”，甚至有人以此来取笑她。当着人们“又冷又尖”的“笑影”，她知道“自己再没有开口的必要了”，一见那些无聊的人，便瞪着眼，“不说一句话”。再如孔乙己，他自己很清楚与成年人没什么可说的，“便只好向孩子说话”，然而一个“讨饭一样的人”怎能吸引得了孩子，孔乙己只好叹口气，“显出极惋惜的样子”。

这种“反对话”的特点同样存在于《野草》诸篇，如《影的告别》中“我不如彷徨于无地”“我不如在黑暗里沉没”的绝大孤独；《求乞者》中“我”顺着剥落的高墙走路，“另外几个人各自走路”，四面皆灰土，呈现一个无声的、荒漠般的世界；《复仇》中握刀相向的裸体男女，“以死人似的眼光”鉴赏看客们的“干枯”，始终不发一语；《颓败线的颤动》中的老女人站在“无边的荒野”，两眼向天，发出了“无词的言语”，等等。他们都是孤立的人，缺乏可与之交流的对象。

鲁迅小说揭示了中国人的生存困境，表现出孤立、孤独、荒诞的小说美学风格，“反对话”则是一个基本构成要素，是小说所表现内容及内在逻辑本身就已具备的特征。这是由鲁迅启蒙主义文学观所决定的。鲁迅深刻地认识到，专制制度及其思想造成“沙聚之邦”，造成了人与人精神上的隔绝，因此，他要以小说反映社会诸种弊病，呈现出荒诞图景，以引起疗救的注意：

> 自然，做起小说来，总不免自己有些主见的。例如，说到“为什么”做小说罢，我仍抱着十多年前的“启蒙主义”，以为必须是“为人生”，而且要改良这人生。我深恶先前的称小说为“闲书”，而且将“为艺术的艺术”，看作不过是“消闲”的新式的别号。所以我的取材，多采自病态社会的不幸的人们中，意思是在揭出病苦，引起疗救的注意。……①

鲁迅小说文本中即有一个权威叙述者，有时是隐蔽的，有时化身为人物之一，正是这个唯一的、高于一切人物形象的叙述者的存在和指点，才使读者清楚地看到作品中所描写“病苦”诸相及其“病根”。这个权威叙述者控制着小说的叙事进程，他不可能降低到与人物同等地位以及相同的感受等地步。周作人在《礼教吃人呐喊衍义（七）》中写道，《狂人日记》“虽然说是狂人写的日记，其实思路清澈，有一贯的条理，不是精神病患者所能写得出来的”②，他的意思明显指向了隐藏起来的作者。这种启蒙主义文学观念与“复调小说”理论正相反对：复调不需要一个权威叙述者，不需要一个统摄一切的、决定着小说人物意识的作者视野或作者意识；复调则需要两种以上各自不同的“声音”的交锋，这些因素在鲁迅小说里一概被那个权威叙述者剔除在外。

四

韦勒克在他著名的、影响极为广泛的《近代文学批评史》中评价

①《鲁迅全集》（第四卷），人民文学出版社，2005年版，第526页。
②《周作人散文全集》（第12卷），广西师范大学出版社，2009年版，第188页。

复调理论，认为复调毕竟只是一种“比喻”，“一个沿用于小说的类比，它存在于一个直线型时间顺序的文学作品的基本品质”。巴赫金断定陀思妥耶夫斯基创造出了一种全新的“复调小说”，其中包含着“完全平等的、独立的声音，它们变成名正言顺的主题，而并不服务于作者意识形态的立场”，并强调了陀氏小说的“戏剧本质”，表明巴赫金的论断无疑是正确的。但是，韦勒克评论道，把这种看法推向极端，“乃至否认陀思妥耶夫斯基的作者声音，否认他的个人视角，巴赫金就流于谬种了”。至于说到小说人物与创造了他们的作家处于同一地位，这种理论看似新奇得令人不知所措，韦勒克则从陀思妥耶夫斯基本人的文字中找到了一条足以反驳巴赫金的证据，陀氏说：“一位艺术家不可与他所描绘的人物停留于相同水平上。”韦勒克令人信服地指出，巴赫金的观点反映出他过于相信“客观性”这一信条，他的理论也因此“使得他的教诲变得不偏不倚，使他变成一位相对主义者”。巴赫金说，作家如果不把自己的那根脐带——这根脐带牢牢地系于主人公身上——割断，读者面对的就不是艺术作品，而是“一份个人证件”。这根“脐带”是作家主观性、创造精神的另一种说法，割断脐带，意味着“作家退场”。韦勒克评论道，这是不可信的，拉伯雷、塞万提斯、陀思妥耶夫斯基们根本不懂什么叫“作者退场”。这种看法“否认不了一个事实：陀思妥耶夫斯基对作品中每个言者所表现的价值观念或观点做出一个清楚的判断”，陀氏“通过各种环境和人物来展现和体现他的思想”[①]。

对于秉持着明确的启蒙主义文学观念的鲁迅小说来说，如果在他的作品中出现“作者退场”现象，显示出某种“客观性”色调和氛围，

①〔美〕雷纳·韦勒克《近代文学批评史》（第七卷），杨自伍译，上海译文出版社，2009 年版，第 591–592 页、第 593 页、第 599 页。

那是不可想象的事情。

严家炎在文章中写道：

> ……在这一点上，鲁迅小说与陀氏很有些相似之处，《狂人日记》中象征意义上的狂人，《药》中的夏瑜，《孤独者》中的魏连殳，《在酒楼上》的吕纬甫，《铸剑》中的宴之敖者，乃至像《一件小事》《故乡》中的“我”，都是些思考者，鲁迅只能顺着他们的思想逻辑写他们，而不能随意左右他们或取代他们。……

韦勒克说，陀思妥耶夫斯基通过他塑造的人物形象来展现自己的思想，他对笔下人物有比较清楚的判断。同样，鲁迅的启蒙主义文学观念使得他更加有意识地以一系列人物形象来体现自己的启蒙思想，人物的思想、情感、观念等等，都是鲁迅以形象的方式赋予他们的。人物按照作家的调度、安排，自身变得有血有肉，有了内在生命，他们便会依循内在情感之路走下去。即使如此，这些人物的走向，他们的言行及其思想变化等等，也都在作家更大范围的掌握之中。如果说作家已经无法“左右”人物的思想、言行，人物的活动逸出了作家的观察视野，任由人物自行发展，这是难以想象的事。实际上，文学史上从来就没有出现过作家无法“左右”的人物形象。

“客观性”这顶帽子不适合鲁迅的小说，按鲁迅自己的说法，他的小说“忧愤深广”，忧愤即非客观，这是因为鲁迅一直在场，有时隐藏得深一些，有时会出现在前台。鲁迅小说风格上体现出冷峻、幽默、讽刺、嘲弄等等特点，正是他个人思想、情感的多样显化。“作者退场”

这一说法同样不适合鲁迅的文学创作。

巴赫金的复调理论与鲁迅的小说，它们的出现反映着各自的时代风气，这一点也是相当重要的。如果在论述鲁迅小说时忽略了其背景因素，或者在运用巴赫金理论时无视其产生的文化土壤，都会出现一些稀奇古怪的问题。

复调理论是巴赫金于1929年出版的《陀斯妥耶夫斯基的创作问题》一书中提出来的(1963年第二版时改书名为《陀斯妥耶夫斯基诗学问题》)。美国学者凯特琳娜·克拉克、迈克尔·霍奎斯特在《米哈伊尔·巴赫金》一书中写道，巴赫金专著结尾的口吻像是对政治形势的评说，“这种政治形势渐渐只让人们听到一种单一的权威声音，而将巴赫金这样无法接受独白的人们送去流放”。克拉克指出，复调同杂语一样，这两种理论突破了“小说和艺术的有限范围”，“既是他语言哲学的基石，又是生活本身的一种功能”，就是巴赫金对“斯大林主义意识形态的批判”[①]。

鲁迅小说描写的，是一个“暂时做稳了奴隶的时代”，而奴隶不是“自由的人”，他们不可能具有独立思考的能力，没有自由的精神，彼此间不会存在对话的空间和平台。鲁迅创造的“铁屋子”，就是一个著名的意象，除非少数启蒙者大叫大嚷起来，惊起几个较为清醒的人，否则那里面全部为“从昏睡入死灭的人”。奴隶的经历已经使他们丧失了自我表达的能力，遑论相互间无休止的、往复辩论式的“对话”。

巴赫金的复调理论呈多种视野，其“对话”精神，乃“众声喧哗”[②]。鲁迅的小说则显示忧愤深广的美学风格，其启蒙精神，有如一个清醒

①〔美〕凯特琳娜·克拉克、迈克尔·霍奎斯特：《米哈伊尔·巴赫金》，语冰译，中国人民大学出版社，1992年版，第329页、第347页。

②曾军：《接受的复调：中国巴赫金接受史研究》，广西师范大学出版社，2004年版，第124页。

的人，独自叫嚷于从昏睡渐入死灭状态的生人之中，却得不到丝毫回应。显然，这是两种完全不相干且性质极为对立的类型，冰炭不相容。将它们硬拉到一起，原因可能并不是多么复杂，只是望文生义而已。既然复调是多种声音，那么，一部作品中如果有两三个不同类型的人物，或不同的思想观念等等，皆可视之为复调。事实上，现今一些运用复调理论来研究现当代文学的人，多为望文生义，照猫画虎。问题在于，当那么多作品都具有了复调的品质，鲁迅的小说还能称得上具有“特殊贡献”吗？

第二章 《野草》研究中的“课虚坐实”问题

一

历来《野草》研究中，有一种“课虚坐实”的倾向，即为某一个意象如“秋夜”“枣树”“小粉红花”“雪”等，寻找出一个具体的对应物加以解释，如“秋夜”是反动统治者，“枣树”是战士，“小粉红花”是青年等，将意象本身包含着的较为开阔的空间缩小了，把具有丰富想象性的艺术意象，变成了固定的、狭隘的象征之物。这种阐释模式的背后，仍然是一种对立性的思维定式。与此相关，对《野草》某些篇章的整体评析，便趋向了一个似乎无须过多证明的结论，如某篇是革命精神的象征、某篇是对黑暗统治的批判云云。当然，这与《野草》本身也有关系，如明与暗、生与死、友与仇、希望与绝望等等，即是诸篇常见的对立性结构。但是，《野草》的对立性结构更多关联着心灵世界和精神世界，而后来的阐释者则将这种意义缩小了，固化为革命、阶级、斗争等单一概念。质言之，是将关乎着心灵世界的意象革命化、政治化了。

为一个文本寻找对应的阐释模式，这种方法最早滥觞于冯雪峰《论〈野草〉》，此文作于1955年，两万多字，在肯定了鲁迅对现实积极的、“偏向于乐观的战斗态度”的同时，也指出鲁迅身上有时存在着暗淡、悲观的情绪。在20世纪50年代激进、亢奋的文化语境中，此种观点自有其大胆的、他人所不敢言的一面，它不尽符合主流文化塑造出的横眉冷对、金刚怒目式的鲁迅形象。在阐释意象所蕴含意义时，《论〈野草〉》也开了生拉硬拽的先河，比如把《秋夜》中死于灯火的小青虫释为“没有结果的失败的英雄”；《死火》中的“冰谷”释为“封建主义”，死火于“冰谷”重新燃烧完自己的时候，一方面是“个人主义意识的表现”，另一方面也是对革命形势估计不足的反映，认为鲁迅有所不知、也无法知道的是，人民群众中反封建主义的火一旦燃烧起来，将不可遏制[①]。与冯雪峰观点接近的是王瑶，在作于1961年的《论〈野草〉》一文中，他对有些意象的解释与冯雪峰如出一辙，无有二致，比如将《题辞》中的“地火”当作“革命”，无论是“地火”还是“死火”，“都是革命的象征性的代词”；而《死火》中的“大石车”是指“黑暗的统治势力”，“冰谷似的现实冻结了改革者”[②]。冯雪峰、王瑶的观点大体上代表了20世纪50—60年代《野草》研究的一个基本趋向。

到了20世纪70年代，李何林在其《鲁迅〈野草〉注解》（修订本）一书中将这一阐释模式发展到了极端程度。试举几例：《秋夜》里的“天空”代指阴险、冷酷的统治者，“枣树”是与天空战斗的“英雄”，“小青虫”则是追求光明的英雄——后来作者又改变了此观点，认为小青虫“大概是昏着的或比昏着的更坏的青年”；“死火”是革命者的象征，“现

① 冯雪峰：《冯雪峰论文集》（下），人民文学出版社，1981年版，第356页、第376页。
② 王瑶：《鲁迅作品论集》，人民文学出版社，1984年版，第128-129页。

在被拘囚在冰谷中”；《失掉的好地狱》中的“地狱”是旧社会的形象代名词；《淡淡的血痕》里的“造物主”喻指统治者，其存在的目的是麻痹人们，“要他们糊糊涂涂，不死不活的活着，作一个顺民”。于阐发某一文本主旨时，李何林的著作也延续着寻找对应主题的思路，其阐释大多离开了文本自身含义，如《墓碣文》的主题在于“揭露墓中死人的阴冷的虚无主义思想”，亦即“悲观失望，否定一切，以致自取灭亡”，等等[①]。大体看来，李何林的阐释中包含着一种阶级斗争的观念，他对《野草》的释读具有明显的时代印痕。

从20世纪80年代始，《野草》研究呈现出较为全新的局面，引入了西方的诸如存在主义哲学等观念、方法，从多个角度阐发以往未能、也不敢涉及的领域。然而，奇怪的是，那种从冯雪峰开始的生硬解析意象的模式基本上延续了下来，无丝毫变化。这里试以孙玉石、李天明等人为例，可见一斑。

孙玉石《〈野草〉研究》（初版于1982年，再版于2007年）是鲁迅研究领域一部重要著作。其中关于《野草》系列意象解析，可视作对冯雪峰、王瑶、李何林等人观点的照搬，如《秋夜》中小粉红花的惨状“象征了现实中反动势力对青年一代的压迫和摧残”，秋天的夜空象征了“当时黑暗而残酷的反对统治者”，两株枣树则是“饱经风霜而又无私和无畏的战士的形象”；《死火》里的“火”“火的冰”，是“革命精神的一种象征”，“火的冰的人”则是“备受摧残而不屈战斗的革命者形象”，“鲁迅对‘火的冰’遭遇的描写，以及对‘火的冰的人’的歌颂，凝结了他在现实斗争中所获得的认识和感受……”；

① 李何林：《鲁迅〈野草〉注解》，陕西人民出版社，1973年版，第27页、第34页、第131页、第144页、第153页、第211页。

《失掉的好地狱》关于地狱的描写以及所指意涵，“当然是指北洋军阀统治下衰败不堪的中国。而所说的几个‘那时还未得志的英雄们’，则是指当时还未取得统治权的国民党要人政客。只是由于写这篇序文的一九三一年，已经是国民党实行法西斯文化专制主义的时候，鲁迅不便于直言，才用了这样一种避人耳目的说法。因此，我们在这篇声讨地狱统治者的檄文中，不仅听到鲁迅对原来称霸地狱的‘魔鬼’进行了深沉的诅咒，也听到了他对重新主宰地狱的‘人类’发出了反叛的吼声”①。李天明《难以直说的苦衷——鲁迅〈野草〉探秘》似乎走得更远，比如，他将《秋夜》中的“小粉红花”看作是鲁迅“渴望情爱心理的朦胧象征”，由此思路扩延，《野草》不少篇章中那些野花野草的“意象群”，如“暗中的花”（《希望》）、“野百合、野蔷薇”（《过客》）、“野蓟”（《一觉》）、“野花”“大红花”（《好的故事》）、“曼陀罗花”（《失掉的好地狱》）等，均暗示着一个“情爱道德主题”。更有甚者，把“死火”看成是“许广平或爱的象征”，“我”许诺要将“死火”带出冰谷，也即与许广平确立恋爱关系，即使被大石车碾死也心甘情愿，这泄露了鲁迅“第一次得到了爱的胜利者的心态”②。而胡尹强《鲁迅：为爱情作证——破解〈野草〉世纪之谜》③、余放成《“难于直说”的爱情——〈野草〉主题探微》④二书，则干脆将《野草》当成了鲁迅委曲婉转表达爱情主题的文本。

① 孙玉石：《〈野草〉研究》，北京大学出版社，2007 年版，第 20 页、第 71 页、第 119 页。
② 李天明：《难以直说的苦衷——鲁迅〈野草〉探秘》，人民文学出版社，2000 年版，第 120 页、第 162-163 页。
③ 胡尹强：《鲁迅：为爱情作证——破解〈野草〉世纪之谜》，东方出版社，2004 年版。
④ 余放成：《“难于直说”的爱情——〈野草〉主题探微》，华中师范大学出版社，2011 年版。

二

由此可见，生硬地为意象寻找一个对应物，把具有较大阐释空间的意象“坐实”了，以一种包含具体人物、事件等的解释涵盖了文本的多种可能性内涵，这已经成了《野草》研究中的固化模式，似乎没人能够避免得了。如果有更新的成果出现，应该首先突破此种模式，别寻他途，而不再踏入这样一个死胡同。然而，新近出版的一本关于《野草》研究的著作，于意象阐释方面，一仍旧贯，这就是张洁宇《独醒者与他的灯——鲁迅〈野草〉细读与研究》。这本专著初读起来，确予人以一种新鲜感，视野开阔，角度多样，本证旁证，切近主旨，可是再一细读，便觉出有些观点貌似新鲜之下的陈旧气息，令人颇为失望。这种陈旧主要表现在三个方面。

首先，当然是意象方面。可以举出不少例子，比如《秋夜》里的“夜空”，张著不同意将此意象“落实”为包含具体内容或明确所指的对象，而是要从更宽泛角度来理解。她写道：“……我个人不同意把‘夜空’具体落实为封建社会的黑暗势力，尤其不必要落实到封建统治者这样具体的对象上。夜空的确具有高高在上、冷酷无情等特点，可以视为对压迫力量的指代，但同时也不妨理解得略为宽泛一点，即指鲁迅本人所憎恶的一切奴役他人的势力和恶的力量。这种力量，通常都具有类似的人格。鲁迅写出的是这样一种‘恶’，不一定需要那么具体。在鲁迅的一生中，碰到过各种恶，他也一直在与各种‘恶’战斗。他的敌人有时是某个人、某种人，有时是一种现象、一种观念，有时是一种传统中因袭来的‘故鬼’，附到现代人的身上。这些，都是他的敌人，也即都是他到临死时还强调‘一个都不宽恕’的敌人。”①

① 张洁宇：《独醒者与他的灯——鲁迅〈野草〉细读与研究》，北京大学出版社，2013年版，第41-42页。

与此前诸人的解释比较起来，应该说略有进步，可实际上这种进步并不是很大，因其阐释未能脱离此前那种已经形成的研究模式，仍然拘囿于其间。虽力求“宽泛”，还是在同一系统内部，两者间并无多大区别。为什么非要把夜空理解为恶的势力呢？鲁迅终其一生与恶势力对抗，为世所公认，自不待言。但是，不见得在所有文体的作品中皆作戟指怒目状。研究者们受制于文本中几个关键性的词，比如鬼眨眼的夜空以及那些“许多蛊惑的眼睛”，等等，便会不由自主地想到，其中一定会有什么微言大义。这种研究还存在着一个主要的问题，即忘记了鲁迅是五四新文化运动的开创者，他与传统的士大夫全然不同。在传统中国知识分子眼中，天是一种神秘的力量，天代表着至高的道德，天与道、天子、皇统、正义等相关，这是因为传统的知识分子在缺乏科学支撑下，将天道德化了。鲁迅则不同了，他接受了西方的科学文化熏陶，他的知识结构、价值观念、道德情怀等与传统的士判然有别。即以天而言，经受了现代科学洗礼的鲁迅是不会把天拟人化的，把天当成具有人格意义的对象，或在心情烦闷之中斥责天。如果一定要从《秋夜》所写的“天”这个意象中抽绎出某种意义，那也只能说，这是鲁迅通过“天”这个意象抒写了自己内心的一种情绪化反应，是一种内部世界的感觉。张著再怎么“宽泛”地理解，把“天空”固化为“恶”势力的模式未变，不过由一种“恶”势力变成了多种——凡是鲁迅所碰到的“恶”，都可以囊括在“天空”意象中，少了边界限制，把“一个都不宽恕”也包括进去了，这就颇成问题。鲁迅临终前所说的“一个都不宽恕”系特定所指，是“左联”内部如徐懋庸等人，鲁迅虽然极厌恶这些人，毕竟都属于同一阵营，张著将他们视为敌人，显然是不恰当的。

理解《野草》，当以文学的方式，从它的字句以及包含的画面、意境等进入其内部，或可接近其涵旨。

像《野草》中《秋夜》这种抒情性强的篇章，它以诗一般的语言，勾画出一幅图景，特点至为明显：极蓝的夜空被设置为远景（夜“仿佛想离去人间”），以月亮为近景（“只将月亮剩下”），突出了枣树形象（“铁似的直刺奇怪而高的天空”），这简直就是一幅黑白分明的版画，产生了奇怪而又陌生化的效果，予人一种无限的艺术联想及想象空间。现在却把夜空当作“恶的力量”，是一种恶的势力，直如焚琴煮鹤，大煞风景。这种阐释法在张著里所在多有，比如对“小粉红花”的解释：

> “小粉红花”无疑是青年朋友们的象征。她们虽然弱小，但能在冷的夜气中依然开出“极细小的粉红花”来，也算是相当坚强了。她们并不是那种未见秋寒先自凋零的可怜虫，这也是鲁迅对其既怜又爱且表达了相当的尊重的原因。
>
> 小粉红花的梦，正是小粉红花全部人格的体现。她的“瑟缩”和“红惨惨的微笑”都是这个梦带给她的。鲁迅自己说过，他的身边有很多“如我一样曾经做着好梦”的青年，对他们，鲁迅一直都是呵护珍惜的。……鲁迅自己的梦早就破灭了。[1]

著者说“小粉红花”做的梦正是鲁迅以前做过的、后来又破灭了的梦，他是在借小粉红花之梦来凭吊曾经有过的旧梦。这种阐释把文

①张洁宇:《独醒者与他的灯——鲁迅〈野草〉细读与研究》,北京大学出版社,2013年版,第43页。

本中的意象和鲁迅本人实际的经历对应起来。《秋夜》有一段极美丽的描写：

> 枣树，他们简直落尽了叶子。……他知道小粉红花的梦，秋后要有春；他也知道落叶的梦，春后还是秋。他简直落尽叶子，单剩干子，然而脱了当初满树是果实和叶子时候的弧形，欠伸得很舒服。……
>
> …………
>
> 猩红的栀子开花时，枣树又要做小粉红花的梦，青葱地弯成弧形了……[①]

著者将枣树做的梦看成是鲁迅做的梦，这等于说枣树这个意象所代表的就是鲁迅，“小粉红花”当然就是青年了。为两个充满诗意的意象落实了相应的对象，意象所表示的意思具体了，可意象本应内蕴着的更多可能性因素被缩小了。这种解释终究不是十分令人满意的，倘若说，枣树做的梦就是现实中鲁迅做的梦，那么，枣树知道“小粉红花”的梦之后还有一个重要的句子“他也知道落叶的梦”，这个“落叶”意象总不会也是鲁迅。其实，这里不能过于拘泥地理解句子意涵，只能大致感受其中所表现出的意境。首先，鲁迅依着自然时令、节序等时间顺序，将枣树、“小粉红花”以及秋后有春、春后有秋连缀在一起，组成了意象图景。其次，枣树知道“小粉红花”之梦和做起了“小粉红花”之梦，则是一种超现实的手法，所描写和所要表达的是一种内心感觉，这种感觉就与现实无关了，“小粉红花”完全可以在杀尽百花的寒冷

① 《鲁迅全集》（第二卷），人民文学出版社，2005年版，第166-167页。

繁霜以及夜气中开出自己的花来。

再看张著的另一个说法：

> ……枣树……他简直落尽了叶子，枣子也一个不剩，单剩干子，但是“欠伸得很舒服”，虽然伤还没有完全好。这种“欠伸得很舒服”的感觉，应该是鲁迅内心感受的一个方面。虽然梦碎、绝望和寂寞，但这里面有一种残忍的、清醒的自由与快意。这是一个绝望的战士，即如他后来在《这样的战士》中所写的：没有甲胄、没有武器，“他只有他自己”，以及一柄投枪。枣树也是这样，只有自己，擎着它（它们）“最直最长的枝”，“默默地铁似的直刺着奇怪而高的天空”。[①]

把“枣树”直接当成了一个“战士”，这个战士不是他人，正是鲁迅本人，这里所运用的方法是在枣树、战士与鲁迅之间建立起了一种逻辑上的联系，其论证看似颇严密，实则过于随意了。

以上所举著者的种种解释，鲜有新意，仍然延续了自冯雪峰以来的那种政治化的阐释模式。

其次，于某些术语或观点上，继续袭用过去那些早该被抛弃掉的说法，其中尤以对《失掉的好地狱》的解释成问题，认为地狱的秩序仍在，不过变换了统治者而已。张著对此的阐说，与李何林等人的解读无有二致，甚至可说照搬了前者的文字：“1931 年，鲁迅曾以‘城头变幻大王旗’的诗句怒讽当时国内的黑暗政治，其中的思想与情绪显然与《失

① 张宇洁：《独醒者与他的灯——鲁迅〈野草〉细读与研究》，北京大学出版社，2013 年版，第 44 页。

掉的好地狱》中的这一段类似。应该说，这正是鲁迅从现实的经历与经验中深刻总结出来的，是对现实与历史的清醒认识，也是充满愤懑的嘲讽和悲叹。”[①]张著以鲁迅 1931 年所作诗句来印证 1925 年所写内容，那意思是明确的，即鲁迅以其丰富的“经历和经验”预见了后来的统治者的冷酷和黑暗。说鲁迅具有某种预见能力，这个看法并不新鲜，发明权大概还是属于冯雪峰，他根据鲁迅为英译本所作短序，“领会”出作品中废弛的地狱是指帝国主义和北洋军阀统治下的中国，“英雄们”则“显然是指那时还未取得政权的国民党中的人物”，这表明鲁迅早就预感到，“如果像国民党中那些‘英雄们’取得了政权，那么，被压迫人民还会受到更严重的压迫，中国还要更黑暗。后来的事实果然证明，国民党反动派统治的黑暗是超过了北洋军阀的统治的”[②]。冯雪峰说的还是鲁迅的预见能力，而李何林则在论述中不自觉地将鲁迅的预见直接等同为现实了，自然他也说“英雄们”是指国民党右派——“魔鬼（北洋军阀）逃跑了，人类（国民党右派）取得了地狱的统治权”，结果人们已无力叫唤了，“国民党右派所统治的地狱，一时太平了”[③]。孙玉石亦赞叹鲁迅有“惊人的预见”，证据是国民党代替北洋军阀统治后，鲁迅预见的“新的黑暗地狱”终于“变成了活生生的现实”[④]。

鲁迅毕竟是一个作家，他对中国历史有深刻的观察，体现在《失掉的好地狱》中，即以象征的方式概括了历来统治者的共性或普遍性特点，如果在释读时将这种共性坐实并等同于某一党派或某个具体统

① 张宇洁:《独醒者与他的灯——鲁迅〈野草〉细读与研究》,北京大学出版社,2013 年版,第 207 页。
② 冯雪峰：《冯雪峰论文集》（下），人民文学出版社，1981 年版，第 372-373 页。
③ 李何林：《鲁迅〈野草〉注解》，陕西人民出版社，1973 年版，第 146 页。
④ 孙玉石：《〈野草〉研究》，北京大学出版社，2007 年版，第 123 页。

治者，则无疑淡化了作品丰富的内涵，弱化了作品的意义。

第三，是误读，也是一种过度阐释。这里试举《过客》与《立论》为例。关于《过客》，张著于论述中隐然有着一种对比意识，以老人的颓丧形象来衬托过客勇敢前行的姿态，认为老翁对生活的“麻木和冷漠”来自先前战斗过程中的“失望和绝望”。过客则不同，他会走出“因袭的惯例”，他对自己有清醒的认识，会在绝望中奋起反抗。这种对比结构窄化了人物身上蕴含的意义：

> 在全剧的开始，过客还没有出现的时候，其实就已经凸显了这两个形象的对比：对于即将出现的过客的身影，孩子说：“看一看罢”，“我——看一看。”可是，老翁却不仅完全没有兴趣，而且还很有阅历似的教训孩子说：“太阳下去的时候出现的东西，不会给你什么好处的。”这几句简短的对话，已经显示出两个人物间最大的差异，即老翁对生活的麻木和冷漠——当然这可能来自于他曾经战斗的过程中的失望和绝望；而小姑娘则是仍然对于生活、未来充满了好奇和新鲜感，充满了希望和热情的。这也就是他们在遇到“过客”的“前面是什么”的问题时，会给出不同回答的原因。人生的长途当然是有失望也有希望，是交织着痛苦与欢乐的。小姑娘看到的是更加积极乐观的一面，而老人则已丧失了这样的积极和热情。……[1]

[1] 张洁宇：《独醒者与他的灯——鲁迅〈野草〉细读与研究》，北京大学出版社，2013年版，第167页。

这种分析看似颇有道理。细揣文意，老翁、过客与小女孩不就是人生的三个不同阶段吗？或者也可说，过客作为主角，老翁和小女孩则是他人生的两面镜子，于此看见过去与未来，激发其产生前行的动力。张著也说三人是“一个人人生的不同的阶段”，可总是想突出过客形象，以贬损老翁作为衬托。一个建立在否定他人形象基础上的人物形象，有什么值得欣赏的地方？一个老年人，特别是曾经经历了人生奋斗过程的老年人，耗尽了精力和毅力，当然也耗尽了热情和希望，于不得不走向最后归宿的一段时间里，他看到了那个尽头。多少人稀里糊涂地死掉了，从这个世界上消失了。相比较而言，老翁是清醒的，他反省自己的过去，也明白最后的去处。他回答过客的问题时，之所以明白无误地说，前面是“坟”，仔细体味文本上下文，与其说是回答过客，不如说是回答自己：活过了，奋斗了，现在老了。一句话，尽了人事，此刻当顺应天命，走向人生终点。那个“坟”与过客无关，与他人无关，与任何人都无关。那个“坟”仅仅与老翁自己有关。按照文本内含的逻辑，老翁所说的这个“坟”，过客是看不见的，过客只有在走完自己人生道路之后，“坟”必然会出现在他眼前，无须任何人来指出。扩大言之，每个人只能看见他自己的“坟”。

另外，在分析过客向西行走一节，将“西”视之为光明：

> 所以，与“一路走”相比，“怎么称呼”是不重要的，“从哪里来”也不重要，唯有“向哪里去”的问题，虽然也是“不知道”，但是确有一个明确的答案，那就是：“前面！”“要走到一个地方去，这地方就在前面”。也曾有人分析说“过客”的“西指”指向的是西方，表现的是鲁迅对于西方文明世界

> 的向往。但我以为，不必做如此拘泥的理解。如果一定要说这个“西”是有所指的话，我更愿意理解为那是太阳的方向。因为时间已是黄昏，过客如同中国神话中的夸父，也是一直在追逐着类似光明一类的目标，这个“西”更是一个泛指，向着某种前方，某种带有光明的方向。①

这种解析未免望文生义，牵强附会，目的不外乎突出过客的非同寻常之处，却偏离了作品内在逻辑——既然前面是坟，乃生命终止的地方，何来光明？过客明知前方目的地是点缀着野花的坟，仍然坚持前行，这行走本身便产生了意义，是其人生或生命的价值体现，所谓“光明”，系发自于行动着的生命内部，非外在方位空间如“西方”之类。勉强地说，中国传统文化中的“日薄西山”，有其固定的、不可更改的基础含义，就是指人生暮年、领受死亡，《过客》的深层逻辑、意识、指涉等，大致不出中国传统文化范畴。

关于《立论》，张著以为是鲁迅对写作问题的深入讨论，即对写作中“说”与“不说”、“说什么”和“怎么说”等根本性困境的思考，这种阐释初看起来，确乎发人所未发，是此前所有关于《野草》研究中从来没有过的一种新颖的释读：

> ……作为《野草》系列之一的《立论》，必然还有更深一层的含义在。我以为，那就是他延续了《颓败线的颤动》中对于“无词的言语”以及写作问题的思考，对于写作如何

① 张洁宇：《独醒者与他的灯——鲁迅〈野草〉细读与研究》，北京大学出版社，2013年版，第163页。

突破其自身的有限性、如何剖露自己内心深处的真实的“困境”等问题，从另一个完全不同的角度、以一种完全不同的格调，做出了进一步的思索和表达。

……更进一步说，《立论》所表达的不仅仅是这个写作中的困境，其实更已深入到如何认识世界、如何表达自我之类的写作哲学的问题。说到底，这是一个如何面对、认识、处理和表现“真实”的问题。[①]

此种解说，仍属典型的过度阐释，给一个带有幽默、喜剧色彩的文本，附加了它根本装不进去的严肃、重大内容。《立论》表面上看是一个轻性文本，滑稽、嘲弄的气息跃然纸上，而且它可能有所本，也即有一个原型作为取材对象，人物、故事及场景等等，与清人程世爵《笑林广记》中的《不利语》一节极为相似：

有一人惯说不利之语，人皆厌之。……一家五十得子，三朝，人皆往贺，伊亦欲往，友人劝之曰：“你说话不利，不去为佳。”其人曰：“我与你同去，我一言不发何如？”友曰：“你果不言，方可去得。”同到生子之家，入门叩喜，直到入席吃酒，始终不发一言，友甚悦之。临行，见主人致谢曰：“今日我可一句话也没说，我走后，你的娃娃要抽四六风死了，可不与我相干。”[②]

① 张洁宇:《独醒者与他的灯——鲁迅〈野草〉细读与研究》，北京大学出版社，2013 年版，第 247–248 页。

② 陈维礼、郭俊峰：《中国历代笑话集成》（第四卷），时代文艺出版社，1996 年版，第 247 页。

周作人《关于鲁迅》一文中曾说过，鲁迅的小说、散文有一个特点，为他人所不及，这便是他对中华民族的深刻观察，所见多为人生的阴暗和痛苦，于是“寄悲愤于滑稽”之中[1]。看得太深、太透，反而要笑了，也即“寄悲愤于滑稽”中，此为一定之理。《立论》何尝不是如此呢？鲁迅熟知明清笑话，随手选取《笑林广记》中的《不利语》加以改装，重新组织，用以表达对民族性的观察和思考，相当不客气地加以讽刺——无论是《不利语》中的“乌鸦嘴”，还是《立论》中的“阿唷！哈哈”式的圆滑，皆为国民性一体的两面，深为鲁迅所憎厌。一个仅仅数百字的喜剧式短章，与“写作哲学”能有什么关系？看到“立论”“作文”字眼，便联想到写作或写作哲学，其实还是一种线性思维。

另外还有一些匪夷所思的阐发，如说《好的故事》中梦醒、梦碎是鲁迅“悲剧”观念的直接体现，以“更加直观、感性、形象的方式”，来表现“把有价值的东西毁灭给人看”这个观念[2]。倘说梦碎了即是悲剧观念的体现，那么所有形式的破碎均可视为悲剧，这未免过于随意、宽泛了。鲁迅说，悲剧是把人生有价值的东西毁灭了让人看，梦碎了却绝不等于有价值的东西毁灭了，这种联想仍然属于逻辑建构，即在无关系的二者间建立一种逻辑联系，缺乏实质性关系。

其实张著有时也不乏敏锐看法，在同一篇中又说《好的故事》“是一个关于‘写作’的观念”，颇具眼光，惜乎只此一句，未见解析。《好的故事》表层上看，写了梦中所见山阴道上美景，深层可能真的反映

① 周作人：《鲁迅的青年时代》，河北教育出版社，2002年版，第122-123页。
② 张洁宇：《独醒者与他的灯——鲁迅〈野草〉细读与研究》，北京大学出版社，2013年版，第154页。

了鲁迅对写作中思与文不能协调、心与手多显不一的思考。散文中关键词“云锦”出现了三次，这是诗家常见之景、习用之语，是古典文学理论中的一个重要术语，代指文学创作。所有景物皆统摄于云锦之中，即文中所写“一切事物统在上面交织，织成一片，永是生动，永是展开”；当作者想要“凝视”并表现它们时，云锦却突然发皱、凌乱，于是赶紧“追回他，完成他，留下他”。意为构思将要完成、形诸文字之时，意象或形象却突然飞逝了。黄侃曾论及“思”往往与“文”不能相符，因为“思多变状”，而“研文常迟”，想“以迟追速”，则颇难达意[①]。此可证《好的故事》大半是关于写作观念的具象表达。

三

意象研究仅是《野草》研究的一个部分。现在看来，这一研究似乎走到了尽头，变成了猜字游戏。《野草》当然有寄托，一些特定的人、事也是鲁迅最初写作时的触发因素，但已经完成的文本会自动生成为具有丰富内涵的文学世界，与最初起到触发作用的单一事件、人物等已基本无涉。研究者却多找寻那些单一、固定的触动因素，用以解释具有多重含义的意象，这种现象即是钱锺书所说的“课虚坐实”，“推案无证之词，附会难验之事”[②]，忽视了文学本身的想象性特点。

最早质疑《野草》研究中“课虚坐实”倾向的，并不是文学研究或鲁迅研究领域内的学者，而是一位作家，他就是王蒙。同为作家，王蒙更能够以艺术的敏锐感觉体贴并理解同行的创作心理，准确地把握住作品本身的特质。1963 年，王蒙任教北京师范学院中文系，写作

① 黄侃：《文心雕龙札记》，华东师范大学出版社，1996 年版，第 120 页。
② 钱锺书：《管锥编》（第一册），中华书局，1979 年版，第 365 页。

了《〈雪〉的联想》，文中他批评了《野草》研究已逐渐流行开来的机械、生硬倾向：

……在阅读《雪》的时候，我们不满足于停止在对“雪”作为自然景物的感受上；“雪”就是雪嘛，何必还硬去分析什么主题思想？这样说我们是不能满足的，我们希望通过作家所描写的雪，接触更多、更深的东西，那即是广阔的生活和作家深邃的内心。但我们又不能同意那种简单的、刻板的、不科学也不艺术的杀风景的做法：把作品所描写的自然景物的雪，说成只是一种象征、一种比喻、一种符号，自信地指出北方的雪和南方的雪各自代表着什么——就像有人曾热心地判明了同一作家的散文诗《秋夜》中，天空、枣树、小红花、小青虫、星星、夜鸟，画着猩红的栀子的灯罩——各自代表着什么……如说，北方的雪代表北洋军阀的统治，南方的雪代表南方的革命军，南北的雪就代表着南北的政局。这表面上似乎抬高了《雪》的主题思想和政治意义，实际上，它离开《雪》的形象和思想是多么远啊，怎么能把一篇深刻的散文诗解释成一篇粗浅的寓言呢？①

王蒙从创作心理学角度提出了理解《野草》的一种方法，即联想，他认为鲁迅写作《野草》诸篇章时，所运用的形式大致接近中国古典文学中常见的“兴”的手法，以此为切入口，方能正确感受、阐释其中至深的意味和意义。

① 王蒙：《王蒙文存·妙喻如舟》，人民文学出版社，2003 年版，第 7 页。

王蒙在1979年的一封书信中说道，鲁迅写的其实是一种感觉：“……鲁迅先生的散文诗《野草》中，就有许多写感觉的，在某种意义上，也可以干脆说是意识流的篇什。《秋夜》《好的故事》《雪》都是这样的。有些人以为鲁迅在那里讽喻，在那里微言大义，总要千方百计地考证‘枣树’影射什么，‘小红花’影射什么，‘怪鸟’影射什么；又有人干脆说鲁迅是在写景，写自然，‘没什么主题思想’。这都不对。……鲁迅写的是他的感觉，只可意会、不可言传的感觉。但最后仍是可以‘言传’——可以分析的。”①

王蒙也注意到了与此相关的对作品整体评价上的泛政治化倾向，并举了三个例子：一是中国人民大学1962年版《中国现代文学史讲义》中的观点，即《雪》和《好的故事》是以江南美景作背景，表明鲁迅“对于当时北方现实的否定，而希望一个理想世界的出现”；二是冯雪峰的观点，也是把江南和北方的冬天对立起来，说明鲁迅“对于‘朔方的冬天’一般的现实的否定”；三是卫俊秀的观点，即《雪》是作者对南方故乡自然美景的回忆和眷恋。王蒙说，这其实就是一种模式化的图解：“如果用一句简单的话表达，我们可以称之为‘南北说’，这几乎已经是《雪》的公认的解释，一南一北，一个理想一个现实，一个革命一个反革命，一个肯定一个否定，看来《雪》的主题是黑白分明的了。”②

王蒙认为，《雪》的特别有趣、深刻并且“与众不同”的地方，正在于它描写的是对童年和青春的怀恋，这是一个方面。另一方面，鲁迅清醒地意识到，“童年和青春虽然美丽多姿，却也有它软弱、不定、短暂的一面”，美好的东西会流失、毁灭，“好的故事”往往不会留

① 王蒙：《王蒙文存·你为什么写作》，人民文学出版社，2003年版，第184页。
② 王蒙：《王蒙文存·妙喻如舟》，人民文学出版社，2003年版，第10页。

下一丝碎影。

王蒙这篇写于60年前的文章，未能引起足够的重视，也没有产生多少影响，但在今天看来，它发出的独异声音恰是对走入歧路末途的《野草》研究的真正矫正——让《野草》研究回到文学，才是正途。

阅读和研究《野草》，既要熟悉诸文本产生的特定背景，也要顾及鲁迅本人的思想、爱好等。多数研究在鲁迅总体思想与文本之间寻找某种对应关系，这当然也是一种必要的方法。然而，这些研究所显示出来的倾向，往往导向了带有实证性质的释读，从而出现了一些不易察觉的问题。比如，拿鲁迅的某种总体性思想，印证某一文本中所描写的感受或观念等，看起来没有什么不妥处，可最后得出的结论缺少内在联系。如果对鲁迅本人的生活、喜好、习惯等不是十分了解的话，最易出现此种倾向。再举《独醒者与他的灯》中两个细节。在阐释《雪》一节中，著者说鲁迅“一直对那种不断消失的东西有一种爱好”，包括散文集《朝花夕拾》，都表现了鲁迅的这种“爱好”，“这也是一个人的生命体验的表现，即对于时间的流逝，对于不断消逝的事物的永远的喟叹和爱好，是一个人对于生命本身的体悟”[①]。鲁迅真的对不断消失的事物有一种“爱好”吗？就目前已知的文献中，鲁迅从来没有说过，也从来没有表示过，他对流逝的事物有某种“爱好”，不知著者从何处、哪篇文章中引用此语的。大略接近的一段话，是在《朝花夕拾·小引》中，鲁迅写道：“我有一时，曾经屡次忆起儿时在故乡所吃的蔬果：菱角，罗汉豆，茭白，香瓜。凡这些，都是极其鲜美可口的；都曾是使我思乡的蛊惑。后来，我在久别之后尝到了，也不

① 张洁宇：《独醒者与他的灯——鲁迅〈野草〉细读与研究》，北京大学出版社，2013年版，第130页、第133页。

过如此；惟独在记忆上，还有旧来的意味留存。他们也许要哄骗我一生，使我时时反顾。”[①]

“反顾”不见得就是“爱好”，其间的区别至为明显。相反，接受了近代自然科学洗礼、一度服膺进化论的鲁迅，更了然于事物的生长和消亡。说鲁迅“爱好”易逝之事物，正是对自身生命的体悟，亦属过度阐释。

①《鲁迅全集》（第二卷），人民文学出版社，2005年版，第236页。

第三章　鲁迅研究领域几种过度阐释倾向

一

历来鲁迅研究领域里有几种过度阐释倾向，其中最为突出的一种倾向是，把鲁迅作品中所受到的影响寻绎出来，然后夸大这种影响，最后再将鲁迅作品里那种独创性的形象和意象等同于受到影响的某些材料、生活经历等。这种研究于客观上淡化、忽视了鲁迅作品的原创性特点。以下试举几例。

李冬木在他的一篇文章中[①]，考证了鲁迅小说中“吃人”意象源于日本明治时代“食人”言说以及芳贺矢一《国民性十论》中相关论述，结论为中国新文学史上第一部白话小说，“从主题到形式都诞生于借鉴与模仿”。这显然忽视了《狂人日记》写作的首要触发因素。鲁迅在致许寿裳信中，谈到了这篇小说的写作情况：

……《狂人日记》实为拙作，又有白话诗署“唐俟”者，

① 李冬木：《明治时代食人言说与鲁迅的〈狂人日记〉》，载《文学评论》2012年第1期。

亦仆所为。前曾言中国根柢全在道教，此说近颇广行。以此读史，有多种问题可以迎刃而解。后以偶阅《通鉴》，乃悟中国人尚是食人民族，因成此篇。此种发见，关系亦甚大，而知者尚寥寥也。[①]

李冬木在另一篇文章中用同样方法，将鲁迅杂文《阿金》女主人原型追溯至斯密斯《支那人气质》，这部引起鲁迅重视的传教士著作，内有关于“支那异人馆”厨子一节描写，被看成了阿金形象塑造的“模板”：厨子表面上听从主人吩咐，背后照样学前任厨子那样做主人极不喜欢的事，即将狗、闲汉和烟草带进厨房。李冬木据此断定，“‘厨子’在不听主人话，对主人‘面从后背’以及召集闲汉在主人家‘扎堆儿’这一点上，与《阿金》里的描写完全一致；而且在补缺的后任一如既往，与前任一样，丝毫没有改善这一点上，也与《阿金》里的处理方式完全一致。由此看来，说鲁迅在创作《阿金》时借用《支那人气质》所提供的斯密斯的这块‘模板’来铺陈自己的作品，也并不是过于勉强的罢”[②]。

王彬彬撰文具体分析、论证了李冬木文章试图建立逻辑链上的牵强，结果便是让鲁迅研究领域里的实证变成了“虚证”：

《狂人日记》这部“中国现代文学的奠基作”，其诞生当然有异域的影响。但若说“从形式到主题”都借鉴的是异

①《鲁迅全集》（第十一卷），人民文学出版社，2005年版，第365页。

② 李冬木：《鲁迅怎样“看”到的“阿金”？——兼谈鲁迅与〈支那人气质〉关系的一项考察》，载《鲁迅研究月刊》2007年第7期。

域的东西，那就十分荒谬了。顺便说一句，在2007年第7期的《鲁迅研究月刊》上，还有李冬木先生的《鲁迅怎样“看”到的“阿金”？——兼谈鲁迅与〈支那人气质〉关系的一项考察》一文，说鲁迅写《阿金》，完全受《支那人气质》中一段话的启发，其牵强乖舛与这篇论《狂人日记》的文章相仿佛。[①]

李冬木的研究方法，颇类于日本学者。日本鲁迅研究中较常见的一种，是以实证或考据方式，从鲁迅作品中寻绎某种“原型”、事实或受影响的痕迹。如北冈正子《鲁迅与裴多菲——〈希望〉材源考》，通过作品词句、段落及意象比照，断定散文诗《希望》包括末尾“绝望之为虚妄，正与希望相同”在内许多描写，其“材源”皆出自裴多菲作品。北冈正子的方法是，把裴多菲的句子与鲁迅作品的句子相互对比，再于二者之间建立起影响和被影响的关系；查寻出了裴多菲的一封信，其中有数语：“不过，我的伙计，绝望就和希望一样会蒙人，这些可怜的马驹们……”过去一直推测“绝望之为虚妄……”是一个诗句，现在确定不是，“真是把人骗得好漂亮”[②]。

藤井省三《鲁迅比较研究》一书，所收篇章泰半在于探寻原型出处，发掘影响踪迹，如《伤逝》中涓生多次说“哪里去呢”，便有显克维奇长篇小说《你往哪里去》“浓郁的影子”，证据之一是此长篇日译本初名《伤痕》，鲁迅在日本留学时一定会读到此书。把《伤逝》与《你往哪里去》（国内有些译本名为《你往何处去》）比较，这是一

① 王彬彬：《鲁迅研究中的实证问题——以李冬木论〈狂人日记〉文章为例》，载《中国现代文学研究丛刊》2013年第4期。

②〔日〕北冈正子：《鲁迅救亡之梦的去向：从恶魔派诗人论到〈狂人日记〉》，李冬木译，生活·读书·新知三联书店，2015年版，第186页。

种相当随意的研究方式。比较研究方法一般要寻找出二者间确实存在着的相互影响因子，平行研究至少在大背景下归纳出二者相似的主题、内容、形象以及精神等。鲁迅的这个短篇小说与显克维奇的长篇小说，无论从哪个方面比对，它们之间都毫无影响或相似处。仅仅因为《伤逝》中涓生说了“哪里去”的话，这句话与《你往何处去》的题目相似，便强行在两部作品中建立起一种逻辑关系，这是一种令人感到匪夷所思的思路。《伤逝》结尾，涓生得知子君已死，产生了恍惚的感觉：

……她的命运，已经决定她在我所给与的真实——无爱的人间死灭了！

自然，我不能在这里了；但是，“那里去呢？”

四围是广大的空虚，还有死的寂静。死于无爱的人们的眼前的黑暗，我仿佛一一看见，还听得一切苦闷和绝望的挣扎的声音。①

涓生、子君因为生活所迫，最终二人分离，子君回父亲家后不久便死了。这时候，涓生才感到“家”真的没有了，“那里去呢”反映了其时他的迷茫和无助心情。再比较一下《你往何处去》，这部长篇小说描写了早期基督徒所受苦难，第七十章，使徒彼得于清晨时分出了罗马城，前往他处去避难，这时他看见山顶上出现了一个“奇异的景象”，有金色的光圈从山下移动下来，沿着大路滚动。这部分描写以及其中情节、对话寓含了小说的主旨：

①《鲁迅全集》（第二卷），人民文学出版社，2005年版，第131页。

可是过了一刻，彼得又用手遮住阳光说：

“有一个人在太阳光芒中向我们走来。”

可是他们的耳朵连最轻微的脚步声都没有听到。四周一片寂静。纳查留斯只看到远方的树木在摇动，像是有人在摇它们似的，阳光在平原上铺展得越来越广阔了。

纳查留斯吃惊地望着使徒，惶惶不安地问道：

“拉比，你怎么了？”

彼得手里拿着的那根手杖掉到了地上，他的嘴张得大大的，眼睛呆呆地盯着前面，脸上露出了惊讶、欢乐和欣喜欲狂的神情。

突然他跪在地上，双手伸向前面，嘴里发出了喊声：

“基督！基督！……”

他好像要吻谁的脚似的，把头俯伏在地上。

沉默持续了很长时间，后来在寂静中听见这个老人抽泣着，发了断断续续的话声：

“主啊，你往何处去？……”

纳查留斯没有听见回答，但是彼得的耳朵却听到了一种悲哀而温柔的声音：

“既然你离开了我的人民，我就要到罗马去，让他们再把我钉上十字架！”①

将两段文字加以比较，显而易见，两部作品毫无共同之处，不知

①〔波兰〕显克维奇：《你往何处去》，林洪亮译，上海文艺出版社，1983年版，第676—677页。

藤井省三有何依据，为什么强行将二者并列，推导出一个作品接受了另一个的影响，殊难理解。

再如，藤井省三认为《故乡》模仿契里珂夫短篇小说《省会》，“可以说鲁迅是模仿契里珂夫的《省会》创作了《故乡》”[①]。契里珂夫的短篇小说《省会》描写一个离乡二十多年的主人公回到故乡，留存在他记忆中的美好的人与事，一件件浮现出来。小说大半笔墨用在回忆过去生活，比如与恋人赛式加的故事，与父母相聚情景等等。《故乡》也描写一个阔别家乡二十多年的知识分子，结构上与《省会》多不同，直写当下景象。如果硬要找出相近的描写，大概就在于小说开头部分。《故乡》开始写道：

> 我冒了严寒，回到相隔二千余里，别了二十余年的故乡去。
>
> 时候既然是深冬；渐近故乡时，天气又阴晦了，冷风吹进船舱中，呜呜的响，从篷隙向外一望，苍黄的天底下，远近横着几个萧索的荒村，没有一些活气。我的心禁不住悲凉起来了。
>
> 阿！这不是我二十余年来时时记得的故乡？
>
> 我所记得的故乡全不如此。我的故乡好得多了。但要我记起他的美丽，说出他的佳处来，却又没有影像，没有言辞了。仿佛也就如此。于是我自己解释说：故乡本也如此，——虽然没有进步，也未必有如我所感的悲凉，这只是我自己心

①〔日〕藤井省三：《鲁迅〈故乡〉阅读史——现代中国的文学空间》，董炳月译，南京大学出版，2013年版，第8页。

情的改变罢了，因为我这次回乡，本没有什么好心绪。[1]

《省会》的开始部分：

我所坐的那汽船，使我胸中起了剧烈的搏动，驶近我年轻时候曾经住过的，一个小小的省会的埠头去了。又温和又幽静，而且悲凉的夏晚……我所期待的是欢喜，但迎迓我的却是悲哀。一转弯，从伏尔迦的高岸间，又望见了熟识的教会的两个圆形的屋顶，和有着绿色和灰色屋顶的一撮的人家……我的眼眶里含了泪……从那时以来，这省会近于全毁的已有两回了。我们住过的家，还完全的留着么？我于是很想一见我和父母一同住过的，围着碧绿的树篱的老家。父亲已经不在，母亲也不在，便是兄弟也没有一个在这世上了。还是活着似的，记忆浮上眼前来。仿佛不能信他们都已不在这世上。我下了汽船，走过那洼地的小路——那时因为图近，常在这地方走——再过土冈，经过几家的房屋，便望见我家的围墙……[2]

除了开首一段文字描写相似外，两部作品的情绪、内容、人物等截然不同。如，《故乡》的主人公带着不佳的心绪来到家乡，为的是把家人接到京城，从此就将和故乡断了一切联系。《省会》的主人公则是独身一人，他的父母和兄弟以及小时玩伴全没有了，他到这里只

①《鲁迅全集》（第一卷），人民文学出版社，2005年版，第501页。
②《鲁迅译文集》（第一卷），人民文学出版社，1958年版，第344—345页。

是追怀一下过去的生活。《故乡》里给人印象深刻的一个人物是主人公的儿时伙伴闰土，一见面就喊“老爷”，20多年的变化让主人公不胜今昔之感、悲凉之感。《省会》中特别令主人公低徊不已的，则是他的一段乡土恋情。其实，那个名叫赛式加的女子在主人公还在故乡时，就已经消失了，而且据说嫁给了一个祭司，并非主人公离开故乡后才发生一切变故。中外文学作品中，追怀恋人、想念故乡是一个基本类型。不能说因为鲁迅翻译过契里珂夫的《省会》，便想当然地论断说鲁迅“模仿”了契里珂夫，从中挑出相近的句子，反过头来再证明这一个并不存在的影响事实。

藤井省三似乎着了魔似的要从鲁迅每一部作品中挖出模仿他人的痕迹。他在《复仇的文学》一文中，将《野草》与日本作家长谷川如是闲的作品对比，罗列出二者相似之处，如《复仇》中“鲜红的热血”这个句子，源自长谷川如是闲《真实如此伪装》中“当鲜红的血将雪白的皮肤染成淡红色”。其他如《立论》《失去的好地狱》等一批作品，“含有很多与如是闲特有的警句相似的东西”①。再比如藤井省三又说《孔乙己》系《毛利先生》的“模仿和创造”②。芥川短篇描写了一私立中学落魄的英语教师。孔乙己是科举制度的牺牲品，他的命运之悲惨程度，要远远超出一个日本学者的想象，他是差点被打死的一个“苦人”——“青白脸色”上时常夹杂些伤痕，还有一部乱蓬蓬的花白胡子，衣服又脏又破，像十多年没洗过似的。与之相比，主人公记忆中的英语教师毛利先生一出场，即“显出一种简直像没看见学

①〔日〕藤井省三：《鲁迅比较研究》，陈福康编译，上海外语教育出版社，1997年版，第38页。
②〔日〕藤井省三：《鲁迅的〈孔乙己〉与芥川龙之介的〈毛利先生〉》，《上海鲁迅研究》（春），上海社会科学院出版社，2010年版，第83页。

生般的超然态度”，气色不佳的圆脸上露出善良的、和蔼可亲的微笑。讲课时，遇到稍稍复杂点的句子，一时找不到适当的词句翻译，毛利先生便一个劲儿地把手放在领口上似乎要把紫色的领带扯碎，羞得脸都伏在桌子上。大体上毛利先生还是称职的，发音虽做作，然而清楚、准确；误译自不必说，连最细微的发音上的毛病，他都会纠正[①]。这两个人物无论面貌、神情和内涵都截然相异，一点儿可比性也没有。鲁迅深知科举制下牺牲了多少原本善良的人，耗尽一生想取功名而不得，最后一事无成，有的人还变成了疯子。短篇小说《白光》里，鲁迅就塑造了一个与孔乙己同类的牺牲者陈士成，经过多次失利，变得疯疯癫癫，投湖而死。鲁迅耳闻目睹的太多太多了，这些形象在他的心中脑海长久地存活着、生长着，于一个适当的时机被创造了出来，他还用得着从日本进口一个模特儿，照猫画虎地塑造一个出来吗？日本有教师，可日本绝没有科举制下的受害者。中国的科举制下的冤魂尽够鲁迅取用了。孔乙己就是这样一个标本，他是一个地地道道的、不折不扣的国产货。鲁迅曾对他的学生孙伏园讲过，在他所有的小说作品中，看重的、喜欢的就是《孔乙己》。所以，像藤井省三那样轻率地断定《孔乙己》系模仿之作，这种忽略作家整体创作背景的研究方法，实在是不可取的。

鲁迅从不讳言受过外国文学影响，他说自己写小说所仰仗的，就是以前看过的百十来篇外国作品。在一般意义上，鲁迅也严格区分了“采用”和“模仿”：反对“模仿”，因为“依傍和模仿，决不能产生真艺术”[②]；主张有条件地采用和吸收，“恰如吃用牛羊，弃去蹄毛，留

①〔日〕芥川龙之介：《罗生门》，文洁若译，现代出版社，2016 年版，第 99—100 页。
②《鲁迅全集》（第六卷），人民文学出版社，2005 年版，第 499 页。

其精粹，以滋养及发达新的生体，决不因此就会‘类乎’牛羊的”[1]。

以上所论鲁迅研究领域中的方法，其基本路径是：首先预设了一个前提，即鲁迅只有经过“模仿”阶段，才能达到创造。其次，凭着词句、意象、场景等偶然相似或“暗合”，便在两个文本之间建立起了直接关联。这是一个歧路。事实上，没有证据能够证明如《阿金》与《支那人气质》、《故乡》与《省会》之间，存在哪怕是丝毫的关系。当然，考索影响，钩沉史实，有助于对文本的全面认识，此亦研究之一途，也仅限于具有真实证据的作品，如《药》末尾安德烈耶夫式的“阴冷”之类。倘若不加界定，任意比附，鲁迅的多数作品都会找出“模板”。何止于鲁迅，任何作家的作品中都可找得出。即便是有着明显影响的作品，如《药》末尾阴冷氛围——铜丝般根根直立的野草，铁铸般站着的乌鸦，与安德烈耶夫有何干系？在影响、事实、原型与最后完成的作品中间，还存在着一个巨大的想象力空间或地带，经过熔化、形塑，完全变成了鲁迅的风格。硬要从作为复杂艺术系统的文本中剥离出那一点点外在影响因素，无异于从吸引了营养的身体里面还原出牛羊肉来。所以此法不可取，亦不足法。

二

日本的鲁迅研究中还有一种倾向，即从字面意思出发，随意解释鲁迅的作品，有时望文生义，基本上与文本产生的历史语境无关。比如，丸尾常喜《“人”与“鬼”的纠葛——鲁迅小说论析》中分析孔乙己时，便有一种非常可怪的评论。“他身材很高大”，这是小说中形容孔乙己身高的一个句子。丸尾常喜解释道，这一句“大概意味着如果他的

① 《鲁迅全集》（第六卷），人民文学出版社，2005 年版，第 24 页。

想法变了，他也能当一个像样的体力劳动者吧。也许在他身上重复了因身长九尺六寸而被称为‘长人’的孔子特征吧”[①]。丸尾的意思，第一，孔乙己不必一定要去参加科举考试，此路不通，以其高大的身材——身材高，体力一定强劲，可去做一个“像样的体力劳动者”，也能养活家人、生活平稳，过完自己的一生。这是一种引申的说法，脱离了小说所要揭示的科举制背景，也就不能认识造成孔乙己悲剧命运的根源了。第二，孔乙己姓孔，中国古代大教育家孔子也姓孔，孔乙己身材高大，孔子身材也不低——史书上记载其为“长人”。既然二人都姓孔，且身材都高大，那么按时代先后，孔乙己就是孔子的一个“重复”了，不管重复的是身高、姓氏还是命运，总之，二人之间便产生了一种联系。可鲁迅写作这篇小说时，为主人公取名并不是模仿孔子之姓孔，而是过去儿童摹写的字帖上有句“上大人孔乙己化三千七十士……”。忽略了字帖文字事实，直接把孔乙己与孔子联系起来，属想当然的、字面意思上的解释。

再如对阿Q形象的分析。丸尾常喜先“特别说明”了阿Q这一人物的全称是阿Quei，“实际上是‘阿鬼’”，而鬼就是“幽灵、亡灵”。接下来丸尾常喜作了一番考证，将这种考证过程勾勒出来，即如以下：

一、鲁迅在小说序里说到了有“考据癖和历史癖”的胡适，那时正在提倡“整理国故”，完成了《〈水浒传〉考证》《〈红楼梦〉考证》，在友人和学生中传阅，提出意见者有胡适的学生顾颉刚。这个考证看似说了很多，其主要目的是要引出顾颉刚。

二、鲁迅对顾颉刚向来冷嘲热讽，《理水》中的“鸟头先生”即

①〔日〕丸尾常喜：《“人”与“鬼”的纠葛——鲁迅小说论析》，秦弓译，人民文学出版社，2006年版，第58页。

以顾颉刚为原型，“《说文解字》解释说，‘顾从页，雇声’，‘雇’是鸟名，‘页’的本义是头，所以鲁迅在小说中取了这样一个名字。‘鼻’‘赤鼻’等也是取自顾颉刚身体上的特征，鲁迅在私信中每每取为顾的绰号”。顾颉刚曾训“禹”为“虫”，受到鲁迅的嘲笑。这个考证引出顾颉刚“古史辨学派”的一个著名学术公案。

三、丸尾常喜引用鲁迅致章廷谦信中语“案迅即卂，卂实即隼之简笔，与禹与禺，也与它无异……”，章太炎释“禺”即“鬼”。循此例，丸尾常喜得出了一个公式：禹 = 禺 = 鬼。考证的结论即为：“无论如何，我在此偏要用‘考证’这种方法试图说明‘阿鬼’也就是‘名为幽灵的人’是‘存在’的。我先说过这或许是鲁迅有意安排的，就是出于上述理由。鲁迅在《阿Q正传》第一章‘序’的最后一段里说只有一个‘阿’字非常正确，‘绝无附会假借的缺点’，这实际上是在暗示‘Quei’里面有所‘附会’与‘假借’。我的‘穿凿’就只是尝试着把这一点作为突破口，代替胡适先生的门生来寻找阐释作品的新的‘端绪’。”①

鲁迅可从来没说过阿Q“实际上是‘阿鬼’”，《阿Q正传》第一章序中也无“鬼”字，不知丸尾常喜从何处得来的证据。这只能说明是丸尾常喜武断地将“阿Quei”写成“阿鬼”，然后再从鲁迅及其他作家那里找来一系列相关和不相关的资料，证明阿Q就是“阿鬼”，“阿鬼”即“名为幽灵的人”，这个“人”并且事实上也是存在的。丸尾常喜拈出小说序里的一句话“……而终于归结到传阿Q，仿佛思想里有鬼似的”，还有《〈阿Q正传〉的成因》里一句“阿Q的影像，在我的心目中似乎确已有了好几年”，便断然认定，鲁迅用这句话表

①〔日〕丸尾常喜：《“人”与“鬼”的纠葛——鲁迅小说论析》，秦弓译，人民文学出版社，2006年版，第101页。

明他的脑海里“存在着不肯离去的‘鬼’的影像”，因而《阿Q正传》这部作品就是为这个“鬼”作传，然后“把作者脑海里不分明的幽暗中的‘鬼’的影像引出到光天化日之下”①。

丸尾常喜的最终目的还不是仅仅证明阿Q即“阿鬼”，他要用这个“鬼”字来证明鲁迅的文学和思想，因为鲁迅曾说过“历史上都写着中国的灵魂，指示着将来的命运”，这个“灵魂”在丸尾常喜看来，就是指“鬼”：

> 深切关注中国人的“国民性”——换言之，即“国民的魂灵”的存在方式——的鲁迅，重视“野史”“杂记”之类胜过“正史”。《阿Q正传》就是要揭示这“国民的魂灵”，也就是上面证引文中的“中国的灵魂”的作品。“人”死皆为“鬼”，“人”在“阳间”，“鬼”在“阴间”，都是“魂”（“灵魂”）的存在方式，因而，纵使鲁迅在探索国民之“魂”的作品主人公名字上寄寓“鬼”的意义，也不足为怪。然而，只要不是单纯的文字游戏，就必有更大的缘故吧。……②

总括丸尾常喜论点，鲁迅批判的“国民性”的病根，它的另一个名目就是“鬼”。

丸尾常喜用了许多的篇幅来论证阿Q即阿鬼，“国民的灵魂”一语的“灵魂”就是“鬼”，鲁迅批判的“国民性”也相当于在批判“鬼”。

①〔日〕丸尾常喜：《“人”与“鬼”的纠葛——鲁迅小说论析》，秦弓译，人民文学出版社，2006年版，第109页。

②〔日〕丸尾常喜：《“人”与“鬼”的纠葛——鲁迅小说论析》，秦弓译，人民文学出版社，2006年版，第110页。

这只能说明，第一，丸尾常喜的论证方式是在并无内在关联的事件、词语之间，臆断地建立起一种逻辑链。第二，丸尾常喜并不了解汉语词语“灵魂”在鲁迅文章中的意思，仅凭字面意思将这个词语证为“鬼”，全然曲解了鲁迅的本意。鲁迅笔下“中国的灵魂”“大众的灵魂”等，其中“灵魂”就是指精神，确切无疑，无须穿凿过甚，以为里面包含着什么微言大义的东西。

丸尾常喜的书中，这种望文生义、拿字面意思来论述的地方所在多有，凡是鲁迅作品中有“鬼”“灵魂”字样，丸尾常喜都会刻意从中寻出别样的意思来。试再举一例。书末附录三《复仇与埋藏——关于鲁迅的〈铸剑〉》一文，引了鲁迅《写在〈坟〉后面》“到那时还唾弃我的，即使是枭蛇鬼怪，也是我的朋友，这才真是我的朋友”，将“枭蛇鬼怪”理解为是许广平，是“指称许广平的词汇”，并引许广平写信时自称的“小鬼”，然后便在这三个词语间画上了等号。许广平给鲁迅的信里自称“小鬼”，这意思是显豁的，用不着多加解释。如果许广平的自称里一定含有“枭蛇鬼怪”，尤其是阴间的妖魔鬼怪意思，那才叫大煞风景。

三

鲁迅研究中还有一种现象，即把鲁迅的作品基本否定了，又似乎将鲁迅看得很高，则是一种相当奇怪的思路。这可以竹内好的《鲁迅》为例。在目前国内鲁迅研究中，“竹内鲁迅研究”也已经成了一个研究对象。

竹内好首先将鲁迅的文学及思想与“无”联系起来，他说，“鲁迅文学的根源是应该被称为‘无’的某种东西。获得了那种根本的自觉，才使他成为文学家”。竹内好称，他是“站在把鲁迅称为赎罪的文学的体系上”，来发表他的意见的[①]。

说鲁迅的文学和思想根源于“无”，而且与“赎罪文学”联系起来，这仍然是日本式的思维以及基于日本文化背景。历史研究中遵循“名从主人”原则，这只是一个方面。另一方面，从鲁迅所有的文学作品以及表现出来的思想上看，与“无”关系不大，甚至可以直接地说，“无”这个概念不适合鲁迅的文学。

鲁迅秉持启蒙主义文学观念，“弃医从文”的初衷在于“立人”，终其一生以文学来改造中国“国民性”，等等，这已经成了鲁迅研究的基本共识。发表于1926年的《小杂感》，其中有一段相当著名的文字，可视为鲁迅文学和思想观念的表现：

> 人感到寂寞时，会创作；一感到干净时，即无创作，他已经一无所爱。
>
> 创作总根于爱。
>
> 杨朱无书。
>
> 创作虽说抒写自己的心，但总愿意有人看。
>
> 创作是有社会性的。
>
> 但有时只要有一个人看便满足：好友，爱人。[②]

鲁迅的意思是明确的，“一感到干净”，也即心中无爱，也即到了“无”的程度，创作生命便终止了，因为，他已经无爱了。

---

①〔日〕竹内好：《鲁迅》，李心峰译，浙江文艺出版社，1986年版，第60页。

②《鲁迅全集》（第三卷），人民文学出版社，2005年版，第556页。

文学创作根源于“爱”，“爱”与“无”相对立。

在《关于作品》一节里，竹内好逐项评价了鲁迅的作品，差点全部否定了，如:《肥皂》，“是笨拙之作”;《药》，“是失败之作”;“《狂人日记》开现代文学之先河，由此白话变得自由了，但它并没有形成作品的世界，而且，也没有摧毁封建思想的意义。我认为，由于这部稚拙的作品表现了某种根本的态度而有其价值”。竹内好将鲁迅《呐喊》《彷徨》所收小说分为五大类，第一类是《孔乙己》等，笔墨稍显夸张，手法细腻，“卓尔不群”。第二类属于讽刺类的小说，是“完全归于失败的一系列作品”，这些小说有《端午节》《幸福的家庭》《肥皂》《高老夫子》等。竹内评论道，“我怎么也搞不清这一系列作品的趣味。读起来甚至感到不愉快，那种不愉快来自读者的不理解。而按作者一个人的理解可能会很有趣。在某些地方令人有被搁在一边之感。例如，在那里还有漱石初期作品中可以见到的那种气味。我总觉得，这种只有一个人理解的东西，与其说是他的文章的一个特征，毋宁说是他的一个气质”。第三类类似于《药》的阴冷系列作品，除了《祝福》一篇，其他如《明天》《长明灯》《示众》等，都失败了。第四类是《故乡》《社戏》一类作品，包括《一件小事》《头发的故事》《端午节》《白光》等，都以失败告终。第五类是一个独立的系统，如《在酒楼上》《独孤者》，竹内好虽然认为他比李长之的评价要高，即使如此，两篇作品结尾处人物性格由于其行为“没有被创作出来”。大致总结，在竹内好眼中，鲁迅较好的作品只有四篇:《在酒楼上》《阿Q正传》《兄弟》《离婚》，后两篇作品是“有着最像短篇小说的结构的小说。在技巧上还显示出鲁迅的顶点，在相当大的程度上脱去了夸张和繁琐的说明”。竹内好因此断定:“鲁迅已经不能写小说了”，而且，“正确地说，就小说而言给人以糟蹋小说之感”。对散文诗《野草》，竹内好表示他很“看重”，原因在于，“在《野草》中，那种抽象的观念没有经过小说造型的复杂手续，就不成熟地以观念自己燃烧的形式直接表现出来，虽然难懂仍然是难懂，而表象却很完整。至少《野草》在表现和应该表现的东西之间，没有像小说那样的间隔。使小说失败的同一种东西，在这里却使诗成功了”。这段话夹缠含混，它的意思大体上可以辨清，即《野草》直接表现了某种“观念”，不像小说要经过复杂的“造型”，也就是说，鲁迅的小说在造型即形象塑造上是不成功的。对《故事新编》，竹内好认定它“全是失败之作”①。

竹内好把鲁迅基本上否定了。仅以小说而言，《呐喊》《彷徨》《故事新编》三本加起来，共有 33 篇，竹内好肯定的只有 4 篇，这 4 篇也并不是多么完美，像《在酒楼上》《孤独者》就“不成熟”。而且，竹内好认为，就文学而言，鲁迅没有自己的“文学论”和“文学史”；就思想而言，鲁迅也不是所谓的思想家，他“没有体系”。但是，另一方面，竹内好又将鲁迅抬得很高，视鲁迅为“现代中国的国民文化之母”，是“伟大的启蒙者”②。

把一个作家大半的创作成绩否定了，又将这个作家本人抬高到常人不可及的位置，这种思维方式真的是太不可解了。

竹内好的鲁迅研究，同样不可取。

①〔日〕竹内好：《鲁迅》，李心峰译，浙江文艺出版社，1986 年版，第 79 页、第 87-90 页、第 92 页、第 96 页、第 105 页。

②〔日〕竹内好：《鲁迅》，李心峰译，浙江文艺出版社，1986 年版，第 157 页。

四

20 世纪 50 年代以来，鲁迅研究表现出一种共同的趋向，即为鲁迅作品中一些涵义丰富以至难解的意象和形象，寻找或者不如说赋予某种明显带有时代色彩、印迹的解说。这种趋向到了 20 世纪 80 年代逐渐淡弱，但并未消失，即使在一些今天看来是鲁迅研究领域的大家身上，仍然存在着。

王富仁是被誉为“结束了鲁迅研究的陈涌时代”的学者，他的著作《中国反封建思想革命的一面镜子——〈呐喊〉〈彷徨〉综论》影响深远，不仅开辟了鲁迅研究新领域，同时这本著作本身也成了经典的研究论著。研习鲁迅的人，如果不知道这本书，在研究中绕开了这本书，那么，他的文章或论著的可信性就是成问题的，让人怀疑。王富仁的著作论断果决，他在序言里写道，“本书的主要口号是：首先回到鲁迅那里去”。他更是直接地概括了鲁迅小说的主旨：“我认为鲁迅小说的最大优长就在于他充分表现了封建传统思想意识在广大群众中的根深蒂固的广泛影响，这是它们的强大思想生命力和艺术生命力的基本源泉，因为鲁迅致力的这个目标，恰恰是中国反封建思想革命所应当、所必须致力的目标，而没有一个现代作家，在这方面足以和鲁迅的伟大贡献相比并。”①

今天再读王富仁的著作，依然感到他的思路之开阔、敞亮，尤其拈出鲁迅文学世界中的反封建思想，等于说标示出了鲁迅研究的正途，会让一些新来的研究者少走弯路。

另一方面，白璧微瑕，王富仁的著作也不完全十全十美、无可挑

① 王富仁：《中国反封建思想革命的一面镜子——〈呐喊〉〈彷徨〉综论》，北京师范大学出版社，1986 年版，第 9 页、第 40 页。

剔。他的有些说法，颇显出机械痕迹，甚或不近情理。比如，论述涓生形象时，王富仁认为，这个人物的悲剧在于他面临着两条道路，即人道主义和个人主义的选择：所谓人道主义，就是和妻子子君共同生活，陷入庸俗的生活泥淖中，结果“放弃反封建的大目标”，最后导致了他个人的“个性的毁灭”；所谓个人主义，就是毅然离开子君，抛弃庸俗的家庭环境，“毁灭子君，救出自己”，最后去为反封建这个大目标而努力。涓生做到了，他真的抛弃了子君，他要走上一条新生的路，一边忏悔，一边为实现反封建大目标奋斗。王富仁由此总结道，在鲁迅所有小说人物形象中，涓生是唯一一个没有被摧垮的知识分子。

这个结论大可以讨论。不要说五四时代，个人冲破社会束缚会作出一些牺牲，今天一个人为实现个体价值，有时亦难免失去一些东西，在所有这些应该失去的东西里面，一定就得把自己的妻子抛弃掉便可开出一条通途吗？直白地说，一个连自己老婆都养活不了的人，他能为社会作出些什么贡献？套用东汉人陈蕃的一句话，“一屋不扫，何以扫天下”？

王富仁著作中也不乏过度阐释的地方。比如，对小说《药》结尾出现的“乌鸦”形象，王富仁以为，乌鸦具有象征性特点，鲁迅将它“作为一种正面反叛者形象的象征”，“是鲁迅当时所要求的反封建思想革命者的象征形象”。这和鲁迅本人的解释不尽一致。鲁迅说，《药》结尾有着安德烈耶夫式的阴冷，而“乌鸦”形象的功能即在于产生出阴冷效果。再如对《雪》这篇散文诗中几个意象的分析：“三种景物，象征着三种人的品格：红花是战士的象征，他们充满热烈的激情，在严冷的现实中奋然斗争。他们有着热烈的爱和热烈的憎，这使他们显得有些傲慢和愤怒，人们感到他们不易亲近；南方的积雪象征着人道主义者，他们有温软的柔情，使人感到易于亲近，惬意安适；朔雪象征着在极恶劣的环境条件下失去了温润柔情和热烈情怀的个性主义者，人们对他们是难以爱、难以亲近的。”①

把一种内涵丰富的意象坐实了，用具体内容的形象来比附，意思确乎明白了，然而意象本身的空间却大大缩小了。

其实，鲁迅在散文诗中用了超现实手法，他赋予了自然景物诸种色彩，那是一种主观的、热烈的、浓郁的色彩及意味，与自然景物本身已经没有关系了。他不过借自然景物之名，创造了心中的意象。否则，散文诗开篇写过自然的红花之后，紧接着便写了内在意识中的“花”——“但我眼前仿佛看见冬花开在雪野中，有许多蜜蜂忙碌地飞着，也听得他们嗡嗡地闹着”。这个内心世界生长出来的“冬花”，与象征着“战士”的红花显然属类不同。

再比如对《肥皂》中几个意象的分析：

> “肥皂”构成了对新思想、新道德的象征，“皂荚子”构成了对封建传统思想和传统道德的象征。中国用传统思想和传统伦理道德洗了几千年，脖子上、耳朵后那积年的老泥还是洗不净，到头来还是一个极端贫穷落后的中国，现在是应该也必须用新思想、新道德洗一洗这积年老泥的时候了。②

四铭买来的肥皂包装有一层很薄的“葵绿色”纸，王富仁认为包

① 王富仁：《中国反封建思想革命的一面镜子——〈呐喊〉〈彷徨〉综论》，北京师范大学出版社，1986 年版，第 300 页。
② 王富仁：《中国反封建思想革命的一面镜子——〈呐喊〉〈彷徨〉综论》，北京师范大学出版社，1986 年版，第 148 页。

装纸的“绿”色也包含着某种象征：

> （一）这个“绿”是年轻的代名词；（二）四铭是以那个十七八岁的女乞丐为意念对象选择肥皂的；（三）四铭买的这块肥皂是他意念中的“咯支咯支遍身洗一洗”之后的女乞丐。①

颜色有温度，不同文化语境里，颜色也代表不同内涵。可在王富仁的分析、论断里，“绿”色代表年轻，则全然是一种逻辑推理：假道学四铭买肥皂时，这是一个极偶然的时间节点，此节点上，正好看见了一个年轻的女乞丐，女乞丐是年轻的，那么，买来的肥皂就是“年轻的”。这是一个没有限制的、随意性很强的时候点。设想一下，假如四铭准备买肥皂时，恰好看见了一个中年的女乞丐，根据前面逻辑推理，那么，这块肥皂则一定是“中年的”。这种推理有道理吗？

至于说“肥皂”是新思想道德的象征，“皂荚子”为旧思想道德的象征，细细揣摸小说内涵描写，似乎也无法于二者间画上等号，是一种颇为机械的比附。对“洗”字的解释，亦属于一种联想、类比。而且，王富仁认为，拿新思想新道德的“肥皂”洗一洗“积年老泥”，即要洗掉旧思想旧道德的影响。这里的问题是，鲁迅是在讽刺意义上使用动词“洗”，“咯支咯支”地去洗上几遍的对象，不是四铭，起先也不是四铭的老婆，而是街上那个年轻的女乞丐。把鲁迅讽刺意义、反面意义上的“洗”的行为，赋予了正面意义，这和鲁迅小说的本意

① 王富仁：《中国反封建思想革命的一面镜子——〈呐喊〉〈彷徨〉综论》，北京师范大学出版社，1986年版，第330页。

相违背了。

王元化《再谈鲁迅与太炎》一文持相同观点，以为《肥皂》“系描写一个人物想用肥皂洗净丐女，而作者命意却在洗去假道学的伪装”[①]。看来，老辈学者对这篇小说中的“洗”，意见颇相同。

不过，似乎这个“洗”字非小说命意本身，只能说它具有可以引申出来的意思。

如果紧贴着鲁迅讽刺意义线索，或许多少接近小说的本意：伪道学从来就是“洗”不干净的，他们的内心世界不洁。伪道学看起来很顽固，却并不拒绝西方物质的便利。国粹的“皂荚子”比起西方的“肥皂”来，显然后者好看、好闻、好用得多。伪道学拒绝西方科学思想，却能毫无障碍地、很舒服地享用着西方物质，只要这物质满足得了自己的淫欲，何论其他。伪道学们并不知道，西方的物质便利是西方科学思想的一个必然结果。不过，他们也隐约感受并因此而意识到了，科学思想会危及他们自身的利益。拿《肥皂》里的四铭来说，自诩自己也曾属于得风气之先的人物：“……其实，在光绪年间，我就是最提倡开学堂的，可万料不到学堂的流弊竟至于如此之大：什么解放咧，自由咧，没有实学，只会胡闹。……吓，什么学堂，造就了些什么？我简直说：应该统统关掉！”[②]

鲁迅在《马上支日记》里批评了四铭之流：“向来，我总不相信国粹家道德家之类的痛哭流涕是真心，即使眼角上确有珠泪横流，也须检查他手巾上可浸着辣椒水或生姜汁。什么保存国故，什么振兴道德，什么维持公理，什么整顿学风……心里可真是这样想？一做戏，则前

① 王元化：《谈文短简》，辽宁教育出版社，1998 年版，第 344 页。
②《鲁迅全集》（第二卷），人民文学出版社，2005 年版，第 47-48 页。

台的架子，总与在后台的面目不相同。……”[①]

在鲁迅笔下，四铭已经成了一种类型，只要于己有利的，没有什么不能做到的：把能“洗”的都“洗”了，连一个可怜的女乞丐也不放过，慢慢享用，满足那无尽的贪欲。

①《鲁迅全集》（第三卷），人民文学出版社，2005年版，第345页。

第四章　《一件小事》与鲁迅批判“国民性”思想的偏移

一

鲁迅小说中，影响最为广泛但艺术性评价上偏低的，是创作于1919年的《一件小事》。1924年，成仿吾发表《〈呐喊〉的评论》，称“《一件小事》是一篇拙劣的随笔”，即便称为随笔类型，也是很拙劣的，它受到了日本自然主义文学的影响①。1935年，李长之发表《鲁迅批判》，其中有一节名为“鲁迅在文艺创作上的失败之作”，列举了几部他认为“坏到不可原谅的地步”的作品，《一件小事》即其一。李长之评论道，包括《一件小事》在内的几部“失败之作”，之所以“坏”，是因为有的“故事太简单，称之为小说呢，当然看着空洞；散文吧，又并不美，也不亲切，即便派作是杂感，也觉得松弛不紧凑，结果成了‘嘛也不是’的光景”②。当代学者中，也有人持近似的观点，

① 李富根、刘洪：《恩怨录·鲁迅和他的论敌文选》，今日中国出版社，1996年版，第403页、第404页。

② 李长之：《鲁迅批判》，北京出版社，2003年版，第93页。

如文学史家、鲁迅研究专家钱理群，在出版于2003年的《与鲁迅相遇——北大演讲录之二》一书中，以小说艺术的“从容”标准议论道，《一件小事》因为“写得比较急促”，就“显得粗糙一些”[①]。

不过，在20世纪50年代，有些学者从文体特征角度分析《一件小事》，如巴人《鲁迅小说的艺术特点》一文论述道，这部小说“采取了杂文和随笔的形式”，说明“鲁迅的艺术表现方法是多种多样的”[②]。冯雪峰《关于〈一件小事〉的一点看法》中，将这篇作品看作是鲁迅的“自述”[③]，也即具有个人生活经历实录的意思。

更多的则是从思想及内容方面，高度评价过这篇作品，认为它通过车夫形象反映了底层民众身上高尚的品质、质朴的情感，并由此引发出有关知识分子自我改造的话题。唐弢发表于20世纪50年代的论文《“小事”不“小”——谈〈一件小事〉的思想性与艺术性》，是这方面代表性的观点：

> 作者歌颂了劳动人民崇高的品质，批判了小资产阶级知识分子个人主义的“坏根性”，后者终于自觉地认识错误，在车夫的精神感召下看到一股新的力量，增加了斗争的勇气和希望。[④]

即使在20世纪80年代，一些学者从较新的理论视角重新分析《一

① 钱理群：《与鲁迅相遇——北大演讲录之二》，生活·读书·新知三联书店，2003年版，第148页。
② 谷斯范：《巴人文艺论集》，人民文学出版社，1984年版，第409页。
③ 冯雪峰：《鲁迅的文学道路》，湖南人民出版社，1980年版，第200页。
④ 唐弢：《鲁迅的美学思想》，人民文学出版社，1984年版，第197页。

件小事》，其结论大多仍然延续了这类观点，如蓝棣之《鲁迅：〈呐喊〉、〈彷徨〉》一文所说，鲁迅受制于入世和有所作为的“潜在愿望”，“写一位知识分子在对国家政治失望的情况下，因一次偶然小事，认识了劳动人民的高尚品质，因而抑制了自己的坏脾气，增长了勇气和希望”，“……实际上也就是无情解剖自己”①。这类观点至少在今天还支配着一般读者对《一件小事》的阅读和理解。

从文学接受史的角度观察，《一件小事》的意义曾发生过微妙的变化。在创作《一件小事》的同一时期，鲁迅写过一篇短文名为《恨恨而死》，后收入杂文集《热风》，其中有“自我改造”的话题，即“必须先改造了自己，再改造社会，改造世界”②。这里所说的“改造”，应该是指在五四启蒙运动中知识者自身的知识结构、价值观念、立场态度等方面的彻底转变，与传统的士大夫的思想观念断然决裂。这应当是鲁迅的本意，也是《一件小事》的本意。只是这个意义后来被悄然置换了，变成了一个有榜样可依的知识分子改造的主题，即在劳苦大众崇高美德面前，知识分子要消除掉自身的“小”。这一巧妙的置换大约是自茅盾始，他在《鲁迅论》一文中批评了张定璜、成仿吾等人的观点，从鲁迅不仅解剖社会、同时也无情解剖自己的角度，确定了《一件小事》的主题意义：

> ……然而我们也不要忘记，鲁迅站在路旁边，老实不客气的剥脱我们男男女女，同时他也老实不客气的剥脱自己。他不是一个站在云端的“超人”，嘴角上挂着庄严的冷笑，

① 蓝棣之：《现代文学经典：症候式分析》，清华大学出版社，1998年版，第7页。
②《鲁迅全集》（第一卷），人民文学出版社，2005年版，第378页。

来指斥世人的愚笨卑劣的；他不是这样的“圣哲”！他是实实地生根在我们这愚笨卑劣的人间世，忍住了悲悯的热泪，用冷讽的微笑，一遍一遍不惮烦地向我们解释人类是如何脆弱，世事是多么矛盾！《一件小事》和《端午节》，便是很深刻的自己分析和自己批评。《一件小事》里的意义是极明显的，这里，没有颂扬劳工神圣的老调子，也没有呼喊无产阶级最革命的口号，但是我们却看见鸠首囚形的愚笨卑劣的代表的人形下面，却有一颗质朴的心，热而且跳的心。在这面前，鲁迅感觉得自己的“小”来。他沉痛地自白道……所以我对于这篇“并且即称为随笔都拙劣的《一件小事》”——如一位批评者所说，却感到深厚的趣味和强烈的感动。[①]

茅盾的这一带有定论性的批评，随着后来《一件小事》被选入各种教材以及文学教育的普及，产生了相当大的影响。自此以后，对《一件小事》的认识，已经成了一种相互转引、无须过多阐释的模式。

变化是自20世纪80年代开始，对《一件小事》的评价又发生了一个逆转，两相对比，形成了反差太过明显的对照。有些学者认为在鲁迅的创作中，《一件小事》是可有可无的存在。比如，张中行《也说一件小事》一文，直接否定了其价值，视为“滥竽充数”之作，它的出名得益于选入教材：

《一件小事》是鲁迅先生一篇滥竽充数的小说。小说要编造或改造，这篇不是，所以是滥竽；《呐喊》是短篇小说

①《茅盾全集》（第十九卷），人民文学出版社，1991年版，第137页。

> 集，这篇编入《呐喊》，所以是充数。文篇幅不大，名声不小，因为曾入中学语文课本，单说学生，数目就大得惊人。名声大会孕育独占性……[1]

有些影响较大的文学史教材，比如钱理群等主编的《中国现代文学三十年》，只字不提《一件小事》。《一件小事》在阅读接受史上的这些戏剧性变化，是非常有意味的。

作品自身蕴含的“本义”是一回事，阅读、阐释中产生、积淀的意义又是一回事。如果不单拘泥于《一件小事》的小说艺术性特征和主题分析，而是将它置于鲁迅创作和思想系统大背景之下，或许它会展现出有别于阐释意义上的自身的“初始的视界”。在鲁迅集中批判“国民性”的创作时段，突然出现一篇与同期思想对立的文本，只能说明，鲁迅的思想发生了某种突然的位移，而这种移动仅仅具有偶然性特征，与其时他的整体思想并不相符。

二

鲁迅创作《一件小事》，曾受到过两种因素的影响。在社会政治的外缘背景方面，其时提倡“劳工神圣”的理论，这不能不对鲁迅的思想产生某些触动，故而在他笔下出现了一个唯一被正面描写的底层人物。从创作角度看，这篇小说最初受到过日本小说家芥川龙之介的短篇小说《橘子》启发，后者写了一个乡下贫苦女孩的美好心灵。最早注意到这种影响和启发的是诗人朱湘。在《呐喊》出版的次年即1924年，朱湘发表了一篇题为《〈呐喊〉》的评论文章，其中有一段议论：“作

① 张中行：《张中行作品集》（第五卷），中国社会科学出版社，1997年版，第452页。

者的这十五篇小说本来都是些杂感，与周作人君译的《现代日本小说集》中许多篇的体裁相同，并不在结构，发展上用力，只是将作者所有过的见闻，所遇过的人物之中不已于言的叙写下来罢了。”[①]

朱湘的观点，在今天看来有不准确的地方，比如，他视《呐喊》15 篇小说“都是些杂感”，所描写的无非作者曾经有过的“见闻”，于“结构”“发展”上用力不够，评价颇低，显然是过于主观性的说法（朱湘说 15 篇，指《呐喊》初版本，因成仿吾只称赞其中一篇《不周山》，鲁迅于 1930 年第 13 次印刷时，抽去本篇并改名为《补天》，收入 1936 年出版的小说集《故事新编》。故后来《呐喊》诸本均为 14 篇），但他注意到《呐喊》所收小说与《现代日本小说集》中许多篇作品“体裁相同”，是有根据的。后来有些研究者也具体比较过《一件小事》与《橘子》之间的相似之处。何德功出版于 1995 年的《中日文学启蒙论》一书中，分析过两篇小说在主题、构思及手法上的“相似性”，“在古今中外创作中，构思的部分撞车是常有的，但像《蜜柑》（即《橘子》）与《一件小事》这样构思基本相同的情况却是极为少见的，这种情况之所以出现，很有可能是由于后者受到了前者的启发，特别是从两篇作品发表的时间顺序来看，从 1923 年的《现代日本小说集》中鲁迅热心介绍芥川的情况来看，我们更有理由这样认为”[②]。

比较两个文本，确如何德功所论，相似之处颇多，如开篇都写到叙述者或主人公对人间世事的不满以及个人内心的厌烦，这是一种难以排遣的、长久郁积在内心世界的倦怠，似乎在一段时间内将会一直伴随着主人公，如影随形。然而，他们都因着偶然遇见的“一件小事”，

① 朱湘：《朱湘散文》（下），中国广播电视出版社，1994 年版，第 320 页。
② 何德功：《中日启蒙文学论》，东方出版社，1995 年版，第 212 页。

使得情绪发生了变化，最后打破了那种一如坚冰般的内心。试比较两个文本异同。

《橘子》开篇及结尾：

冬天的一个傍晚，天色阴沉，我坐在横须贺发车的上行二等客车的角落里，呆呆地等待开车的笛声。车里的电灯早已亮了，难得的是，车厢里除我以外没有别的乘客。朝窗外一看，今天和往常不同，昏暗的站台上，不见一个送行的人，只有关在笼子里的一只小狗，不时地嗷嗷哀叫几声。这片景色同我当时的心境怪吻合的。我脑子里有说不出的疲劳和倦怠，就像这沉沉欲雪的天空那么阴郁。我一动不动地双手揣在大衣兜里，根本打不起精神把晚报掏出来看看。

直到这时我才聊以忘却那无法形容的疲劳和倦怠，以及那不可思议的、庸碌而无聊的人生。①

《一件小事》开首部分：

我从乡下跑到京城里，一转眼已经六年了。其间耳闻目睹的所谓国家大事，算起来也很不少；但在我心里，都不留什么痕迹，倘要我寻出这些事的影响来说，便只是增长了我的坏脾气，——老实说，便是教我一天比一天的看不起人。

但有一件小事，却于我有意义，将我从坏脾气里拖开，

①〔日〕芥川龙之介：《罗生门》，高慧勤、文洁若译，国际文化出版公司／中国书籍出版社，2006年版，第108、第110页。

使我至今忘记不得。[1]

两个文本在结构、时间及情景等多方面颇为相似，如时令季节，都设置在冬天，且强化了寒冷程度，《橘子》是“天色阴沉”的冬天傍晚，《一件小事》则为民国六年“大风刮得正猛的冬天”；主人公都是从家里出外办事；所乘工具亦相近，前者为火车，后者为人力车，等等。虽然主人公所见人物有别，前者为小女孩，后者为车夫及老女人，他们身份是相同的，俱为底层民众。至于事件发展及其性质，即毫不犹疑地助人一事，从而触动了在旁观看的主人公的心灵，则为小说刻意表现的主题。

《一件小事》描写车夫救助花白头发的老女人，此内容已为读者所熟知。芥川《橘子》主要内容则需稍作介绍：当心情烦闷的主人公一个人百无聊赖地待在车厢，此时慌慌张张地进来了一个地道的乡下姑娘，十三四岁，红得刺目的双颊上遍布着受冻的裂痕，满是冻疮的双手捧着一个大包袱。火车快开到隧道口时，小姑娘突然打开车窗，灌进一股令人窒息的烟屑。主人公好不容易止住怒气，否则“准会没头没脑地把这姑娘骂上一顿”。这和《一件小事》里主人公“憎恶”花白头发女人的心情相同。这里已是镇郊的道岔，栅栏后边并肩站着三个红脸蛋的男孩：

他们个个都很矮，仿佛是给阴沉的天空压的。穿的衣服，颜色跟镇郊那片景物一样凄惨。他们抬头望着火车经过，一齐举起手，扯起小小的喉咙拼命尖声喊着，听不懂喊的是什

①《鲁迅全集》（第一卷），人民文学出版社，2005 年版，第 481 页。

么意思。这一瞬间，从窗口探出半截身子的那个姑娘伸开生着冻疮的手，使劲地左右摆动，被温煦的阳光映照得令人喜爱的金色的五六个橘子，忽然从窗口飞落向送火车的孩子们头上。我不由得屏住气，登时恍然大悟。姑娘大概是前去当女佣，把揣在怀里的几个橘子从窗口扔出去，以犒劳特地到道岔来给她送行的弟弟们。

暮色的苍茫笼罩着镇郊的道岔，像小鸟般叫着的三个孩子，以及朝他们头上丢下来的橘子那鲜艳的颜色——这一切一切，转瞬间就从车窗外掠过去了。但是这情景却深深地铭刻在我心中，使我几乎透不过气来。我意识到自己由衷地产生了一股莫名其妙的喜悦心情。我昂然仰起头，像看另一个人似地定睛望着那个姑娘。不知什么时候，姑娘已回到我对面的座位上，淡绿色的毛线围巾仍旧裹着她那满是皲裂的双颊，捧着大包袱的手里紧紧攥着那张三等车票。①

比较《一件小事》，“我这时突然感到一种异样的感觉，觉得他满身灰尘的后影，刹时高大了，而且愈走愈大，须仰视才见”，芥川笔下“这情景却深深地铭刻在我心中，使我几乎透不过气来。我意识到……喜悦心情。我昂然仰起头，像看另一个人似地定睛望着那个姑娘……”，前者确实不仅受到了后者的影响，而且字句上都有所借鉴。文学创作上往往存在着影响关系，《一件小事》和《橘子》就是最好的证明。

鲁迅个人的生活经验，也是《一件小事》创作因素之一。鲁迅的

①〔日〕芥川龙之介：《罗生门》，高慧勤、文洁若译，国际文化出版公司 / 中国书籍出版社，2006 年版，第 110 页。

小老乡俞芳写过一篇回忆文章，名为《鲁迅先生和人力车工人——读〈一件小事〉想起的》，其中说道，鲁迅每次乘坐人力车回家，付了足够的车费之外，还要和蔼地向车夫表示谢意。俞芳讲了鲁迅与人力车夫的三个故事。一次是鲁迅住在北京西三条，有个叫二秃子的车夫拉着鲁迅，不小心摔倒了，两人均受伤。车夫忍痛将鲁迅送回家。鲁迅每每讲起来，心情都颇为激动，赞扬二秃子那种少有的负责任的精神。还有一次是鲁迅在教育部上班时，时值冬天，大雪纷飞，天气极寒冷，鲁迅发现车夫竟只穿着单裤，所以付了车费外，又额外给了一元。后来鲁迅留意、观察到教育部门口周围等着拉人的车夫都只穿单裤，便感慨地说，这是一个社会问题，非个人之力所能解决。俞芳回忆说，鲁迅讲给她的另一个印象至为深刻的故事是，一次坐车把钱包遗失在车上，车夫急急忙忙还了回来。鲁迅给了一元以表谢意，车夫怎么也不收，最后在鲁迅劝说下才收了。鲁迅意味深长地说，这个车夫一定非常需要钱，然而他表现得拾金不昧，说明他具有可贵的品质，“这样的心地，品德，不是有限的钱酬谢得了的”。鲁迅嘲弄地说，如果慈禧捡到这个钱包，早就落进她的腰包里了，供自己享乐，国家安危、民族存亡是在所不计的。拿太后与车夫相比，“真是天差地别”。因此，俞芳说，《一件小事》的产生，不是偶然的[①]。

三

《一件小事》的创作缘起，受到“劳工神圣”和芥川小说的触动和启发，加上鲁迅个人的亲身经历以及相应的体验和思考，种种因素聚合一起，使鲁迅创造出了一个值得赞美的底层小人物形象。写底层

① 俞芳：《我记忆中的鲁迅先生》，浙江人民出版社，1981 年版，第 57–58 页。

小人物，将小人物身上的可贵品质抽绎出来并予以赞美，这种预设主题以及人物本身的规定性，从一开始就决定了《一件小事》很难被写成一篇艺术上完满的作品。其时鲁迅思想世界中占据主导地位的恰恰是一种极强烈、突出的批判性倾向，这种创作上显示出的特点，与正面赞美一个底层人物之间，似乎很难相互兼容。

创作《一件小事》的1919年前后，鲁迅致力于对国民精神的启蒙，剖析并清理造成国民性缺陷的“病灶”，亦即揭示其历史和思想根源。这一时期表现出的强烈的、锋芒毕露的批判精神，贯穿了鲁迅一生的创作和思想世界。就在鲁迅批判火力最为猛烈的时期，《一件小事》的写作和发表，以及作品中人物车夫的“高大”形象高于叙述者，而且要叙述者“须仰视才见”的现象，这在鲁迅的同期创作中就显得罕见、突兀了。拿本期总体创作趋向、主题、风格等等作为衡量标准，审视《一件小事》的内涵、意义，那么，它的存在就显得颇不和谐。王彬彬《知识分子与人力车夫——从一个角度看“五四”新文化阵营的分化》一文分析了这种现象：

> 鲁迅毕生坚持对大众的启蒙，揭示广大民众“精神”上的“病苦”、引起“疗救的注意”，是鲁迅著作的鲜明特色，——在这个意义上，这篇“歌颂”车夫“精神”的《一件小事》，在鲁迅作品中显得很“另类”。然而，它毕竟关注的是车夫这类底层民众的“精神”而不是他们物质意义上的生计，所以在一个更大的范围内，它与鲁迅作品的基调又是一致的。[①]

① 王彬彬：《风高放火与振翅洒水》，人民文学出版社，2004年版，第23页。

鲁迅同情底层民众，有时从他们身上看出可贵的品质和美德。但是，从总体上观察，鲁迅对群众是并不相信的，他的许多杂文、随笔篇章中，批判性的成分要远远多于赞美。所批判的对象，即是底层民众的“精神”。《娜拉走后怎样》有一段议论，颇可代表鲁迅对底层群众的看法：

> 群众，——尤其是中国的，——永远是戏剧的看客。牺牲上场，如果显得慷慨，他们就看了悲壮剧；如果显得觳觫，他们就看了滑稽剧。北京的羊肉铺前常有几个人张着嘴看剥羊，仿佛颇愉快，人的牺牲能给予他们的益处，也不过如此。而况事后走不几步，他们并这一点愉快也就忘却了。①

鲁迅毕生反对强权，同情弱者，像他在《英译本〈短篇小说选集〉自序》中所说的，“将所谓上流社会的堕落和下层社会的不幸”② 表现出来。在他后期的杂文中，“愚民”“大众”“下等人”和“特权者”“特权阶级”“上等人”等相对立的术语出现频率最高，他的倾向、立场也是非常明显的。同情底层民众所遭受的不平与揭示他们精神上的“疾病”，在鲁迅创作中呈现出相反而实相成的基本特点。

鲁迅蔑视“上等人”，却不一定就意味着他在精神上认可和赞美“下等人”。他看到的要更为阔远、深广，即，如果“等级制”这种“社会组织”继续存在，不仅“差别”将依旧如故，而且“下等人”也会升为“上等人”，这些“下等人”一旦阔了起来，对付先前的同类更加暴虐。即使到了1931年，鲁迅的这一观点仍然未有太大的改变。在《上

①《鲁迅全集》（第一卷），人民文学出版社，2005年版，第170页。
②《鲁迅全集》（第七卷），人民文学出版社，2005年版，第411页。

海文艺之一瞥》中，鲁迅举了一个具体的例子，“这正如上海的工人赚了几文钱，开起小小的工厂来，对付工人反而凶到绝顶一样”[①]。其历史的根源在于，虽然人有差别，分为贵贱上下，他们的思想其实是一致的。在《谈皇帝》一文中，鲁迅写道：“……君民本是同一民族……两者之间，思想本没有什么大差别。”[②]《通信（并Y来信）》中又写道：“我总以为下等人胜于上等人，青年胜于老头子，所以从前并未将我的笔尖的血，洒到他们身上去。我也知道一有利害关系的时候，他们往往也就和上等人老头子差不多了，然而这是在这样的社会组织之下，势所必至的事。”[③]就是在乡村，也概莫能外，乡民们地位低下，他们的思想仍然是乡绅老爷的思想，在《革命时代的文学》中，鲁迅讲到了，乡民“他们对于乡下的绅士有田三千亩，佩服得不了，每每拿绅士的思想，做自己的思想……”[④]《〈某报剪注〉按语》中的一段话，可以看作是他此种早期思想观察的总结：“……我真吃惊于中国的精神之相同，虽然地域有吴蜀之别。”[⑤]

鲁迅于他的思想高度上，对上层和下层或者“上等人”和“下等人”精神状况持同样批判、启蒙的态度。即便涉及底层民众，在他们身上发现了某种美好的品质，他也不会将这些当作抽象的、本质的或恒定不变的因素。一切都会发生变化，只要“固有文明”不发生变易，“等级制”的社会心理基础依然存在，上海的工人开起小工厂，对付同类会凶到绝顶；阿Q一旦“革命”成功，第一著即消灭小D。鲁迅最后

①《鲁迅全集》（第四卷），人民文学出版社，2005年版，第309页。
②《鲁迅全集》（第三卷），人民文学出版社，2005年版，第268页。
③《鲁迅全集》（第四卷），人民文学出版社，2005年版，第98页。
④《鲁迅全集》（第三卷），人民文学出版社，2005年版，第441页。
⑤《鲁迅全集》（第八卷），人民文学出版社，2005年版，第241页。

将根源追溯至传统文化，是等级制造成了这种种怪象。鲁迅在他的文章中所显露出来的那种逼人的批判锋芒，那种直指病根的准确、尖利，会令人觉得他比那些“全盘西化”论者走得更远、更坚决。鲁迅找到了这些病象的根源，如《灯下漫笔》结尾有一段犀利至极的议论：“这文明，不但使外国人陶醉，也早使中国一切人们无不陶醉而且至于含笑。因为古代传来而至今还在的许多差别，使人们各各分离，遂不能再感到别人的痛苦；并且因为自己各有奴使别人，吃掉别人的希望，便也就忘却自己同有被奴使被吃掉的将来。于是大小无数的人肉的筵宴，即从有文明以来一直排到现在，人们就在这会场中吃人，被吃，以凶人的愚妄的欢呼，将悲惨的弱者的呼号遮掩，更不消说女人和小儿。”①

再如《忽然想到·十至十一》中一段话：

> 中国的精神文明，早被枪炮打败了，经过了许多经验，已经要证明所有的还是一无所有。讳言这“一无所有”，自然可以聊以自慰；倘更铺排得好听一点，还可以寒天烘火炉一样，使人舒服得要打盹儿。但那报应是永远无药可医，一切牺牲全都白费，因为在大家打着盹儿的时候，狐鬼反将牺牲吃尽，更加肥胖了。
>
> 大概，人必须从此有记性，观四向而听八方，将先前一切自欺欺人的希望之谈全都扫除，将无论是谁的自欺欺人的假面全都撕掉，将无论是谁的自欺欺人的手段全都排斥，总而言之，就是将华夏传统的所有小巧的玩艺儿全都放掉，倒

①《鲁迅全集》（第一卷），人民文学出版社，2005年版，第229页。

去屈尊学学枪击我们的洋鬼子，这才可望有新的希望的萌芽。[1]

基于整体性批判思想基础之上的，是鲁迅关于小说创作的启蒙主义文学观念，即《我怎么做起小说来》一文中所说“揭出病苦，引起疗救的注意”[2]。他的小说多写病态社会中不幸的人们，表现他们身上的包括精神上的病苦。从鲁迅小说人物谱系看，狂人、孔乙己、华老栓、阿Q、祥林嫂等人物形象，精神上都存在着不同程度的缺陷。另一种知识分子类型的人物形象，如吕纬甫、魏连殳等，关注、描写的也是他们精神世界的颓丧以及不完满。

底层人物系列，其共同性是可悲、可怜、可笑等等。人不可能是完满无缺、十全十美的；人之为人，能够自觉到自己的不完善，这才是向上的人的标志。鲁迅小说中的底层人物，他们身上遍是缺点，没有一人自觉到其缺陷，有时还会以此种缺陷来自傲于人，就像阿Q头上的“癞疮疤”，这个拥有“精神胜利法”专利的代表人物，当报复他的对手时，自以为最具杀伤力的一句话是“你还不配……”好像他头上生出的是一种“高尚的光荣的癞头疮，并非平常的癞头疮”。

因而在作者与人物关系方面，鲁迅的启蒙者身份永远高于他笔下的人物，他不可能去歌颂一个在精神上需要被启蒙的人物。文学史中经常可见到一些作家被他自己创造出来的人物所感动，更有甚者，为他笔下的人物而哭泣，这样的体验从来就没有发生在鲁迅身上。1935年6月27日致萧军的一封信中，鲁迅写道“我并未为自己所写人物感

①《鲁迅全集》（第三卷），人民文学出版社，2005年版，第102页。
②《鲁迅全集》（第四卷），人民文学出版社，2005年版，第526页。

动过”[①]，就是他这一启蒙主义文学观念的直接反映。

王富仁说过，在鲁迅小说的实际描写中，“作为美好品德和纯朴心灵的体现者，几乎全部是劳动群众的形象”，然而，同时封建思想最容易转化为“广大群众思想”，反过来牢牢地控制了群众[②]。鲁迅小说的最大优长和特点就是反封建思想，因而，他对体现了封建思想的“群众”，持批判性态度，“哀其不幸，怒其不争”。

可以想见，亦可以推论，当鲁迅尝试在《一件小事》中正面描写一个值得赞颂的人物形象时，必然要与他的整体批判思想以及小说观念发生冲突。当时的批评家和后来的研究者大多认为《一件小事》写得急促、简单、粗疏等等，这并不能够证明鲁迅在小说艺术上的功力不足。以鲁迅在他那个时代独步一时的小说艺术上的表现力、深厚艺术修养和独具的审美眼光，虽时有借鉴，多自成风格。他创作的每篇小说都是完美无缺的，都具有经典示范意义，而唯有《一件小事》似乎显得在小说艺术上有所欠缺，这是一个较为特殊的现象。它也向研究者提出了一种挑战，即不能单纯以艺术性的标准来要求这篇作品，而要从创作过程、文体特征等方面，来探析它在具体的创作中发生了哪些变化。

《一件小事》在文体上具有一种不确定性特点。它是虚构性作品，可又少了虚构性所要求的基本因素：对话、心理描写、人物形貌的勾画等等。少了这些小说必须具备的因素，又显得像是对真实事件的记录，从而在文体上摇摆于虚构与非虚构之间。这种文体上的不确定性，暗示了会存在这样一种并非特殊的情况：鲁迅最初受《橘子》等诸种

①《鲁迅全集》（第十三卷），人民文学出版社，2005 年版，第 489 页。
② 王富仁：《中国反封建思想革命的一面镜子——〈呐喊〉〈彷徨〉综论》，北京师范大学出版社，1986 年版，第 80 页、第 45 页。

因素触动，原本是要写成一篇小说，在进入创作过程中，当发现主题路向已经不可逆转地自主化为要表现车夫的美好品德、成为正面的赞誉性作品时，从创作心理角度上说，鲁迅思想中的批判精神和小说的启蒙主义观念，潜在地阻止了他以更多丰富的细节去表现。他中止了小说艺术所要求的诸种细微描写，是因为他与对象之间存在着太大的距离，不能进入人物内心世界，去发掘在自己怀疑、批判精神烛照下显得极不可靠的美德。进一步探析小说文本的一个主要细节，即能发现连作者本人可能都未能意识到的冲突，以及由此造成的难以弥合的瑕疵或漏洞。

正面评价《一件小事》的研究者往往注意到对车夫品质的赞扬，却忘了那个令主人公颇为厌恶的头发花白的女人，与车夫实属同一个阶层：

> 跌倒的是一个女人，花白头发，衣服都很破烂。伊从马路边上突然向车前横截过来；车夫已经让开道，但伊的破棉背心没有上扣，微风吹着，向外展开，所以终于兜着车把。幸而车夫早有点停步，否则伊定要栽一个大觔斗，跌到头破血出了。
>
> 伊伏在地上，车夫便也立住脚。我料定这老女人并没有伤，又没有别人看见，便很怪他多事，要自己惹出是非，也误了我的路。
>
> …………
>
> 我想，我眼见你慢慢倒地，怎么会摔坏呢，装腔作势罢了，

这真可憎恶。车夫多事，也正是自讨苦吃，现在你自己想法去。[1]

前文引俞芳回忆文章，说到鲁迅对劳动人民的同情和关怀，其中有一车夫冬天穿着单裤，可怜至极，鲁迅还额外给了一元。那么，小说中这个头发花白的女人，其状比单裤车夫要更为凄惨，北风横吹的冬天，穿一件破棉袄，连扣子都没有，风一吹衣襟掀起来。小说中的主人公，为什么一点同情心也没有了？甚至还产生了一些“憎恶”的情绪，这与现实生活中鲁迅对底层民众的同情是大相违背的。这个细节描写，显系受到了芥川小说的影响，又没有从中脱离出来。已有的正反对比结构，局限了主人公的同情心，为了突出车夫的善心品质，必须要拿坐车的主人公的事不关己乃至漠然反应作一陪衬，起到反面强化效果。

对“拟”许钦文小说而成的短篇小说《幸福的家庭》，鲁迅检讨了自己于创作上的不足，即“出了轨”，从文本产生的效果看，恰恰超越了所“拟”对象。比较而言，许钦文《理想的伴侣》只是一篇速写，罗列了青年心目中的择偶条件，缺乏小说所应有的丰富细节、形象刻画。相比于《橘子》，鲁迅正需要某种“出了轨”的笔致，然而似乎拘泥于所参照文本的范围，限制了自己的想象力，几乎一板一眼地跟随芥川小说的结构、氛围、情调等，甚至在某些字句上都大率相同。

评论家李健吾曾写过一篇名为《关于鲁迅》的文章，第三节探究了鲁迅为何放弃了小说创作。他提出了三个假设，其中之一是“他政治的见解不容他创作：文学出自深切的经验，而他的过去就他看来不值一文。他不能从正面下手。从正面下手，他首先缴械：热情洋溢，而世故把他的热情逼进去；所以他冷酷（因为太热情），谩骂（因为

①《鲁迅全集》（第一卷），人民文学出版社，2005 年版，第 481—482 页。

太爱惜），讽刺（因为太清醒）”[1]。李健吾所说“不能从正面下手”，即是指鲁迅的启蒙主义文学观念所必有的批判性等因素，“不容他创作”也很难正面描绘出一个底层人物形象来。实际上，鲁迅所有小说中对底层民众的描写，基本上刻画了他们身上的尤其精神上的缺陷，反映出的是作者那种“哀其不幸，怒其不争”的心态。

鲁迅在写作《一件小事》的过程中是发生了一些变化。1932 年所作《答北斗杂志社问——创作要怎样才会好？》一文中，鲁迅说过这样的话：“宁可将可作小说的材料缩成 Sketch，决不将 Sketch 材料拉成小说。”[2]《一件小事》在文体特征上所发生的变化，即在看似不经意间，将主题由描写人物扭转到对自我的表现和剖析上，也就是将小说的材料缩成了速写。这是小说创作上的“减法”，它舍去了对车夫的基本形貌、心理变化等描写。全篇作品中车夫只说了一句话“您怎么啦”（问摔倒在地的女人），使作品成了一篇完整的关于自我的速写，也即它的意图由以车夫为主要人物形象，转变到对自我情感、思想的剖析上。我们今天重读《一件小事》，感受最为强烈的是作者先前的不平、愤怒的情绪，因一件小事而产生出“勇气和希望”的心理自新过程。就鲁迅本人来说，他也是偏爱着这一篇作品的，1933 年上海天马书店出版《鲁迅自选集》，内收作品 22 篇，其中选了《呐喊》中的 5 篇，《一件小事》排在第二位[3]。

尽管鲁迅没有任何文字解释过《一件小事》的创作情况，这类具体的创作过程中所发生的变化，可在他的另一篇小说《补天》的写作

---

① 李健吾：《李健吾文学评论选》，宁夏人民出版社，1983 年版，第 240-241 页。
② 《鲁迅全集》（第四卷），人民文学出版社，2005 年版，第 373 页。
③ 《鲁迅全集》（第四卷），人民文学出版社，2005 年版，第 470 页。

情况里找到旁证。在为《故事新编》所作序言中，鲁迅谈到了《补天》在创作中途出现的变异：作品原定主题是以弗洛伊德精神分析学说来解释人和文学的创造的缘起，“中途停了笔”，在日报上看到有人批评汪静之《蕙的风》，“这可怜的阴险使我感到滑稽，当再写小说时，就无论如何，止不住有一个古衣冠的小丈夫，在女娲的两腿之间出现了”[①]。此前所作《我怎么做起小说来》一文中，鲁迅也谈到了《补天》写作中途的变化情况：“但倘有什么分心的事情来一打岔，放下许久之后再来写，性格也许就变了样，情景也会和先前所豫想的不同起来。例如我做的《不周山》，原意是在描写性的发动和创造，以至衰亡的，而中途去看报章，见了一位道学的批评家攻击情诗的文章，心里很不以为然，于是小说里就有一个小人物跑到女娲的两腿之间来，不但不必有，且将结构的宏大破坏了。”[②]与《一件小事》创作上的“减法”相对照，《补天》中加进“古衣冠的小丈夫”，就是小说创作上的“加法”。无论“减法”还是“加法”，都是创作中途对“先前所豫想的”或规定性主题有意或无意的修正，从作家创作心理那一方面来说，是很正常的事情。

周作人在《鲁迅小说里的人物》一书中从外部事实界定了《一件小事》的文体：“这一篇短得很，共总不过一千字左右，大概是给《晨报副刊》所写的，当时也并不一定算是小说，假如在后来也就收入杂文集子里算了，当初这《呐喊》还是第一册出版的书，收在这里边，所以一起称为小说。”[③]1923年周作人与鲁迅失和之前，他们处在“兄

①《鲁迅全集》（第二卷），人民文学出版社，2005年版，第353页。
②《鲁迅全集》（第四卷），人民文学出版社，2005年版，第527页。
③ 周遐寿（周作人）：《鲁迅小说里的人物》，人民文学出版社，1981年版，第18页。

弟怡怡”的亲密无间状态，周作人对鲁迅的创作应该是非常熟悉的，虽然没有提供更多关于这篇作品创作心理过程的材料，他认为这“不一定算是小说”，至少也代表着鲁迅本人的意见，则是确然无疑的。

《一件小事》因为原定主题与小说观念之间的冲突，从而将小说材料缩成速写的创作过程，从一个侧面也显示出鲁迅严格地遵守着艺术本身的规律。如果忽略了这一点，用小说艺术的标准来衡量一篇完整的速写作品，就像用杂文的标准来要求鲁迅的小说一样，不仅许多问题无法说清，而且可能与作品的本意离得更远。

《一件小事》是在鲁迅总体批判“国民性”思想的阶段创作出来的，从思想、风格等变化角度言之，是某种程度的偏移。这种偏移持续时间并不长久，很快又回到了批判的路子上去。在鲁迅一生的思想变化过程中，这种变化还出现过一次，即鲁迅上海生活时期，而且是在与瞿秋白交往时，此期鲁迅杂文中对人民力量的肯定，与他以前的风格迥异。到了鲁迅生命最后两年间，他又回到了批判性的文学道路，至死未再有大的变化，值得注意。

第五章　鲁迅小说婚姻主题及其悲剧色彩

一

1924年至1926年3年时间里，鲁迅共创作了4篇有关婚姻家庭主题的小说，其中1925年年底就连续创作了两篇。将4篇小说写作和发表的时间排列如下：

一、《幸福的家庭——拟许钦文》，创作于1924年2月，发表于1924年3月上海《妇女杂志》月刊第十卷第三号，后收入小说集《彷徨》；

二、《伤逝》，创作于1925年10月，未在报刊上发表过，后收入小说集《彷徨》；

三、《离婚》，创作于1925年11月，同月发表于《语丝》周刊第五十四期，后收入小说集《彷徨》；

四、《奔月》，创作于1926年12月，发表于1927年1月出版的《莽原》半月刊第二卷第二期，后收入小说集《故事新编》。

这几年是鲁迅个人生活经历中的一个较大转折期。1926年下半年，鲁迅终于决定辞去已供职了14年的教育部职位（1912—1926），离开北京，携许广平南下到了厦门。鲁迅是应林语堂之邀前往厦门大学任教的。日益紧迫的情势，必然要触动鲁迅去思考和表现婚姻家庭这一人生主题。他个人的心迹（经验）促成了作品在艺术上的升华——这种分析只能到此为止，如果反过来，从已完成的作品中寻找出某种考据或索隐意义上有关作家个人的生活及经历，倒溯回去，大半会出偏差。有不少研究者说到鲁迅小说婚恋主题时，往往就在鲁迅个人生活经历与小说情节描写之间，寻找某种对应关系。诸如某件事曾是鲁迅所经历过的，某一人物曾与鲁迅有过直接或间接交集等等，然后再用现实中发生的事情来印证小说中的情节描写。这种具有实证性质的研究方法，在过去和目前的鲁迅研究中不在少数。比如，蓝棣之的文学"症候式分析"——一种借自于深度心理学的理论，专一发掘作品中的"潜意识"，以此来分析、研讨现代文学经典作品中可能隐藏着的作家的深度心事。这个理论刚刚提出来时，确实新颖独到，令人耳目一新，在学术界产生了一定的影响。在分析鲁迅作品与个人经历之间关系时，却存在不少值得商榷的地方。试举其中一例。论述小说集《彷徨》一节里，蓝棣之分析了短篇小说《离婚》中庄木三的女儿爱姑的性格、行为。蓝棣之认为，爱姑这个女性形象的悲剧原因就在于自身"太放肆，太粗卤"，故而她在七大人面前便不自觉地感觉到了自己的软弱。再看鲁迅本人的态度，对自己笔下的这个女性形象，"则有些厌恶，或者说在潜意识里是厌恶的，他无意之中流露了对爱姑的厌恶。……从深层意义上看，七大人在这里是作为威严力量的象征；威严的力量可以抑制一个人的放肆和无理性，可以使一个人顿时清醒起来……"蓝棣之对爱姑形象的分析，主要目的是坐实如下结论："从作品再回到鲁迅自己的生活，也许我们可以不无根据地说，鲁迅不仅厌恶爱姑的放肆粗卤，而且也看清了爱姑的真正软弱，他才敢于说：‘我是可以爱的。’”[①]虽然蓝棣之也说道，没有明显证据表明爱姑的身上有朱安的影子，但从作品所描写的不同寻常的细节看——爱姑的丈夫也即那个另找情妇的“小畜生”，才是受害者。小说的叙事语态上，也倾向于同情这个被爱姑口口声声辱骂为“小畜生”的男人，则显示了小说内涵折射着鲁迅和朱安的不幸婚姻以及鲁迅与许广平的恋爱。非常奇怪而且令人感到颇为突兀的是，蓝棣之把爱姑与鲁迅本人的话结合起来，也即将作品中的人物形象与鲁迅的自我表述话语牵连到一起，从中找出某种对应关系。严格地说，这已经偏离了小说话语固定背景。同时，某种程度上也暗示了，爱姑何尝不也是朱安的缩影。

鲁迅的话语“我可以爱”，其针对性和指向性非常明确。他怎么可能对自己所创造的、虚构的一个人物形象去诉说。这是鲁迅 1927 年 1 月 11 日致许广平信中所写的一句话。对鲁迅而言，这封信相当重要，在信的开始即声明道，写这封信的目的是“想发几句议论”，倘若邮寄过程中不小心丢失了，“未免可惜”。鲁迅写道：

> 这是你知道的，单在这三四年中，我对于熟识的和初初相识的文学青年是怎么样，只要有可以尽力之处就尽力，并没有什么坏心思。然而男的呢，他们自己之间也掩不住嫉妒，到底争起来了，一方面于心不满足，就想打杀我，给那方面也失了助力。看见我有女生在座，他们便造流言。这些流言，无论事之有无，他们是在所必造的，除非我和女人不见面。

① 蓝棣之：《现代文学经典：症候式分析》，清华大学出版社，1998 年版，第 10 页、第 11-12 页。

> 他们大抵是貌作新思想者，骨子里却是暴君酷吏，侦探，小人。如果我再隐忍，退让，他们更要得步进步，不会完的。我蔑视他们了。我先前偶一想到爱，总立刻自己惭愧，怕不配，因而也不敢爱某一个人，但看清了他们的言行思想的内幕，便使我自信我决不是必须自己贬抑到那么样的人了，我可以爱！[①]

这段话包含着特定的背景。当年鲁迅与许广平恋爱，本属私人之间的事情，只因鲁迅系名人，是公众人物，他们的相恋便也成了一个社会事件，相关人等私下议论，也免不了众口相传。这其中一个主要话题就是鲁迅带着“月亮”（指许广平）南下云云。另外的话题便是高长虹的诗《给——》所包含的内容，引起不少人的兴趣，特别是第28节几行诗：“我在天涯行走，/夜做了我的门徒，/月儿我交给他了，/我交给夜去消受”，“夜是阴冷黑暗，/月儿逃出在白天，……”，“夜是阴冷黑暗，/他嫉妒那太阳”[②]。据说高长虹曾追求过许广平，自比“太阳”，许广平当然是“月亮”，鲁迅则是“黑夜”。高长虹后来所写纪念鲁迅文章否定了这种说法。据董大中研究，高长虹诗中所爱恋的对象是石评梅[③]。鲁迅致许广平信中曾转述此种“流言”，——“最初是韦漱园通知我的，说是沉钟社中人所说，《狂飙》上有一首诗，太阳是自比，我是夜，月是她”，鲁迅非常气愤地写道，他这才知道高长虹原来在害“单相思病”，而且在背后骂人，未免太卑怯了，“我

①《鲁迅全集》（第十一卷），人民文学出版社，2005年版，第280页。
② 高长虹：《高长虹全集》（第1卷），中央编译出版社，2010年版，第310页。
③ 董大中：《鲁迅与高长虹——现代文学史上的一桩公案》，河北人民出版社，1999年，第203页。

是夜，则当然是要月亮的，还要做什么诗，也低能得很”。鲁迅为此还写过一篇小说《奔月》，后羿的弟子逢蒙就是影射高长虹的。

可见，鲁迅所说的“我可以爱”与作品中人物爱姑原本是没有什么关系的。蓝棣之将二者并归一处，硬生生地让鲁迅与他小说中人物形象产生关联，形成一种逻辑联系，而非事实间的联系。

有研究者建议应当从鲁迅“更大范围的情感生活中去寻找”《离婚》的深层主题及其涵义。具体地说，就是鲁迅与周作人兄弟“失和”事件，对鲁迅情感和精神世界来说，就是一种重创，必然会在小说中有所反映。如果将兄弟二人争吵的内容与《离婚》诸多情节加以对照，“就会发现小说虽然在名称和细节上进行了艺术化的处理，但事件的内定和性质则丝丝入扣”。如：兄弟二人在八道湾共同生活了约三年之后“失和”分居，小说中爱姑和丈夫也“已经闹了整三年”；兄弟二人“失和”主因系经济问题，鲁迅说“八道湾是个填不满的坑”，而小说中爱姑给娘家“贴赔的钱”令其父庄木三“有点头昏眼热了”，夫家都快要到了“走投无路”“家败人亡”的境地；周作人的日本妻子羽太信子出身东京的一个贫民之家，曾做过侍女，爱姑出身于“沿海”的乡下人家，二人身份、地位相同；羽太信子患有癔病，时常板起面孔辱骂，晚年更是妄想猜疑，对周作人“冷嘲热骂，几如狂易”，而爱姑对丈夫和公爹动辄口口声声“小畜生”“老畜生”；爱姑带着父亲及亲属多人去闹，倒不是一定要回到丈夫家中，而是为了“赌气”，揭出“小畜生”姘上小寡妇的丑事，羽太信子看到鲁迅来家里取东西，便打电话叫人来评理，等等。通过一系列比对，研究者得出结论，《离婚》的创作存在“生活原型”，表现形式上则为“远距离投射”，在不尽相同的外表下包含着相同的生活内容与情感体验，即在虚构的情节中揭示了鲁迅、周作人兄弟“失和”这一重大事件的本质[1]。

拿生活经历与作品情节来比照，从中发现作家隐藏至深的心事，这种研究法亦可称之为“现实—文本对位法”，属文学研究方法的一种。然而，它的局限性也相当突出，即在现实生活与情节描写之间建立起一种逻辑联系，一方面要使生活本身符合虚构情节，另一方面也要使丰富的文学细节迎合生活，其结果是现实本身的特殊性力量压倒了艺术的普遍性意义。鲁迅塑造的爱姑形象，假如其功能仅仅在于印证鲁迅经历过的不愉快事件，那么，从文学角度言之，作为文本中一个重要人物，她的形象刻画并不十分成功。不单是鲁迅，恐怕任何一个作家都难以接受评价。

关于爱姑形象，李欧梵曾试图贴近这个人物形象的原创性含义。李欧梵认为，鲁迅小说中被“看”的牺牲者有两种，一种是“独异个人”；另一种则是“庸众中一员”——“这人由于某种情况被置于舞台中心，处于与其他庸众相对立的孤独者地位”，爱姑就属于后一种形象。李欧梵说：“爱姑是一个纯朴无知的农村妇女，她与所有在场的人对立。她又是一个反映者，用她的纯朴无知衬托出那些在场的大人物们的装腔作势和伪善。”[2]比起带有考证性质的论说，李欧梵的方法更为接近文学自身内部创作规律，可他对爱姑性格、品格的定义，不一定十分准确。今天的现代文学研究以及鲁迅研究，并不十分认可此种观点，爱姑的言行动作、所作所为，实在不可以“纯朴无知”一语视之。

作家的经历和据此创作的虚构性文学作品之间，既有联系又有区

---

① 王兵：《解读〈离婚〉背后的故事》，载《宁夏大学学报》（人文社会科学版）2012 年第 1 期。

② 李欧梵：《现代性的追求》，生活·读书·新知三联书店，2000 年版，第 28 页、30 页。

别，前者是素材或触发点，后者则为创造和升华。杨绛在《事实—故事—真实》一文中曾说过，作家个人的“经验好比点上个火；想象是这个火所发的光。没有火就没有光，但光照所及，远远超过火点儿所发的光。……这都说明作者的创造，能远远超出他个人的经验”[①]。在作家个人经验触动和表现即完成的作品之间，有一个非常重要的环节——创造升华。在创造升华中，个人的经验、心迹已融入表现系统，作品传达出的是一种艺术普遍性。如果反过来，从作品中去寻找作家个人的经验或心迹，无异于舍弃了光亮，去寻找火星；放弃了追求光亮的意义，纠结于火星的意义，在一定程度上就有可能忽视艺术本身。鲁迅研究里这种拿小说情节来印证现实经历的方法，其结果便是无视写作的想象力和独创性，使得小说艺术应追求的普遍性品质降低了，某种程度上在现实与艺术间画了一个等号。

二

大致划分鲁迅 4 篇小说中所描写的婚姻类型，主要有两类。

一是传统型婚姻，如《离婚》中爱姑和“小畜生”的婚姻，爱姑自述道“我是三茶六礼定来的，花轿抬来的”，在传统型婚姻模式中，个人没有自我选择权利。鲁迅的非同寻常之处在于，他深刻观察到了传统婚姻内的受害者不全是女性，有时候可能也会发生角色转换，男性也会成为受害者。从平等和幸福的角度说，双方均为受害者。

二是现代型婚姻，如《伤逝》中涓生和子君，自由恋爱，冲破了种种阻挠和束缚，组建成小家庭；《幸福的家庭》中主人公亦属此类。他们走了另一条不同的路，与传统“父母之命，媒妁之言”定终身全

①《杨绛全集》（第 2 卷），人民文学出版社，2014 年版，第 210 页。

然相异，最终实现了自我选择的权利。鲁迅同样显示了为他人所不及处，他肯定了笔下主人公们冲破习俗的勇气和胆量，也注意到了，倘若缺乏内在生命力以及相应创造生活的能力和热情，随着爱意消耗殆尽，婚姻前景必将归于暗淡。

有必要简述鲁迅关于妇女解放及相关社会问题的一些观点，这些观点隐约制衡着作品的基本背景。《娜拉走后怎样》一文中，鲁迅有一段议论："在经济方面得到自由，就不是傀儡了么？也还是傀儡。无非被人所牵的事可以减少，而自己能牵的傀儡可以增多罢了。因为在现在的社会里，不但女人常作男人的傀儡，就是男人和男人，女人和女人，也相互地作傀儡，男人也常作女人的傀儡，这决不是几个女人取得经济权所能救的。"①10 年后写作的《关于妇女解放》一文中，鲁迅再次明确地论述了妇女地位及相关的婚姻家庭问题，他认为："这也是现在的男子汉大丈夫的一般的叹息。也是女子的一般的苦痛。在没有消灭'养'和'被养'的界限以前，这叹息和苦痛是永远不会消灭的"；"必须地位同等之后，才会有真的女人和男人，才会消失了叹息和苦痛。"② 鲁迅的这些观点具有时代的特定性，反映在作品中，就成了隐形背景和结构，抽取出来，就是"养"和"被养"的结构性关系：《离婚》中的爱姑与"小畜生"，《伤逝》中的涓生与子君，《幸福的家庭》中的作家和妻子，《奔月》中的后羿和嫦娥，他们都未脱离"养"和"被养"的婚姻关系。这种婚姻模式至为明显，在鲁迅小说研究中却很少被注意到。

"养"和"被养"的婚姻关系及模式内，男人和女人皆处在一种

①《鲁迅全集》（第一卷），人民文学出版社，2005 年版，第 170 页。
②《鲁迅全集》（第四卷），人民文学出版社，2005 年版，第 615 页。

不平等的地位状态中，其结果，男人常有着“一般的叹息”，女人也免不了“一般的苦痛”。一般谈起传统婚姻条件下男女地位的不平等，总要不假思索地以为女人受制于男人，受欺凌，被侮辱，地位低下。可只要看看鲁迅的这几篇小说，除子君外，其他3个女人在家庭中都是非常厉害的，比如，爱姑一出现，“小畜生”吓得直往后躲；英雄大羿在嫦娥面前谨小慎微，说话都陪着笑，时时想着讨太太欢心。这表明鲁迅对婚姻内男女地位不平等问题的认识是非常深刻的。在“养”和“被养”的婚姻模式中，这种不平等关系是可以互转的，有时女人受制于男人，有时男人也会受制于女人，都是不明不白地作了相互之间的牺牲品。总之，未消灭这种婚姻模式的界限之前，不可能实现真正意义上的男女平等。表现传统婚姻主题的《离婚》，则与一般描写女性受害者的作品不同，转而刻画了一个男性受害者形象，这一点，为许多鲁迅研究者所忽略。以下尝试作一分析。

《离婚》塑造了一个次要人物形象——爱姑的公公，他没有正面出现在文本中，而是在爱姑愤愤不平的转述中，让读者对其人多少有了一点了解。小说开始部分，爱姑与其父亲坐在船上，向其他乘客讲述自己的遭遇，愤然地昂着头说，“我是赌气……‘老畜生’只知道帮儿子，也不要我……只是说‘走散好，走散好’”。以“老畜生”直呼自己的公公，可以想见爱姑平日不只是她自述的“太放肆，太粗卤”，甚至近乎于蛮横霸道、气焰熏天了。这也和她的娘家背景有关，人多势众，亦属强势家族，故而敢于有恃无恐，就像闲人们恭维庄家人“怕他们甚的”。两人闹离婚的3年时间里，庄家没少折腾过对方，其中有一次，庄木三就带着6个儿子前往爱姑公婆家，“拆了他家的灶台”，成了轰动乡里的事件。爱姑同庄木三最后一次来到公婆家解决争端，她的气势依然不减，小说对此有形象的描述：

“怎么连七大人……。”她满眼发了惊疑和失望的光。“是的……。我知道，我们粗人，什么也不知道。就怨我爹连人情世故都不知道，老发昏了。就专凭他们‘老畜生’‘小畜生’摆布；他们会报丧似的急急忙忙钻狗洞，巴结人……。”

“七大人看看，”默默地站在她后面的“小畜生”忽然说话了。“她在大人面前还是这样。那在家里是，简直闹得六畜不安。叫我爹是‘老畜生’，叫我是口口声声‘小畜生’，‘逃生子’。”①

爱姑的丈夫没有夸饰虚说，她在家里确乎“闹得六畜不安”，可公公并未因此以犯上之名施以惩处，反倒主张各自离婚“走散”，并给予女方相应的赔偿，其实也算得上通情达理之人。俗语说：“清官难断家务事。”这句搅浑水的话一点都不正确。即以爱姑离婚事而言，双方是非曲直看似复杂纠缠，难以理出头绪，倘若抛开那种模式化的划分法——女性一定是受害者，则此事判断起来至少是分明的：爱姑与其家人想以拳头取胜，压倒对方；公婆家始终以理应对，以离婚求得事情了结。倘若爱姑的公公也迷信暴力，相信拳头的力量，再以“犯上”之罪名加诸爱姑头上，那结果是没有什么悬念的。恰恰是这个主张“走散好”的公公，看清了子与媳之间的矛盾无法调和，过不下去了，分开为上策。他的态度和意见也影响了慰老爷、七大人之流，看慰老爷的一番劝解，“冤仇是宜解不宜结的。爱姑既然丈夫不对，公婆不喜欢……

①《鲁迅全集》（第二卷），人民文学出版社，2005 年版，第 155 页。

也还是照先前说过那样：走散的好”，照搬了爱姑公公的话。相比而言，庄木三一家行为实在不怎么光明、光彩，不仅借助家族势力，用打斗方式压倒对方，“闹得他们家败人亡”；同时又不断向对方索取钱财，其索要程度有如爱姑无意中说出的“连爹也看得赔贴的钱有点头昏眼热了”，以致庄木三听到女儿这句揭底的话，低声回骂一句“你这妈的”。正是公公以理相对，爱姑最终也明白过来了，“知道这实在是自己的错”，那就是“太放肆，太粗卤了”，即便占有多少理，一开口骂人，就显三分低了。当公婆家拿出赔偿费让庄木三清点，爱姑还怕事情中途发生“变故”——少给钱或不给钱，急忙向其父递眼示意。这说明爱姑早已打定了离婚的主意，前来闹事，一是“赌气”，闹一通以出口恶气，二是再索要一笔钱。结局基本符合爱姑的预料，气出了，钱也拿了。这些应该说都与这个讲理的公公有关，不讲理，一切都将不利于爱姑：婚离了，钱也不见得能拿到手。

传统婚姻靠礼来维持，礼之内，就看男女的个性、性格、品质、教养等，相互间是否尊重、是否合意，全仗着一个“碰”字。爱姑一直坚持说自己“三茶六礼定来的，花轿抬来的”。嫁进门后，自认礼数上做得很是周到，“真是低头进，低头出，一礼不缺”，可丈夫家就是不待见。或许其中既有着性情上的不相投合，相互看不上眼，小说此处出现空白，无一语交代。传统婚姻程序本来先结合，后磨合，以取得彼此间的容忍和包容。爱姑与其夫所采取的方式本来就不对，丈夫不喜欢她，便“姘上了小寡妇”，而她则依靠家人势力，大打出手，三年间让公婆家吃尽了苦头。最后双方不同程度地都受到了伤害。小说有两处细节，不容忽视：爱姑对着慰老爷和七大人的面，诉说她这三年中经历的“艰难”，颇让人同情；而丈夫和公公两个人，较之半年前所见，也“分明都见得苍老了”。

养与被养，不是一笔糊涂账，也有是非可辨、曲直可断的。鲁迅的这篇数千字的短篇小说，便包含着对“清官难断家务事”糊涂观念的消解、批判。对这个文本再作一点探究，有一细节值得格外注意，即庄木三有些贪婪地向亲家索要赔偿费，都有点“头昏眼热”了，这是将女儿当成了生财的工具，无怪乎爱姑竟也当着七大人的面斥责其父“老发昏了”。这一细节所反映出的观念，可追溯至古代。《韩非子》记载了一则寓言：

> 卫人嫁其子，而教之曰：“必私积聚！为人妇而出，常也；其成居，幸也。”
>
> 其子因私积聚。其姑以为多私而出之。其子所以反者，倍其所以嫁。其父不自罪于教子非也，而自知其益富。[①]

卫人嫁女儿教其从公婆家多积攒私房钱，认为幸福婚姻仅仅是侥幸，被休才是常态，因此而致富。庄木三向亲家索要赔偿费，尝到了甜头，以致到了“头昏眼热”的地步，女儿的生活、命运等在所不计了。二者何其相似。所以，鲁迅数笔刻画出的这个农人形象，包含着他对“国民性”弊端的批判。

三

鲁迅这 4 篇作品以艺术的高度表现出了一种普遍性，这就是婚姻内日常生活对个体的爱和自由的侵蚀或消解。

---

① 陈奇猷校注：《韩非子新校注》（上册），上海古籍出版社，2000 年版，第 487 页。

关于爱和生活的关系，鲁迅《伤逝》里有一段著名的话：

> 这是真的，爱情必须时时更新，生长，创造。
>
> 第一，便是生活。人必生活着，爱才有所附丽。①

这里的“生活”有两层含义。一是“人生的要义”，指某种职业或某种领域内的事业等，它体现着个体自我的价值实现方式以及某种精神空间。二是婚姻内的日常生活，鲁迅对这种关系的论述隐含了一个巨大的悖论：爱和生活是两个不同的概念和系统，爱情要时时“更新、生长、创造”，又要依附于生活，这种“依附”也就是鲁迅在杂文《寡妇主义》中所说的“刺戟和运用”——“爱情虽说是天赋的东西，但倘没有相当的刺戟和运用，就不发达”②。婚姻内的爱更是要依附于日常生活，二者在事实上已构成了对立和矛盾关系。当日常生活更多表现出凡庸性和琐屑性，从而无法向爱提供一种保证时，它本身的消解性和侵蚀性就会变得非常强烈。更何况，在符合人性全面发展的社会制度还未能确立之前，此种制度界限内的日常生活，其凡庸性和琐屑性尤为强烈。4 篇作品重彩浓墨处，就是对日常生活的细节描写。王瑶论述《伤逝》时，说过一句非常准确的话：“小说通过二人的悲剧，把爱情跟生活尖锐地对立起来。”③ 其他几篇作品也大抵如此。

日常生活本身具有的琐碎性、凡庸性，对婚姻内男女主人的情感和爱产生侵蚀作用，并使得个体精神空间趋于平庸化，这在低生活水

①《鲁迅全集》（第二卷），人民文学出版社，2005 年版，第 118 页、第 124 页。
②《鲁迅全集》（第一卷），人民文学出版社，2005 年版，第 280 页。
③ 王瑶：《鲁迅作品论集》，人民文学出版社，1984 年版，第 113 页。

平的婚姻中尤为显然。因而由琐碎、凡庸导致双方积怨和交恶，便成必然。涓生失业一事，在他自己看来，是“细微的小事情”，相信总有一天能解决的，然而竟使得坚决的子君改变了。还有一些细小的事，诸如子君与小官太太的暗斗，“吃了筹钱，筹钱吃饭”，饲养油鸡等等，令涓生感慨“人是多么容易改变”，双方的情感也起了明显的变化。子君的神情日渐变得“冰冷”，涓生也滋生了“超过她的冷漠”。希望“开辟新的生路”的涓生，他自身的变化何尝不是出自于这些“细微的小事情”？小说《幸福的家庭》以相当笔墨描写了劈柴和买菜等系列琐碎的日常生活，正是日复一日的繁琐细节，使得先前“笑迷迷的”女主人，变得两只眼睛“阴凄凄的”。这两篇作品还有一个相似的细节，就是男主人公在“构思”创作时被女主人公打断：涓生抱怨子君“也不想到我的构思就常常为了这催促吃饭而打断”；《幸福的家庭》中那位作家在构思时，不断地被“二十五斤”“二十三斤半”“五吊八”等嘈杂的声音扰乱、截断。

射日的后羿，也因此差点失去了他的英雄气——当羿仅猎获到一只乌鸦，搔着头皮支支吾吾地向嫦娥解释时，嫦娥却将“柳眉一扬”，一股风似的往外走，嘴里不满地说道：“又是乌鸦的炸酱面，又是乌鸦的炸酱面！你去问问去，谁家是一年到头只吃乌鸦肉的炸酱面的？我真不知道是走了什么运，竟嫁到这里来，整年的就吃乌鸦的炸酱面！”[1]钱理群先生分析道：“尤其可怕的是，后羿是以‘战士’作为自己生命存在方式的，在他扫荡了世间一切奇禽怪兽以后，就陷入了‘无对象’的困境，连自己（以及妻子）的基本生存都难以维持，在琐屑的生活纠缠之下，造成了自身精神的平庸化，无以摆脱内心的无聊与倦怠，

①《鲁迅全集》（第二卷），人民文学出版社，2005年版，第371页。

以及由背叛、遗弃引起的心境的孤独与悲凉：英雄岂只无用武之地，更是无着落，无归宿，‘彷徨于无地’。”[①] 正是日复一日的“琐屑的生活”，导致了羿“自身精神的平庸化”。

当婚姻内日常生活的琐碎性达到极致，男女主人之间就会产生憎嫌、仇视，甚或滋生杀机——这也是4篇作品中共有的重点描述细节。爱姑同“小畜生”闹到无可开交的地步，既不要人，也不要钱，就为了出一口恶气，先是“将他们的灶都拆掉了，总算已经出了一口恶气”，接着就要“闹得他们家败人亡”，“家败人亡”一词在爱姑的话语和意识中出现过3次，最后一次是当着七大人和慰老爷的面说出，“那我就拼出一条命，大家家败人亡”，充满着毁灭的气息。这便是想置对方于死地而后快，已完全不再顾及她当初“要撇掉我，是不行的”这一目的。涓生的内心曾两次出现要子君死去的念头，“她应该决然舍去，——我也突然想到她的死，然而立刻自责，忏悔了”，“我突然想到她的死，然而立刻自责，忏悔了”。希望对方死去，这种想法或意识中包含着确切无疑的诅咒成分，同时也暗含着强烈的憎嫌以及想摆脱而无方的意思。夫妻双方中一方暗地里希望另一方死去，由此可以想见其平日积怨程度之深。嫦娥受不了清贫日子，偷吃了道士送给羿的仙药升天之后，羿“突然愤怒了。从愤怒里又发了杀机”，呵斥使女们：“拿我的射日弓来！和三枝箭！”于是，抄起强大的弓，“一手捏着三枝箭，都搭上去，拉了一个满弓，正对着月亮”，拼全力连发了三枝。羿的“杀机”已经不仅仅是停留在意识层面上，而是真正动手了，拼尽全力射出三枝箭，要在嫦娥飞抵月亮之前射死她。《幸福的家庭》中那个构想着理想家庭的作家，在

① 钱理群：《走进当代的鲁迅》，北京大学出版社，1999年版，第128页。

“五五二十五，九九八十一”的讨价还价声中，虽然未起杀机，但也是猛地立起身来，要去关门，“又觉得未免太暴躁了，就歇了手”，只好撕拆写了一行题目的稿纸，也带着发狠的“粗暴”的神态，这种暴躁、粗暴神态的背后，未尝不隐藏着某种杀机。

这四篇作品中还有一个大致相同的细节：男女主人自觉婚姻难以为继，在双方情绪都暂时处于缓和状态时，便怀想婚前、婚初的美好时光。这与黯淡的婚姻日常生活形成了强烈的对比反差效果。

子君、涓生：有一夜，子君的眼里忽然发出“久已不见的稚气的光来，笑着和我谈到还在会馆时候的情形”，“她从此又开始了往事的温习和新的考验，逼我做出许多虚伪的温存的答案来，将温存示给她”。在涓生这一面，也主动和她“闲谈”，“故意地引起我们的往事，提到文艺，于是涉及外国的文人，文人的作品：《诺拉》，《海的女人》。称扬诺拉的果决……。也还是去年在会馆的破屋里讲过的那些话……”①

作家：构想着理想家庭的作家，看到女儿被母亲打了，挂着满眼的泪花，“他忽而觉得，她那可爱的天真的脸，正像五年前的她的母亲，通红的嘴唇尤其像，不过缩小了轮廓。那时也是晴朗的冬天，她听得他说决计反抗一切阻碍，为她牺牲的时候，也就这样笑迷迷的挂着眼泪对他看”②。当想到过去的这一美好景象时，这位作家竟“惘然的坐着，仿佛有些醉了”。

嫦娥和羿：生了闷气的嫦娥，坐到二更，“似乎和气一些了”，于是羿也便“和蔼”地回想起过去的好时光了，“这西山的文豹，还

①《鲁迅全集》（第二卷），人民文学出版社，2005 年版，第 126 页。
②《鲁迅全集》（第二卷），人民文学出版社，2005 年版，第 41 页。

是我们结婚以前射得的，那时多么好看，全体黄金光”，嫦娥也是“哼”了一声，“微微一笑”。

当婚前或婚初，爱和情感没有被日常的生活束缚、抑制和侵蚀，还能保持住自身的纯洁度。而此时，原本应是婚姻基础之一的爱，却成了维持婚姻的微弱保证，直似一星火花，映照出的仍是泥淖般的婚姻生活。

婚姻危机中出现杀机，以及对婚前婚初美好时光的怀想，这两个突出的细节，在作品中形成了一种强烈的对比效果。

除《幸福的家庭》外，其他几篇作品的结局多以离婚或一方抛弃另一方结束，其基调及整体氛围表现出一种阴郁的色彩。即便是《幸福的家庭》，通篇在反讽的叙事中难掩一种沉重和阴暗，尤其女主人公“两只阴凄凄的眼睛恰恰盯住”男主人的脸，这一细节，给人一种无法抹去的印象。同前几篇作品一样，其结局也是阴沉的。鲁迅本人在当初发表时的“附记”中也写道，作品的末后，“过于沉闷些”。《奔月》里的大羿，妻子飞上天了，他并不放弃，要追上去。小说结尾有一幽默细节，女辛发现羿的皮褥子脱毛了，要回房间里缝缝补补，羿说：

> “且慢，”羿说着，想了一想，“那倒不忙。我实在饿极了，还是赶快去做一盘辣子鸡，烙五斤饼来，给我吃了好睡觉。明天再去找那道士要一服仙药，吃了追上去罢。女庚，你去吩咐王升，叫他量四升白豆喂马！”①

①《鲁迅全集》（第二卷），人民文学出版社，2005年版，第381页。

小说到此戛然而止，留下了诸多令人遐想的空白：羿还能向道士讨到一副仙药吗？就算他幸而又得到仙药，服后飞上天，终于赶上了嫦娥，她会跟他回来吗？一个已经上天的人，要把她拉回到地上，其难度可想而知。这是一种绝望的追逐。

大略概括四篇小说主人公最终的结局，皆以不幸收束：子君死了，从这个世界上彻底消失了，剩下涓生一人在忏悔，想象自己于孽风和毒焰中拥抱子君，为自己赎罪；嫦娥上天了，羿在愤怒、沮丧中决定追上去，成功与否，尚有疑问；爱姑带着一笔赔偿金回到了娘家，未来如何，不得而知，而经受了三年折腾的丈夫则日见苍老；作家更为可怜，一页又一页地撕碎稿纸，就是写不出一个字来，而他的妻子，似乎永远都是怒气十足地拿一双阴凄凄的眼睛"恰恰"盯着他，而此时他正在心神不宁地构思，不知把小说背景该放置在伦敦还是巴黎。

从作品的主题、氛围、基调种种迹象审视，鲁迅对"养"和"被养"式的婚姻生活是不抱希望的，那种灰色调的、绝望至极的人物形象及其心态，有一种十足的压迫感。这在《幸福的家庭》中表现得特别明显。小说发表时，鲁迅在《附记》中用了"沉闷"一词来评价小说的基调："我于去年在《晨报副刊》上看见许钦文君的《理想的伴侣》的时候，就忽而想到这一篇的大意，且以为倘用了他的笔法来写，倒是很合式的；然而也不过单是这样想。到昨天，又忽而想起来，又适值没有别的事，于是就这样的写下来了。只是到末后，又似乎渐渐的出了轨，因为过于沉闷些。我觉得他的作品的收束，大抵是不至于如此沉闷的。但就大体而言，也仍然不能说不是"拟"。"[①]

①《鲁迅全集》（第二卷），人民文学出版社，2005年版，第42页。

如上文所说，鲁迅本人的经验和心事也会曲曲折折地隐现于小说文本中。具有相同经验的人，易于引起共鸣。更何况是自己弟子许钦文所作的小说，那里面传递出的情绪，触动了鲁迅。研究者们知道两篇作品的关系，可对二者异同未作充分研析。

据许钦文传记作者说，许钦文的祖父婚姻不幸，他的父母关系亦不和谐，姐姐的婚姻是个悲剧，许家家族里种种婚姻惨象，都在他心灵里留下浓重阴影。故而当他表现婚恋主题时，便以讽刺的笔调，呈现出其可笑的一面，美满幸福的情态是不会出现笔下的[①]。这就是艺术的普遍性。与弟子本人的遭遇相同，鲁迅个人的婚恋也是不幸的，所以当他读到这篇小说时，一定心有戚戚焉，便“拟”也，即模仿了一篇。两篇小说有大致的、共同的主题，相比之下，鲁迅的艺术描写和表现远胜于许钦文。

比较两个文本，同中有异。《理想的伴侣》表现了五四新一代青年的婚恋，主人公选择理想伴侣的标准，第一会跳舞，第二会唱歌，第三会弹钢琴，看似都符合新的时尚。结尾一段描写，毫不留情地推翻了前面所有情节，已近似于虐谑了：青年人提出了一个最重要的标准和要求——具备这三个条件的太太，其父最好是督军或巡阅使，娶个有钱的老婆，做了军阀的女婿，人便是有所误会，亦不在话下。理想伴侣的身份，要么“完全是新式的”，要么“完全是旧式的”，半新不旧、不新不旧的，“最难对付”，这类女子不应成为理想伴侣，已经有人大上其当了，所以不能要。婚后三年，太太死掉最为理想，这“一点是很要紧的”，“爱情的作用一如电流，当两极火花闪闪的爱力十分猛烈，及至接触既久，渐流渐平，经过两年，早已成为讨厌的东西，

① 钱英才：《许钦文评传》，浙江大学出版社，1990 年版，第 66 页。

就是钢琴，也须更新了……俗语说得好，‘三年不死老婆大晦气’”。理想的伴侣是让人愉快接受的，而非“挨晦气”的[①]。《幸福的家庭》背景正值五四时期，自由恋爱即为其时新风尚之一种，主人公作家与妻子相恋成婚，走的即是新式路子。为着响应《理想的伴侣》关于爱情如“电流”不能经久维持的观点，鲁迅刻画的细节比前者更为形象：那个通红着嘴唇、“笑迷迷的挂着眼泪”，决计要为爱情而不惜牺牲的女子，曾几何时，变成了另外一个无丝毫灵性的妇人，只拿一双“阴凄凄的眼睛”盯着正要构思小说的作家丈夫。小说中妻子与菜贩讲价时的“二十三斤半”“五五二十五”“三五一十五”“五吊八”，便是对《理想的家庭》中“只要有钱就是了，钱多”的具象化戏拟，铺陈渲染，反衬了经济拮据的阴郁情状。许钦文小说中无钱即无幸福可言，鲁迅小说则写尽了缺乏足够经济支撑的家庭凄惨景象。许钦文小说调侃道，娶妻当选全新或全旧的，不要半新不旧的；鲁迅小说则不客气地证明了，不仅旧的不行，新的也会发生变化，遑论半新不旧的。鲁迅在《附记》中说，与许钦文作品比较，自己的小说有些“沉闷”，笔致上也“渐渐的出了轨”，而这恰是他果决的观念在艺术上的表现。“人必生活着，爱才有所附丽”，这是《伤逝》里面一句著名的话，生活要时时更新，反过来会促使爱情生长，以保其持久生命，可是未脱“养”和“被养”模式的婚姻内，不仅爱情会枯萎，生活本身也将发生畸变。这便是鲁迅小说艺术普遍性所在。

乔丽华《朱安传》一书中写道，《幸福的家庭》所写床底下堆着劈柴、墙角堆着大白菜的局促生活，“正是鲁迅与朱安在砖塔胡同生活的写

---

① 许钦文：《小说集》，浙江文艺出版社，1984 年版，第 33-34 页。

照”。另外，子君身上“也分明有着朱安的影子”[①]。这种带有考据性的描述，为理解小说提供了一种视角。但鲁迅小说艺术已超越了生活、现实层面，达到一种艺术境界，从而具有了普遍性意义。倘非研究者刻意指出，谁会从子君、从作家妻子身上倒溯人物形象的原型？

除上述4篇作品外，鲁迅在其他文章和书信中也多有对婚姻的议论。试举鲁迅书信和随感中两段议论作为本章观点的一个佐证。

1928 年 4 月 9 日致李秉中信：

> ……但据我个人意见，则以为禁欲，是不行的。中世纪之修道士，即是前车。但染病，是万不可的。……于是归根结蒂，只好结婚。结婚之后，也有大苦，有大累，怨天尤人，往往不免。但两害相权，我以为结婚较小。[②]

将染病与结婚并为“两害”，足以见出鲁迅的态度。

作于 1927 年的《小杂感》一文中，鲁迅写道：

> 女人的天性中有母性，有女儿性；无妻性。
>
> 妻性是逼成的，只是母性与女儿性的混合。[③]

“妻性是逼成的”，而所逼者，毫无疑问是婚姻制度本身。

1933 年所作《关于妇女解放》，鲁迅试图从根本上探求妇女如何

① 乔丽华：《我也是鲁迅的遗物：朱安传》，九州出版社，2017 年版，第 141 页。
② 《鲁迅全集》（第十二卷），人民文学出版社，2005 年版，第 113 页。
③ 《鲁迅全集》（第三卷），人民文学出版社，2005 年版，第 555 页。

才能取得平等地位，相应地在婚姻内也应争得与男人同样的权利。鲁迅的话语中其实也包蕴着一种意思，在争取女性权利的同时，更需注重男性与女性共享同等权利，才会有“真的女人和男人”：

……所以一切女子，倘不得到和男子同等的经济权，我以为所有好名目，就都是空话。自然，在生理和心理上，男女是有差别的；即在同性中，彼此也都不免有些差别，然而地位却应该同等。必须地位同等之后，才会有真的女人和男人，才会消失了叹息和苦痛。

……我只以为应该不自苟安于目前暂时的位置，而不断的为解放思想，经济等等而战斗。解放了社会，也就解放了自己。但自然，单为了现存的惟妇女所独有的桎梏而斗争，也还是必要的。①

鲁迅比他人眼界宽广者，则在于观察到了畸形婚姻生活不止损害女性一方，同样也使男性成为受害者。在杂文、随笔等文体里，鲁迅更多关注了女性以及此制度对女性的损害和压迫；而在小说文体中，则对男女双方均施以同情。涓生、“小畜生”、羿、作家等等，这些已婚男人，俱是可怜人，像那个被爱姑口口声声骂为“小畜生”的男人，一见了爱姑，就吓得往后退缩。即使英雄羿，只因没有打到大的猎物，手里拿着一匹小麻雀，便在妻子面前抬不起头来，此种细节描写，实在说，引得读者十二分的同情。

①《鲁迅全集》（第四卷），人民文学出版社，2005 年版，第 615 页。

王得后在他那本被称为“巨著”[①]的《鲁迅与孔子》一书中，列有九个大题目，涉及婚姻问题的归入“鲁迅与孔子对‘妇女问题’的思考”，其中列有“女性的婚姻”一节，摘录了鲁迅关于女性婚姻的论述，详赡细致，并附有对鲁迅关于女性婚姻论述的评议。倘或将鲁迅的 4 篇描写婚姻主题的小说亦扼要收入，那么，这对研究鲁迅关于婚姻的认识，一定会大有裨益，资料方面也将更为全面。

① 董炳月：《鲁迅形影》，生活·读书·新知三联书店，2015 年版，第 137 页。

第六章　鲁迅作品系列女性形象类别

一

从艺术角度看，鲁迅作品中写得成功的当属旧式妇女，他熟悉的也是这一群体，这是一个方面。鲁迅始终关注女性命运，他的作品塑造、描写了各式各样女性形象，构成了令人难忘的“妇女群像”，在新文学史人物画廊中占有重要地位。

鲁迅小说中的传统女性或旧式女性，历来研究者已多有论述，似无有再阐发的余地。然而，倘若换一视角，从生活层面看去，这些人物大体上或可分为三个类型：已经对生活失去希望的；挣扎一番而后失去希望的；仍存留希望的。

《药》里面的华大妈与夏大妈，还有《故乡》里的“豆腐西施”杨二嫂等，为第一种类型。华、夏两位大娘的儿子，身份不同，遭际各异，死法不一，诚然不可相提并论。但为母的心情是相同的，老来丧子，全然失去生活信念和生趣，来日无多，唯有等死而已。杨二嫂年轻时颇有姿色风韵，开过一家豆腐店，生意不错，曾几何时，生活的磨难不仅改变了其形貌——现在则是凸颧骨、薄嘴唇，两脚张开如伶仃的圆规，而且也让她放弃了尊严——顺手将迅哥儿母亲的一副手套塞进裤腰。乡间自有规矩礼仪，它关乎乡民尊严及人际关系，一个人到了随便拿人财物的地步，哪怕一根针、一副手套，亦等于放弃了乡村社会里的尊严，放弃了生活的希望。小说以叙述者记忆中的一幅图景，比衬、强化了无希望这一主旨："哦，我记得了。我孩子时候，在斜对门的豆腐店里确乎终日坐着一个杨二嫂，人都叫伊'豆腐西施'。但是擦着白粉，颧骨没有这么高，嘴唇也没有这么薄，而且终日坐着，我也从没有见过这圆规式的姿势。那时人说：因为伊，这豆腐店的买卖非常好。"①

祥林嫂命运反复，承受了数次打击，打倒了，再挣扎着爬起来，也算坚强的村妇了，属第二种类型。我听过一位教授的文学课，他说："祥林嫂嫁给贺老六，理应感到幸运、高兴，男人有力气、肯下苦，人也老实，何必寻死觅活、把头往香炉上猛撞？"此言极有理。不过，祥林嫂一开始拒嫁贺老六，出于无意识和本能，维护个人意志、权利。平白攻击一个动物，也会招来扑咬，何况一个大活人？祥林嫂虽为村妇愚妇，也自有意志、意愿，容不得过度冒犯，更不用说那种抢劫式的逼婚了。所以，她拒嫁贺老六，不见得是礼教的力量影响，如从一而终、活守寡立牌坊之类。祥林嫂开始不大情愿，终然顺依，过了一段较幸福的生活：男人有力气，会做活，房子又是自家的；婆婆已死，不受气；故而母亲胖，儿子阿毛也胖。惜乎贺老六年轻轻的便得伤寒而死，后来，阿毛又被狼吃了，一个卑微的农家说散也就散了。死了丈夫，又痛失爱子，还没有完全击倒她。祥林嫂按柳妈出的主意去"捐

①《鲁迅全集》（第一卷），人民文学出版社，2005 年版，第 505 页。

门槛”，免得死后被阎王锯开分送两个死鬼男人。之后“神气很舒畅，眼光也分外有神”，又有了生的气息。但当冬季“祝福”（祭祀）日，她刚伸手摆放酒杯和筷子时，四婶一声“你放着罢”，相当于宣布了她此时的边缘化身份，借用一时髦理论来说，祥林嫂被逐出了“乡村共同体”，那样的人际空间里，已没有她的位置。小说开篇部分写“我”在河边遇见祥林嫂，大冬天，她不在村里待着，跑到河边挨冻，这是实写，也是象征。那么，祥林嫂，她只有等死了。被逐出乡村共同体，这一点对圈中人来说至关重要，影响非同小可。导致祥林嫂之死的主因也源于此，而非什么鬼神观念以及死后劈分两半之类。鬼神观念其实没那么强大，而且鬼神之事茫昧未可知，眼前不让祥林嫂这个农妇为祭祀仪式做活，等于不承认她的存在，那才真是致命的一击。不让做活，意味着对她能力、价值、尊严等的轻视，同时也使她的生活变得艰难：

> 五年前的花白的头发，即今已经全白，全不像四十上下的人；脸上瘦削不堪，黄中带黑，而且消尽了先前悲哀的神色，仿佛是木刻似的；只有那眼珠间或一轮，还可以表示她是一个活物。她一手提着竹篮，内中一个破碗，空的；一手拄着一支比她更长的竹竿，下端开了裂：她分明已经纯乎是一个乞丐了。[①]

研究者们多注意精神压迫对祥林嫂的影响，这方面因素当然不容忽视，可因此而无视其生计困窘，则脱离了人物实际处境，论述未免显得空疏。小说明确写道，祥林嫂的破竹篮中的一只碗，多数时间是

①《鲁迅全集》（第二卷），人民文学出版社，2005年版，第6页。

空的，此亦可证基本的吃喝都难以保证。人不到40岁，头发已经全白了，成了一个乞丐。祥林嫂关心死后去处，似乎她的余生即为此而活着，偶遇了接受过新式教育的叙述者，便向他请教人死之后有无灵魂的问题，细味文本，这不应是一个多么重要的细节。严家炎在他的一篇产生了较广泛影响的文章中写道，叙述者以“说不清”为由来搪塞，其结果，“这位叙述者似乎同样对祥林嫂之死负有责任”，这是一种颇为奇怪的解析。为什么这样说？严家炎以为“祥林嫂曾经把希望寄托在这个‘识字的，又是出门人’的‘新党’身上”，没能给出确切无疑的答案，最后造成了她的死，“或多或少加速了祥林嫂在绝望中走向死亡”[①]。把祥林嫂的死归咎于叙述者，有点冤枉叙述者了。讨教一个死后的问题，这不过是小说中一个小插曲——被赶出乡村关系圈，生活没有着落，未来已无希望，所余只剩一死，逮着一个知识人、一个“识字的”“出门人”请教一下，以排遣一下寂寞，仅此而已。也许，祥林嫂根本就没有把这个问题当回事，仔细抠字眼，文本中有一句话被很多研究者忽略了——“我在极短期的踌躇中，想，这里的人照例相信鬼，然而她，却疑惑了”。她疑惑什么？疑惑的是究竟有没有鬼魂，有没有另一个世界。一个于现实生活中彻底绝望了的人，未见得就会把希望寄托在另一世界。祥林嫂就是一个例子：因着失望于眼前的社会，她已不再像其他那些“照例相信鬼”的乡邻一样去相信，而是怀疑，以至于不信。唯其不相信，她在请教叙述者时，一点也不急迫，惶急不安的反倒是叙述者：

我乘她不再紧接的问，迈开步便走，匆匆的逃回四叔的家中，心里很觉得不安逸。自己想，我这答话怕于她有些危险。

① 严家炎：《复调小说：鲁迅的突出贡献》，载《中国现代文学研究丛刊》2001年第3期。

她大约因为在别人的祝福时候，感到自身的寂寞了，然而会不会含有别的什么意思呢？——或者是有了什么豫感了？倘有别的意思，又因此发生别的事，则我的答话委实该负若干的责任……

"说不清"是一句极有用的话。……

但是我总觉得不安，过了一夜，也仍然时时记忆起来，仿佛怀着什么不祥的豫感……[1]

严家炎所说叙述者当负责任云云，亦非新发现，出处还是叙述者的自我谴责。实际上，祥林嫂向叙述者发问，本来就没想着得到一个确切的、正确的答案。她对生活全然失望了，麻木了，没感觉了，以故，别说这个"识字的""出门人"能为她解答，此刻便是上帝站在她面前，恐怕她也会把他推开的。

《离婚》里的爱姑和《明天》里的单四嫂子，她们年轻，还有希望，属于第三类。爱姑不愿痛快离婚，并非生活无以自立，她也不愿回到婆家，只想争口气，讨个"说法"：自己是"三茶六礼定来的，花轿抬来的"，十五六岁嫁过去，"低头进，低头出，一礼不缺"，一旦"小畜生"姘上了小寡妇，就不要自己了，天下哪有如此便宜的事？所以偏不离婚，同男方家闹腾了三年。爱姑是鲁迅作品所有女性形象里最为强势的一个，她敢说，敢怒，敢骂，粗野，却更真实，离开"小畜生"，她的生活前景可能会好一些。在鲁迅刻画的旧式妇女形象系列中，爱姑具有代表性。首先，她是按照传统的"三茶六礼"仪程娶来的，她自己也知道这一点，有地位，有身份，并在生活中相当规矩，"一

①《鲁迅全集》（第二卷），人民文学出版社，2005年版，第7-8页。

礼不缺”。第二，最主要的是，她的家族在当地有势力和威望。爱姑的悲剧在于，作为一个旧式女性，她不懂得个性、兴趣、喜好等等因素有时在婚姻生活中要比“礼”更重要，更具决定性的影响。她也许根本不知道，她的丈夫并不喜欢她，往往因为细小之故吵闹，终至大打出手。以“礼”为傲且以“礼”行事的爱姑，当与丈夫反目成仇时，变成了另一个人：一个拿“礼”的标准来衡量丈夫及家族生活的野蛮人。她敢于口口声声辱骂公公、丈夫为“老畜生”“小畜生”，此亦可证，所谓“礼”也者，其实质有时多么伪善和不合情理。另外一个关键性因素，那就是爱姑的家族为其撑腰，她才声高气粗地即使当着官绅的面也敢对丈夫和公公出言不逊。爱姑的悲剧在于，她至死也不清楚造成这悲剧的原因何在。

比较起来，单四嫂子要笨拙、朴实，少心思，却也不乏“决断”。唯其如此，宝儿死后，她知道“还魂是不能有的事”，安静地领受了命定中的这种苦难。她年轻，仍然还有“明天”，小说结尾写道“只有那暗夜为想变成明天，却仍在这寂静里奔波”，暗示了她的前路。作品有一节性描写，蓝皮阿五帮单四嫂子怀抱宝儿去看医生：“他便伸开臂膊，从单四嫂子的乳房和孩子中间，直伸下去，抱去了孩子。单四嫂子便觉乳房上发了一条热，刹时间直热到脸上和耳根。”[①] 此处性描写非为性而写性，它意在表明单四嫂子的活力、生命。鲁迅写性的文字不是很多，或实写，如本篇写单四嫂子；或反讽，如《颓败线的颤动》中老女人于荒野中忆及卖身生涯；或嘲弄，如《阿Q正传》中阿Q向吴妈求婚，处处皆好。鲁迅是贴着人物来写，性在人物生活以及性格发展过程中不得不出现时，便几笔写出来。当代作家王安忆

①《鲁迅全集》（第一卷），人民文学出版社，2005年版，第475页。

在一次访谈中说，性爱“是人性当中最浅薄、最表层东西，可是它又是最最深刻的东西”，小说中是较难处理的，要么九流作家写，要么一流作家写，二三流作家应抱不写态度[①]。鲁迅写性，亦正是大家手笔。

鲁迅描写旧式女性，总体上体现了一种“哀其不幸”的态度。人物性格不尽一致，面貌亦各不相同，她们的悲剧命运则无一例外地触动人心。

二

鲁迅描写新式女性，其形貌神情、个性气质虽与旧式女性不同，但是，人物身上显示出的阴郁色调，并无多少差异。

1928年秋季的一天晚上，女作家陈学昭在鲁迅家里用晚餐。饭间，鲁迅谈起什么事情，提到了“娜拉”，这是挪威戏剧家易卜生剧作《傀儡家庭》中的一个人物形象。鲁迅于1924年给北京女子高等师范学校作过名为《娜拉走后怎样》的演讲，借娜拉谈经济制度改革与女子出路问题。4年之后，鲁迅仍然关注着中国的“娜拉”们，他说：“在中国这样的社会，‘娜拉’走后的出路在哪里？我看，弄得不好，结果她只好回家来！”并问陈学昭：“你看怎么样？”陈不能确定地说：“说不定，也许，也许她真的只好回家来了！”鲁迅说道：“做一个中国女人，要能够忍受一切的打击，提防突然间会从天空飞来的冷箭，要锻炼得像一个有弹力的皮垫子一样，坐下去它果然会压扁了些，但一放松它立刻又能弹起来，恢复原状，要坚韧。什么都该依靠自己，跌倒了不

①《中国作家梦——马原与110位作家的对话》，华东师范大学出版社，2007年版，第44页。

喊痛自己爬起来，才能谋得解放。”[①]

鲁迅以“皮垫子”形容的，不仅仅包括旧式妇女，而且也包括中华民国的“新女性”。鲁迅评价娜拉的标准，系基于对传统妇女命运的观察，以古例今，命运大体相近。新式女性成家后，主要职责还是相夫教子。那些婚姻不幸的女性，倘若不得已而选择离家之后，结局大约有三种：一是回家，二是堕落，三是自杀。蒋光慈夫人吴似鸿回忆说，1935 年，她们几位朋友在上海沈兹九家闲谈（沈是《申报》副刊《妇女园地》编辑），不知谁说了一句：“鲁迅讲的‘假使有十个娜拉出走，倒没有什么，假使有一百个娜拉出走到社会上，那就麻烦了’，鲁迅怕娜拉多了！”吴似鸿则半开玩笑地说道：“鲁迅究竟是个文人，所以怕娜拉多，依我说，娜拉越多越好，即使有一千个娜拉出走，可以组织娘子军，我们妇女的力量不就大了吗？”[②] 当时的新女性或职业女性已经不太认可鲁迅的观点了。但鲁迅考虑得要更深远一些，他以为女性在经济上不能取得完全的独立，倘有反抗，结局依然不外乎那三条路子。所以，鲁迅主张社会制度包括经济制度的改良，可能会保证女性的独立性的地位。这也是理解鲁迅小说中新式女性的一个切入点。

鲁迅写过几个新女性和知识女性，初看起来相当模式化：恋爱时勇敢无畏，脸上带着灿烂的笑；婚后则一律阴郁，了无生气。子君处于恋爱状态时，“脸上带着微笑的酒涡”，无畏地、勇敢地喊出“我是我自己的，他们谁也没有干涉我的权利”，代表着五四一代青年人共有心声，可婚后不久，因着生活困窘，脸色日见其凄惨，最后回到

①《我记忆中的鲁迅先生——女性笔下的鲁迅》，河北教育出版社，2000 年版，第 28—29 页。

②《我记忆中的鲁迅先生——女性笔下的鲁迅》，河北教育出版社，2000 年版，第 161 页。

她父亲的村子里，默然而死。小说写那种愁苦至极的神态，只有几笔，却是如镂如刻：

> 我一回寓，觉得又清静得多多了；但子君的凄惨的神色，却使我很吃惊。那是没有见过的神色，自然又是为阿随。但又何至于此呢？我还没有说起推在土坑里的事。
>
> 到夜间，在她的凄惨的神色中，加上冰冷的分子了。
>
> 子君有怨色，在早晨，极冷的早晨，这是从未见过的，但也许是从我看来的怨色。我那时冷冷地气愤和暗笑了；她所磨练的思想和豁达无畏的言论，到底也还是一个空虚，而对于这空虚却并未自觉。她早已什么书也不看……[①]

那位作家的妻子，于恋爱中听到男方决计反抗一切阻碍、为她而牺牲时，她的脸上“笑迷迷的挂着眼泪”，结婚仅仅数年之后，为着柴米油盐诸般琐事，全然变了一个人。作家正沉浸于自己所构思、所设置的大都市情景中，妻子与小贩相互杀价时的闹声，不断冲进他的耳中，他颇愤怒于这种打扰自己创作状态的俗事，猛地回过头去看，那情景令他悚然了，“靠左肩，便立着他自己家里的主妇，两只阴凄凄的眼睛恰恰钉住他的脸”。孩子被主妇打哭了，他弯下腰去抱她，回转身，“看见门左边还站着主妇，也是腰骨笔直，然而两手插腰，怒气冲冲的似乎豫备开始练体操”[②]。

结合鲁迅关于女性获得经济上的独立后始能自立的观点，再来理

①《鲁迅全集》（第二卷），人民文学出版社，2005年版，第123页。
②《鲁迅全集》（第二卷），人民文学出版社，2005年版，第37页、第41页。

解他小说中所塑造的新式女性，特别是这些女性的悲剧性命运，就比较容易理解了。子君和作家的妻子等人，她们刚开始恋爱时那种满面灿烂、美丽的神情，终而一变为怨色，乃至于两只眼睛“阴凄凄”的，皆因卑俗生活压力所致。按鲁迅的观点，如果她们有经济上的自主权，直白地说，口袋里有钱，人格将不会因生活迫压而变异，仍然保持女性内部天然的光亮。

鲁迅本人第一次极不幸福的包办婚姻，给他心理上造成的阴影一定投射到了婚恋题材作品中。像子君和那位作家的妻子，她们都是新式女性，受过高等教育，结婚未必是唯一出路，即使离婚，也能自立。让人不解的是，子君回到她父亲村庄里等死，而涓生竟由此获得了“新生”。王富仁在他那部颇有影响的研究鲁迅的专著中说，涓生是鲁迅作品中唯一没有被摧垮的知识分子，他在“人道主义”和“个人主义”两条道路中选择了后者，迈向了新生之路。所谓“人道主义”就是指与子君过庸俗生活，“放弃反封建的大目标”，而“个人主义”即是“毁灭子君，救出自己”[①]。这真是很奇怪的议论，一个男性，老婆都养活不了，谈什么反封建大目标，委实无道理可言。

有研究者依据鲁迅的婚姻情况，从子君身上发现了两个女性的影子：许广平和朱安。鲁迅把与许广平的热恋以及同原配朱安黯淡的婚姻，投射在人物身上。抛弃子君，则是鲁迅心事的曲折表现。1923 年，鲁迅与乃弟周作人失和后搬出了八道湾，他给了朱安两个选择：留在八道湾，或者回绍兴娘家，意在借此摆脱“小脚太太”。朱安系一旧式妇女，当然要跟定自家男人。鲁迅想脱身而不得，于是，在艺术创作中“获

① 王富仁《中国反封建思想革命的一面镜子——〈呐喊〉〈彷徨〉综论》，北京师范大学出版社，1986 年版，第 124 页。

得休弃子君的自由”，“在现实生活中，鲁迅要供养朱安，但在精神世界和婚姻关系方面，他却可以借助艺术创作的方式实现他和朱安的告别”[①]。

或许，这几个人物的描写上，鲁迅本人不愉快的经验限制了想象空间，与那些出色的旧式女性形象如祥林嫂、爱姑等相比，新女性形象的刻画未免单薄、扁平。

三

鲁迅始终如一关注中国女性的命运。除了在小说中创造一系列旧式和新式女性人物形象外，他在杂文、短评中也写到了诸多女性，从不同侧面表达了对女性的关切。《关于妇女解放》一文有两段话，显示鲁迅的关注面是相当广阔的：

> 孔子曰：“唯女子与小人为难养也，近之则不逊，远之则怨。”女子与小人归在一类里，但不知道是否也包括了他的母亲。后来的道学先生们，对于母亲，表面上总算是敬重的了，然而虽然如此，中国的为母的女性，还受着自己儿子以外的一切男性的轻蔑。
>
> 辛亥革命后，为了参政权，有名的沈佩贞女士曾经一脚踢倒过议院门口的守卫。不过我疑心那是他自己跌倒的……这是做女子便宜的地方。……此外，又新有了各样的职业……
>
> 这是五四运动后，提倡了妇女解放以来的成绩。不过我们还常常听到职业妇女的痛苦的呻吟，评论家的对于新式女

① 李允经：《鲁迅的情感世界》，北京工业大学出版社，1996年版，第225页。

子的讥笑。她们从闺阁走出，到了社会上，其实是又成为给大家开玩笑，发议论的新资料了。[①]

鲁迅曾为两个自杀的女性——一个家庭主妇，一个电影明星——仗义执言，他没有说政治、经济、制度等等空泛的话题，而是以文人的敏感，于纷纷扰扰、言不及义的腾说声浪中，非常尖利地拈示出了新闻以及社会评论的写作伦理问题，此实为时人所不及。

1934年，上海《申报》馆英文译员秦理斋病故，在无锡的秦父严逼儿媳龚尹霞回乡。后者以子女在沪读书等原因拒绝回去，被逼无奈，与儿女四人服毒自杀。据《鲁迅杂文辞典》收录资料，龚尹霞多次接到公公来信，一封信上竟说扶乩结果“理斋降临，要金钱要棉衣”，另一封信上说“尊府家法之美，同里称颂……望汝为贤妇佳女；沪事及早收束，遵理斋之冥示，早日回锡”。龚尹霞和子女自杀后，当时的“论客”们指责龚氏为“失职”“偷安”，是“逃兵”云云[②]。鲁迅写了杂文《论秦理斋夫人事》，针对报纸评论所谓自杀是弱者行为的观点，批评它对造成弱者自杀的环境“不置一辞，不发一矢”，专一指责死者，其实是“杀人者的帮凶”。鲁迅看得更深更远，指出其时社会的黑暗超乎想象，有多少人受了社会压迫无声无息地死去，无一人伸出援手，反倒指责受害者，这才是一个社会至为悲哀的事：

……我们固然未始不可责以奋斗，但黑暗的吞噬之力，往往胜于孤军，况且自杀的批判者未必就是战斗的应援者，

①《鲁迅全集》（第四卷），人民文学出版社，2005年版，第614页。
② 薛绥之：《鲁迅杂文辞典》，山东教育出版社，1986年版，第382页。

当他人奋斗时，挣扎时，败绩时，也许倒是鸦雀无声了。穷乡僻壤或都会中，孤儿寡妇，贫女劳人之顺命而死，或虽然抗命，而终于不得不死者何限，但曾经上谁的口，动谁的心呢？真是“自经于沟渎而莫之知也”！[①]

1935年，电影明星阮玲玉在上海自杀，成为轰动一时的事件。阮玲玉遇人不淑，离婚后又遭前夫勒索及诉讼，加之她主演的电影《新女性》中讽刺一小报记者，得罪了“新闻记者公会”，招致诽谤中伤，谣诼不息，于内外交困中服毒自尽。阮玲玉死前留下一份《致社会之遗书》，其中写道：“我现在一死，人们一定以为我是畏罪，其实我何罪可畏？……更加以外界不明……想之又想，惟有一死了之罢。唉！我一死何足惜，不过还是怕人言可畏，人言可畏罢了。”[②]

杂文《论“人言可畏”》题名，即撷取自阮玲玉遗书中字句，鲁迅语带讽刺地说道，现在的报纸真不像个报纸，即如一记者所说“舆论的威信，可怜极了”，并无能力主宰别人命运。但报纸还是具有力量的，“对强者它是弱者，但对更弱者它却还是强者”，于官的威逼下它“忍气吞声”，对弱者依然能“耀武扬威”。阮玲玉“颇有名，却无力”，仍属弱者一流，恰好成了报纸大发议论的好材料。鲁迅批评了某些新闻记者的不正经，若事涉女性，便不假思索、摇笔即来：对无名女性，极尽下流想象、侮蔑之能事；对有名无力者如阮玲玉之类，也“额外的画上一脸花，没法洗刷”，她们走上绝路，新闻亦不能推脱干系。鲁迅在一个他人难以企及的高度指出，新闻业应该是“人民的喉舌”

①《鲁迅全集》（第五卷），人民文学出版社，2005年版，第509页。
② 中国电影家协会电影史研究部：《阮玲玉》，中国电影出版社，1985年版，第12页。

而非其他，然而一遇无权无勇的民众，尤其像女性一类，新闻便忘了自身的伦理道德及规限，想怎么说便怎么说，摇唇鼓舌，状极亢奋。鲁迅顺带讽刺了一笔，如果这事发生在“强者”头上，那是毫不要紧的，“只消一封信，就会有正误或道歉接着登出来”。

鲁迅在文章中还提到了另一个自杀的电影演员艾霞，将她与阮玲玉并列，“……就如去年的艾霞自杀事件一样，完全烟消火灭。她们的死，不过像在无边的人海里添了几粒盐，虽然使扯淡的嘴巴们觉得有些味道，但不久也还是淡，淡，淡”[①]。鲁迅主要议论了阮玲玉之死，从为死者伸张正义一面说，其实也包括了艾霞。艾霞是20世纪30年代的电影演员，与一有妇之渣男同居，后吞鸦片烟自杀。柯灵《悼艾霞》一文指斥了其时社会舆论的不负责任：“艾霞是有才能的演员，她对待电影艺术是忠实和严肃的，但她不是什么大明星……”“艾霞一死，却又成为新闻人物，报上加油加酱，耸人听闻，和桃色新闻一例看待。有人想到了她主演的《黄金谷》《时代的儿女》，因此一定可以非常卖座。而有人居然‘义正词严’，责备‘艾霞对社会不负责任！’”“杀人者正是这个不负责任的社会，而帮凶就是那些不负责任的论客！”[②]柯灵的文章似乎是为着响应鲁迅的杂文而作，他们共同发声，为阮、艾这些弱女子们呐喊几声。

鲁迅的这两篇文章超前性地提出了新闻伦理原则：报纸及其评论不应以“有闻必录”和“并无能力”为借口，它们在一定界限内是有能力的，因而也是有选择、有作用的。鲁迅文中隐含着对“向上的负责的记者”之期待：要为弱者说话，为那些“沉默的大多数”说话。

①《鲁迅全集》（第六卷），人民文学出版社，2005年版，第343-345页。
② 陈纬编：《柯灵电影文存》，中国电影出版社，1992年版，第12页。

如果只向弱者“唠叨不已”，便是有意无意地作恶，也使自己成了事实上的帮凶。

鲁迅杂文中还描写了两位勇毅的女性。

1926年“三一八惨案”中，被段祺瑞执政府卫队枪击而死的学生里，有北京女子师范大学学生刘和珍、杨德群，鲁迅对她们的誉扬和评价达于极致。通过比较可知，鲁迅对其作品中女性形象，多施以怜悯、同情、憎恶等情感，将之当作被启蒙对象，需要唤醒。唯独超高赞美了两位女生及其同伴，这在他的作品里或许可说是仅有的一次。

关于此次惨案的真相，当时的京师地方检察厅在一份调查函文中称，学生请愿宗旨正当，“又无不正侵害之行为”，讵料卫队在毫无警告的情况下，悍然开枪二次，发射子弹一千多发，持续时间达20多分钟之久。据事发后统计，事件中死者47人，伤者100多人，死伤者中有两三位中年人，其他均为20多岁的青年学生[①]。

女师大为死难学生举行了追悼会，鲁迅也去参加，却不忍进入礼堂，一直低着头在外面走廊上徘徊。周作人描述了他所见到的死者遗容：“我只见用衾包裹好了的两个人，只余脸上用一层薄纱蒙著，隐约可以望见面貌，似乎都很安闲而庄严地沉睡著。”[②]那是一个令人心碎的场景。

追悼会结束后不久，鲁迅写了《记念刘和珍君》一文，这已经成了一篇名文，历来收入不同的教材及各种选本中。文章末尾一节由刘、杨等女生引申出对女子精神的评价：“我目睹中国女子的办事，是始于去年的，虽然是少数，但看那干练坚决，百折不回的气概，曾经屡次为之感叹。至于这一回在弹雨中互相救助，虽殒身不恤的事实，则

---

①《三一八运动资料》，人民出版社，1984年版，第155页。

②周作人：《泽泻集　过去的生命》，河北教育出版社，2002年版，第61页。

更足为中国女子的勇毅，虽遭阴谋秘计，压抑至数千年，而终于没有消亡的明证了。倘要寻求这一次死伤者对于将来的意义，意义就在此罢。”①

这段被经常引用的名句，其中并未包含着一个必然逻辑，即女子在险境中如此勇毅，就该她们去冲锋陷阵。历来评论者和研究者大多违反逻辑地如此阐释着此段落。鲁迅肯定学生的爱国热情，反对“徒手的请愿”，这二者间并不矛盾。就在同一篇文章中，他用形象的比喻说明：燃烧了大量木材，制成一小块煤，得不偿失。随后在《无花的蔷薇之二》等文中表达了相同意思：学生“本应该安心读书”，只是时局——这原本是成年人关心的事情——让他们安心不下，义无反顾地蹈入“死地”，亦足悲夫②。

当年鲁迅与陈西滢就惨案中死难学生发生过一次笔墨冲突。陈西滢《闲话》一文斥责段政府，其疾言厉色，一点也不逊于鲁迅文风：同卫兵讲道理，“还不如向着老黄牛弹琴”，“丘八”们无论怎样残忍，“没有居高位者的明令或暗示”，他们个人是没有胆量干出如此残暴之事的。陈西滢文中引起鲁迅批评的，是以下这段话：

这次死伤者之中，妇女小孩占了一部分。我想，要是以到会的人数和死伤者来做比例，妇女小孩的死伤率一定比男子高得多吧。她们身小力弱，经不起惊吓，据说有许多是在仓皇奔走中多被群众挤倒后踏死或踏伤的。我们要是劝告女志士们，以后少加入群众运动，她们一定要说我们轻视她们，

①《鲁迅全集》（第三卷），人民文学出版社，2005 年版，第 293–294 页。
②《鲁迅全集》（第三卷），人民文学出版社，2005 年版，第 279 页。

所以我们也不敢多嘴。可是对于未成年的男女孩童，我们不能不希望他们以后不再参加任何运动。虽然说“天下兴亡，匹夫有责”，但是你们目下还算不上“匹夫”，这责任也不妨诿一诿，等你们成了“匹夫”，再来担当吧。这话自然特别对他们的父兄，尤其是他们的师长说的。对理性没有充分发展的幼童，勉强灌输种种的武断的政治或宗教的信条，在我看来，已经当得起虐待的名字，何况叫他们冒枪林弹雨的险，受践踏死伤的苦！做父兄，尤其是做师长的，也不能因为他们自己愿意去，便不加劝阻禁止，不能因为他们愿意去，便脱卸自己的责任。他们还没有审判力，他们还不知道他们自己的意志。父兄师长们对于孩童们乱吃东西，尚且恐怕他们生病，加以劝阻禁止，何况参加关系重大的国事呢？[①]。

鲁迅、陈西滢之争的关键在于，学生请愿是自愿爱国行为，还是受人利用。由今视之，这些争论已经没有多大意义了。平心而论，两人于痛惜青年生命方面，其实是一致的，皆不忍睁眼看着鲜活的生命霎时消殒。

鲁迅的杂文重在议论，这是由文体要求所决定的，在行文中，有时几笔勾勒出人物的神态，栩栩然鲜活起来了。比如，写刘和珍平素的神情状态，“常常微笑着，态度很温和”。这个句子在文中多次出现，其功能在于刻画了刘和珍的性格——鲁迅在前文曾猜想，一个“能够不为势利所屈，反抗一广有羽翼的校长的学生”，十之八九是“桀骜不驯”

① 陈西滢：《闲话》，《恩怨录·鲁迅和他的论敌文选》（上），今日中国出版社，1996 年版，第 173-174 页。

的，及至见面，却是一个面带微笑、态度温和的女生。文章至此又强化了文外意旨：连这样态度温和的学生都被逼得起来反抗校长，平日校政之腐化可想而知。惨案发生时鲁迅并不在场，便以他人口述以及自己的想象，写了下面这段如石刻般的文字：

> 我没有亲见；听说，她，刘和珍君，那里是欣然前往的。自然，请愿而已，稍有人心者，谁也不会料到有这样的罗网。但竟在执政府前中弹了，从背部入，斜穿心肺，已是致命的创伤，只是没有便死。同去的张静淑君想扶起她，中了四弹，其一是手枪，立仆；同去的杨德群君又想去扶起她，也被击，弹从左肩入，穿胸偏右出，也立仆。但她还能坐起来，一个兵在她头部及胸部猛击两棍，于是死掉了。①

鲁迅小说刻画人物，多用白描手法，数笔即可写活一个人物。同样，在杂文中，鲁迅刻画人物的笔力一点儿也不因文体所限而有所减弱。即如本文描写刘和珍特别是她与同学们在枪弹横飞中相互扶持，其情景真如雕刻一般，形象地证明了“女性的勇毅”精神。

鲁迅杂文描写的女性形象系列里，还有一个特例，一个凡读过此文即难以忘却的否定性女性，她就是阿金，同名杂文中的女主人公。

《阿金》作于1935年12月，收入《且介亭杂文》中，形制和内容上颇接近小说，也即以杂文方式虚构了一个女仆，这在鲁迅杂文中是不多见的。阿金是一家外国人的女仆，粗鄙，下流，宣称“弗轧姘头，到上海来做啥呢”，常招惹一些不三不四之徒，争风吃醋，打闹争斗，

①《鲁迅全集》（第三卷），人民文学出版社，2005年版，第292页。

搅动得邻里四周不得安宁。鲁迅说，他从来不信昭君出塞会安汉，也不信妲己亡殷杨妃乱唐，“在男权社会里，女人是决不会有这种大力量的”，可是现在，区区一个阿金，动摇了自己30多年来的信念和主张，“假使她是一个女王……足够闹出大大的乱子来”，所以文章结尾说“愿阿金也不能算是中国女性的标本”①。

鲁迅可能夸大了阿金的力量，她永远也当不了“女王”。她在自己圈子里呼风唤雨，党同伐异，在主子面前依然是一个低声下气、驯顺如奴的女仆，结局是被主人赶了出去，不知所终。鲁迅塑造这个形象，意在揭示一个正常社会中的暗角或盲区：阿金在她所属的那个社会阶层里，之所以无所顾忌，横行其间，原因在于，那里其实是一个道德真空，没有规则，没有信义，没有价值，没有人格，一切行事呈现出痞子化、流氓化倾向。

郑朝宗先生颇推崇《阿金》，誉之为“一篇绝妙的短篇小说”，并说作者“挥起他那神工鬼斧的妙笔，竟能纳须弥于芥子，仅用二千余字，便把古往今来一切等级的女流氓的本性——放荡、无耻、狡诈、狠毒、卑怯——全都写进去了”，历来选家竟多忽略此名篇，亦可见出选家之“不济事”②。这是把阿金当作一个具有高度概括性的类属符号，她身上带有“古往今来一切等级的女流氓的本性”，此种观察和描述，确乎发人所未发、言人所未言，令人耳目一新。

四

鲁迅还刻画了两个神话中的女性，一个是《补天》里的女娲，另

①《鲁迅全集》（第六卷），人民文学出版社，2005年版，第208-209页。

② 郑朝宗：《护花小集》，福建人民出版社，1983年版，第106页。

一个是《奔月》里的嫦娥。

《补天》原名《不周山》，取材于古代神话——女娲炼五色石以补天。小说中的女娲经过作者想象力的融化、形塑，业已成为一个健全女性，于一个绝对玄幻的背景中走了出来。她一出场，即显丰硕健美，光彩照人：

> 粉红色的天空中，曲曲折折的漂着许多条石绿色的浮云，星便在那后面忽明忽灭的䀹眼。天边的血红的云彩里有一个光芒四射的太阳，如流动的金球包在荒古的熔岩中；那一边，却是一个生铁一般的冷而且白的月亮。然而伊并不理会谁是下去，和谁是上来。
>
> 地上都嫩绿了，便是不很换叶的松柏也显得格外的娇嫩。桃红和青白色的斗大的杂花，在眼前还分明，到远处可就成为斑斓的烟霭了。
>
> “唉唉，我从来没有这样的无聊过！”伊想着，猛然间站立起来了，擎上那非常圆满而精力洋溢的臂膊，向天打一个伸欠，天空便突然失了色，化为神异的肉红，暂时再也辨不出伊所在的处所。①

女娲形体巨大。她以“紫藤抡泥法”，近乎恶作剧般地飞速抡摔，那紫藤“像一条给沸水烫伤了的赤练蛇”，飞溅出的泥点便化为千千万万个哇哇啼哭的小东西。她累了，“将头靠着高山，头发漆黑的搭在山顶上”；又用五色石块弥补歪斜开裂的天空，累了，“坐在

①《鲁迅全集》（第二卷），人民文学出版社，2005 年版，第 357 页。

一座山顶上，两手捧着头”，虽是伟岸之躯，并未让人产生迫压似的威严，她的全体以及动作，无处不透露着力之美。还有那一双大脚，是那么的有力，一代代的读者多忽略了这个意象。小说中有三个地方写到了女娲的脚：于肉红色的天地间，女娲走到海边，影子在海水里摇荡，她“不由的跪下一足”，伸手掬起水里的泥；天向东南方倾塌，女娲“伸了脚想踏住，然而什么也踹不到”，连忙一伸手臂揪住了山峰，才没有滑下去；几座山从海上顺流而来，女娲担心那些山“碰了自己的脚，便伸手将它们撮住”[①]。

鲁迅在《我怎么做起小说来》中写道，他小说中的人物，“往往嘴在浙江，脸在北京，衣服在山西”[②]。那么，像女娲踹出去想踏住什么的大而有力的脚，那双“天足”，那双传统文学中从未出现过的健康之足，又将取自哪省哪县呢？鲁迅在《我之节烈观》中极沉痛地写道，千年重压之下，女性身体连同其精神一道，皆变成了“畸形”。鲁迅指的就是缠足恶习，数百年中，酷刑一样折磨着中国女性。清代虽屡有禁止，如顺治、康熙、道光及光绪四朝均下过禁令，不许缠足，无奈民间嗜痂成癖，难以根绝。鲁迅要写出女娲健全有力的天足，无论于历史还是现实中，概难找到模特儿。《补天》作于1922年，其时距民国成立刚刚10年，第一代新女性成长起来还得再等10年时间。1934年“双十节”，胡适发表了《悲观声浪里的乐观》一文，他说：“这二十三年中，最伟大而又容易最被人忽略的进步，要算各方面的社会改革。最明显的当然是女子解放。在身体的方面，现在二十岁左右的中国女子不但恢复了健全的人样，并且渐渐要变成世界上最美的女性

①《鲁迅全集》（第二卷），人民文学出版社，2005年版，第358–360页。
②《鲁迅全集》（第四卷），人民文学出版社，2005年版，第527页。

了。”[①] 女性身体方面的解放，当然包括天足。民国之前，女性身体方面少“健全的人样”，这和鲁迅所说“畸形”是一个意思。

现实既然无从提供人物原型，理想的途径则是取法于艺术本身。日本学者伊藤虎丸从女娲充溢着生命力的、丰满裸体的形象，联想到温暖的爱琴海之波和“维纳斯之诞生”的构图，并说鲁迅为他自己心仪的西方“人的观念”赋予了一个具体形象，女娲因而成为具有西欧风范的人物形象[②]，可谓独具只眼。鲁迅喜爱西洋绘画，于摩挲品味中，维纳斯等艺术形象自当潜入他的头脑和意识之中，至创作《补天》时，已是胸有成竹、脑有成像，当开写之际，一个流光溢彩的女性呼之欲出。

本于“人之观念”而塑造出的女娲，她以美俨的身体、有力的天足以及盈弥宇宙天地间的饱满生命力，当之无愧地成为了中国新文学史上第一个健全而又合乎人性的女性人物形象。

与女娲颇为相同，嫦娥形象塑造也近乎完美。小说《奔月》第一部分描写了嫦娥的形貌和神态：

> 残膏的灯火照着残妆，粉有些褪了，眼圈显得微黄，眉毛的黛色也仿佛两边不一样。但嘴唇依然红得如火；虽然并不笑，颊上也还有浅浅的酒窝。[③]

这一描写是通过羿的视角，展现了嫦娥的美——非人间所有的美。而对女娲“兀自摊开了四肢沉睡着”的描写，则凸显了神女的形态。

① 蒋梦麟：《西潮·新潮》“附录”，岳麓书社，2000 年版，第 397 页。

②〔日〕伊藤虎丸：《鲁迅与终末论——近代现实主义的成立》，李冬木译，生活·读书·新知三联书店，2008 年版，第 146 页。

③《鲁迅全集》（第二卷），人民文学出版社，2005 年版，第 373 页。

伊藤虎丸说，女娲形象取自于维纳斯。那么，比照嫦娥那种带点慵懒的、颓废的美，或许也仿自于维纳斯一类。羿看着嫦娥沉睡的美态，内心滋生出一种相当的惭愧和不安，“唉唉，这样的人，我就整年地只给她吃乌鸦的炸酱面”，愧疚得连耳根子都热起来。当然，神女发起脾气来，也带着点人的气息，嫦娥“柳眉一扬，忽然站起来，风似的往外走”，嘴里咕噜着“又是乌鸦的炸酱面”“又是乌鸦的炸酱面”，不满于羿猎获的三匹乌老鸦和一只射碎了的小麻雀，逼得这如天神一般的丈夫抬不起头来。

嫦娥不是鲁迅精心刻画的人物，小说中仅出现了两三次，而且鲁迅在这个人物身上有意加进了一点调侃因素。结尾部分，羿得知嫦娥偷吃了道士的仙药后，叹口气，慨叹她忍心撇下自己独自飞升，一个人去快乐，“莫非看得我老起来了？但她上月还说：并不算老，若以老人自居，是思想的堕落”。这句话顺带嘲弄了高长虹。小说所附注释引高长虹《1925年北京出版界形势指掌图》一文语，如“须知年龄尊卑……鲁迅去年不过四十五岁……如自谓老人，是精神的堕落”等等。

羿从道士那里得到“一服仙药”，这和文献记载中有区别，是鲁迅对过去资料的改写。《淮南子·览冥训》：“羿请不死之药于西王母，姮娥窃以奔月。怅然有丧，无以续之。何则？不知不死之药所由生也。”[①] 鲁迅把“西王母”改换为“道士”，这是符合小说内在逻辑的。西王母的仙药不是那么容易请到的，能够获得一副，已是天幸，岂可再得？《淮南子》明确写“无以续之”。道士，毕竟属同类人，所以羿终于决定明日再讨一副，服用之后，再去追赶逃妻。改写细节更具有幽默风趣意味。

①《〈故事新编〉研究资料》，人民文学出版社，2005年版，第74页。

五

鲁迅还描写了一个女鬼，虽名为鬼，其实还是一个特别的女性形象。这就是作于1936年9月19日至20日《女吊》中的主人公，绍兴民间有名的女鬼。一个月后，鲁迅病逝。鲁迅写这篇文章时的心境极其恶劣，受了很多气，郁积心头的怨愤，一发而为此文。据记载，鲁迅特别满意文中关于女吊的描写。文章写成后，鲁迅请冯雪峰看。冯雪峰回忆道：

> 当他写好《女吊》后，大约是九月二十或二十一的晚间，我到他那里去，他从抽屉里拿出原稿来说："我写好了一篇。就是我所说的绍兴的'女吊'，似乎比前两篇强一点了。"我从头看下去，鲁迅先生却似乎特别满意其中关于女吊的描写，忽然伸过手来寻出"跳女吊"开场的那一段来指着道："这以前不必看，从这里看起罢。"①

鲁迅解释说，"女吊"是绍兴人在戏剧上创造的"一个带有复仇性的，比别的一切鬼魂更美，更强的鬼魂"。所谓女吊，就是女性的吊死鬼，寻找另外一个准备自杀的女人，也就是"讨替代"。她在戏台上出现时，伴随着悲凉的喇叭声，身着大红衫子、黑色长背心，长发蓬松，脖子上挂着两条纸锭，垂头垂手，在戏台上弯弯曲曲地走一个"心"字状，然后：

---

① 冯雪峰：《鲁迅先生计划而未完成的著作》，《我心中的鲁迅》，湖南人民出版社，1979年版，第160页。

她将披着的头发向后一抖，人这才看清了脸孔：石灰一样白的圆脸，漆黑的浓眉，乌黑的眼眶，猩红的嘴唇。听说浙东的有几府的戏文里，吊神又拖着几寸长的假舌头，但在绍兴没有。不是我袒护故乡，我以为还是没有好；那么，比起现在将眼眶染成淡灰色的时式打扮来，可以说是更彻底，更可爱。不过下嘴角应该略略向上，使嘴巴成为三角形：这也不是丑模样。假使半夜之后，在薄暗中，远处隐约着一位这样的粉面朱唇，就是现在的我，也许会跑过去看看的，但自然，却未必就被诱惑得上吊。她两肩微耸，四顾，倾听，似惊，似喜，似怒，终于发出悲哀的声音，慢慢的唱道：

“奴奴本是杨家女，

呵呀，苦呀，天哪！……”[①]

这个自称“杨家女”的女吊，原型为目连戏中的“良家女”，幼年父母双亡，婶母将她送给杨家做童养媳，后又被婆婆卖入妓院，自缢而死。绍兴民间戏剧已经将女吊的形象塑造得鲜活，一到鲁迅笔下，他又把自己积年的愤懑之气注入其中，使之成为一个美艳凄绝的女性形象。鲁迅写女吊，其实也是在写自己的孤愤心情。

钱理群《与鲁迅相遇——北大演讲录之二》中，专门谈到了《女吊》中的人物刻画：“你看写得多好：这样的色彩，神态，情绪，声音，语调……可以看出，鲁迅是倾其全力地来写，写得元气淋漓，绝不像是病人写的。……这里有一个问题：为什么临死的时候，鲁迅要拼尽自己最后的生命与艺术的力量，全部灌注于这样一篇描写‘复仇的鬼魂’

①《鲁迅全集》（第六卷），人民文学出版社，2005 年版，第 641 页。

的文章？”钱理群引用了《女吊》最后一段经常为人所引用的文字：“被压迫者即使没有报复的毒心，也决无被报复的恐惧……我到今年，也愈加看透了这些人面东西的秘密。”归结到一个问题，即令鲁迅愤怒而且“绝不宽恕”的怨敌，究竟是些什么人呢？钱理群分析道，大致有四类：一是统治者如北洋军阀当局以及其后的国民党当局；二是一些自由主义分子，如现代评论派、新月派等；三是上海滩上的无聊文人；最后一种是“左联”内部的盟友。鲁迅斥责的“这些人面东西的秘密”，则是特指“左联”的一些人。钱理群以丰富的文献资料以及严密的逻辑论证，得出一个结论：鲁迅之为鲁迅，就在于他终其一生“反对一切形式的压迫与奴役”，到临死时“仍然保持了一个完整的，始终如一的，独立的自我形象”。[①]

女吊原本要去复仇，中途看见另一个将要自杀的女性，则“万分惊喜”，转而去寻找替身。鲁迅写道，这是中国的鬼共有的一种“坏脾气”，习俗相沿，女吊亦不能免，忘记了复仇，即成为一种利己主义了。鲁迅接下来写了绍兴的风俗，刮下来的锅灰一定得散乱，如果“团团一刮”，形成一个黑圈子，这就是吊神的圈套，“散掉烟煤，正是消极的抵制，不过为的是反对‘讨替代’，并非因为怕她去报仇”。鲁迅赞同民间的报仇，是有限定条件的，也就是当受到压迫时，像女吊那样，可以去实施自己的行为，但并不认可一切形式的复仇。

鲁迅塑造这个“比别的一切鬼魂更美，更强的鬼魂”，是特定时间和环境下的一种心境反映，他针对了特指的一些人，宣泄了自己强烈的不满情绪。鲁迅后来那句被误解很深的话“一个都不宽恕”，也

① 钱理群：《与鲁迅相遇——北大演讲录之二》，生活·读书·新知三联书店，2003年版，第43-45页、第59页。

是有着特定对象的。钱理群研究了晚年鲁迅的心境，注意到鲁迅那种深沉博大的母性般的爱：

> ……我想我们是可以这样来评价鲁迅的：他同样是一位以巨大的，为被侮辱的和被损害者“悲哀、叫喊和战斗的艺术家”。而且，他的作品的风格，也同样是“虽有憎恶和愤怒，而更多的是慈爱和悲悯”。请注意这一评价：愤怒，慈爱和悲悯。我们往往注目于愤怒的鲁迅，却忽略了鲁迅悲悯和慈爱的一面。……[①]

鲁迅本人曾说过：他对青年人的态度，就颇具“母性”[②]，便是很好的证明。

① 钱理群：《与鲁迅相遇——北大演讲录之二》，生活·读书·新知三联书店，2003年版，第59页。

② 吴作桥等编：《再读鲁迅——鲁迅私下谈话录》，时代文艺出版社，2005年版，第157–158页。

第七章　鲁迅作品相貌描写与国民性“自新”因素

一

陈丹青在一次讲演中说，五四那一两代作家中，单就相貌而言，他看来看去，还是觉得鲁迅的样子长得最好看：

> 这时我回头看看鲁迅先生：老先生的相貌先就长得不一样。这张脸非常不买账，又非常无所谓，非常酷，又非常慈悲，看上去一脸的清苦、刚直、坦然，骨子里却透着风流与俏皮……可是他拍照片似乎不做什么表情，就那么对着镜头，意思是说：怎么样？我就是这样。
>
> 所以鲁迅先生的模样真是非常非常配他，配他的文学，配他的脾气，配他的命运，配他的地位与声名。我们说起五四新文学，都承认他是头一块大牌子，可他要是长得不像

我们见到的这副样子，你能想象么？①

陈丹青说，五四运动闹过之后，谢天谢地，总算留下鲁迅这张脸，把他摆放在世界大文豪群像中，不丢我们的脸。似乎意犹未尽，陈丹青又把鲁迅与外国大家及国内同时代的作家、学者比较了一番，比来比去，发现鲁迅的相貌长得正好就是鲁迅自己：

> 而且鲁迅先生非得那么矮小，那么瘦弱，穿件长衫，一副无所谓的样子站在那里。他要是长得跟萧伯纳一般高大，像巴尔扎克那么壮硕，便是致命的错误。可他要是也留着于右任张群那样的长胡子，或者像吴稚晖沈钧儒那样光脑袋，古风倒是古风，毕竟有旧族遗老的气息，不像他。他长得非常的“五四”，非常的“中国”，又其实非常摩登……五四中国相较于大清国，何其摩登，可是你比比当年顶摩登的人物：胡适之、徐志摩、邵洵美……鲁迅先生的模样既非洋派，也不老派，他长得是正好像他自己②。

郁达夫很早就夸赞鲁迅长得漂亮，他曾对白薇说，“鲁迅是中国唯一的美少年”③。

鲁迅当然也会“相”人。在鲁迅心目中，至少有三个外国作家的相貌是最美的，其中一个甚至可称得上肖像画的模范。

---

① 陈丹青：《笑谈大先生》，广西师范大学出版社，2011 年版，第 17–18 页。
② 陈丹青：《笑谈大先生》，广西师范大学出版社，2011 年版，第 15–17 页。
③ 白薇：《我对鲁迅先生的回忆和感想》，《我记忆中的鲁迅先生——女性笔下的鲁迅》，河北教育出版社，2001 年版，第 10 页。

第一个是拜伦，作于1925年的《杂忆》一文中，鲁迅回忆了早年阅读拜伦诗，尤其看了拜伦肖像时“心神俱旺”的激动心情，鲁迅特意说明这是“去助希腊独立时候的肖像”[1]。上一年《小说月报》编发拜伦逝世百年纪念专号上刊载过，是为拜伦像首次进入中国，由画家T.菲利普斯所作，画中拜伦花布裹头，身着希腊民族服装。20世纪80年代杨德豫先生翻译《拜伦抒情诗七十首》一书采用了这幅肖像，于“画像说明”中介绍道，作品现存伦敦国立画像馆。顺带一句，陈丹青的老师木心先生也曾描述过相同的观感，他说自己小时候一见拜伦这个名字，还没有读作品，就受不了了，看了画像后，更加崇拜[2]。

第二个是雪莱，小说《伤逝》有一细节，涓生与子君热恋时，子君勇敢地来到涓生的小破屋，听他讲家庭专制，讲打破旧习惯，谈男女平等，也谈伊卜生、泰戈尔、雪莱。小屋墙壁上钉着一张铜版的雪莱半身像，系从杂志上裁下来，“是他的最美的一张像”。据1930年未名社出版部出版、韦丛芜译《英国文学：拜伦时代》一书（此书抽译了里卡尔·加莱、爱德莽·葛斯四卷本《插图英国文学史》中部分作家评传）可知，这幅画像由Miss Curran作，当时国内的刊物及相关著述中多采用此像。鲁迅所见的即是这幅画像，看来确实给了他极深的印象，难以忘怀，以至于写进了小说中。雪莱究竟有多美呢？勃兰兑斯在《十九世纪文学主流》中写道：“雪莱长成了一个身材修长、体质纤弱、胸部狭窄的青年，头的轮廓略小，而且不匀称，但是，他那一张嘴却美得迷人，显得十分秀气，一双眼睛闪射着一种女性的、几乎可以说是天使的目光；整个面部表情丰富、变化无穷，有时看上

①《鲁迅全集》（第一卷），人民文学出版社，2005年版，第233页。
② 木心：《文学回忆录》（下册），广西师范大学出版社，2013年版，第511页。

去和真实年龄一致——十九岁，有时像是已够四十。”[①]

当时的一位画家马尔瑞曾说过，要为雪莱画像简直不可能，他“太美了”。勃兰兑斯建议我们应该如此想象和朋友们相处时的雪莱：他“像诗人一样容易激动，像英雄一样勇敢，像妇人一样温柔，像少女一样羞怯，像莎士比亚笔下的爱瑞尔一样轻捷”[②]。

鲁迅《摩罗诗力说》中也用“姿状端丽”一词形容雪莱的容貌之美。所以当涓生向子君介绍墙上的雪莱画像时，子君只是草草地看了一眼，便低下了头，似乎很不好意思。小说写道，这个动作也反映了子君“未脱尽旧思想的束缚”，后来的研究者们也跟着说什么封建思想束缚云云，说了几十年，全上了叙述人的当。一个连同性都觉美得不得了，美到受不了的男性画像，正处于热恋中的女孩子看了，哪有不羞得低了头、脸飞红的？这和旧思想关系不大。

第三个是萧伯纳。1933 年 2 月，鲁迅受邀前往宋庆龄家参与接待萧伯纳，《看萧和“看萧的人们”记》一文中，鲁迅记录了当时的情景：

> 一走进客厅隔壁的一间小小的屋子里，萧就坐在圆桌的上首，和别的五个人在吃饭。因为早就在什么地方见过照相，听说是世界的名人的，所以便电光一般觉得是文豪，而其实是什么标记也没有。但是，雪白的须发，健康的血色，和气的面貌，我想，倘若作为肖像画的模范，倒是很出色的。[③]

①〔丹麦〕勃兰兑斯：《十九世纪文学主流》（第四分册·英国的自然主义），徐式谷等译，人民文学出版社，1984 年版，第 260 页。

②〔丹麦〕勃兰兑斯：《十九世纪文学主流》（第四分册·英国的自然主义），徐式谷等译，人民文学出版社，1984 年版，第 260–261 页。

③《鲁迅全集》（第四卷），人民文学出版社，2005 年版，第 508–509 页。

这三位作家的相貌给鲁迅留下了深刻印象。

与此相对的，则为不美。在鲁迅笔下，相貌不美并不意味着丑陋，不如说是稀奇古怪罢了。《论照相之类》里有一段描写：

我所见的外国名伶美人的照相并不多，男扮女的照相没有见过，别的名人的照相见过几十张。托尔斯泰，伊孛生，罗丹都老了，尼采一脸凶相，勖本华尔一脸苦相，淮尔特穿上他那审美的衣装的时候，已经有点呆相了，而罗曼罗兰似乎带点怪气，戈尔基又简直像一个流氓。虽说都可以看出悲哀和苦斗的痕迹来罢，但总不如天女的“好”得明明白白。……①

本国作家中，以美的相貌给鲁迅留下较深的印象的，勉强地说，诗人邵洵美算得上一个。在招待萧伯纳的会上，安排了一个给客人赠送礼物的仪式，鲁迅《看萧和“看萧的人们”记》附带写了一笔，“这是由有着美男子之誉的邵洵美君拿上去的”。这是一个比较中性的说法。贾植芳在回忆录中也写过他初见邵洵美时的印象：“身材高大，一张白润的长脸上，一只长长的大鼻子尤其引人注目。……须发蓬乱，颇有些落拓不羁而又泰然自若的神气。”② 这只长长的鼻子被当时的人赞为“希腊式的鼻子”。

①《鲁迅全集》（第一卷），人民文学出版社，2005 年版，第 195-196 页。
② 贾植芳：《狱里狱外》，上海远东出版社，1995 年版，第 179 页。

二

按鲁迅的审美眼光，国人的相貌，尤其男性的相貌特征或有不同，有一个条件绝不可少，即眼睛一定要有神、有光。试举几例。

《孤独者》的主人公魏连殳，身材短小瘦削，长方脸，蓬松的头发和浓黑的须眉占了一脸的小半，“只见两眼在黑气里发光”。

《长明灯》的主人公虽被视为疯子，其实不是，此人方脸，浓眉底下是大而长的眼睛，带些异样的光，“两只眼睛闪闪地发亮”。

《奔月》里的羿听说妻子偷吃仙药后飞向月亮，一怒之下，挽弓搭箭，身子如岩石挺立着，“眼光直射，闪闪如岩下电”。

鲁迅小说人物相貌描写上还有一个特点，那就是对眼睛以及与此相关的眼神、眼色等等的细致刻画，反映出人物的情绪、态度等。比如《狂人日记》，以狂人的敏感，他处处看到、感到周围人们眼光、眼神中流露出的不友善：早上出门，赵贵翁的“眼色便怪”，前面一伙小孩子竟也在那里议论，“眼色”与赵贵翁一样；回到家里，家人的“眼色”也全同别人一样；大哥领来的一个老头子，“满眼凶光”，不敢直眼看，低头向地，眼光从眼镜边上暗暗看，老头摸了一会脉，才张开他的“鬼眼睛”说话；狂人劝说大哥别再吃人、从新做人，后者则“眼光便凶狠起来”。

再如《药》，华大妈等着华老栓买来人血馒头，一见丈夫进屋，急忙从灶间走出，“睁着眼睛”，嘴唇都发抖了；看着儿子小栓吃人血馒头，夫妻二人的“眼光”急切地似乎想从儿子身体里注进什么、又取出什么似的；当听到夏瑜说狱卒红眼睛阿义可怜时，听的人“眼光”突然都有些板滞，大清的奴才们已经不懂得先驱者的思想；在坟地里，夏瑜的母亲“眼睛仍然向上瞪着”，她猛可间发现了儿子坟头分明搁着一圈红白的花。

再如《明天》，单四嫂子一个人待在空屋里想念儿子，眼泪早已流光了，只有“眼睛张得很大”，看着四周熟悉的情形，产生了一种奇怪的感觉，唯愿“所有的事都是不会有的事”，都只是一场梦。明天醒来，宝儿应该还在小床上睡着，醒来后叫一声“妈”，又生龙活虎地跳着玩去了。记忆中，宝儿一边吃茴香豆，一边“瞪着一双小黑眼睛”和自己说话。

再如《阿Q正传》，阿Q面部最大的特征是，当与人争执时，或被人嘲笑时，就会“瞪着眼睛”，怒目而视，这就是他的“怒目主义”。在被押往刑场途中，阿Q一面“轮转眼睛”寻找吴妈，一面却看到了令他惊悚的看客们的眼睛——那使他瞬间记忆中浮现出四年前山中遇见的狼眼睛，“那狼眼睛，又凶又怯，闪闪的像两颗鬼火，似乎远远的来穿透了他的皮肉。而这回他又看见从来没有见过的更可怕的眼睛了，又钝又锋利，不但已经咀嚼了他的话，并且还要咀嚼他皮肉以外的东西，永是不远不近的跟他走”[①]。阿Q临死前，至少有一点是清醒的，他把看客的眼睛与狼的眼睛并视了，这也是无所不在的叙述者赋予他的。

再如《祝福》，形容祥林嫂的一个有名的句子——“只有那眼珠间或一轮，还可以表示她是一个活物”。祥林嫂偶遇叙述者后，一下子来了兴趣，想讨教一下关于死后有无灵魂之事，“她那没有精采的眼睛忽然发光了”。何以要发光？原来眼前所见者系“识字”的“出门人”，或者会给她一个明确的答案。叙述者“一见她的眼钉着”，便如芒刺在背，颇感惶急了。小说以倒叙手法，回顾祥林嫂的一生，其中“眼睛”就是一个关键词：由“顺着眼”到“眼光也没有先前那样精神了”，再

①《鲁迅全集》（第一卷），人民文学出版社，2005年版，第552页。

到“没有神采的眼睛”，到最后“眼珠间或一轮”，眼睛的变化暗示了祥林嫂受尽折磨的一生。

鲁迅小说描写眼睛变化，给人印象最深的应为《幸福的家庭——拟许钦文》和《高老夫子》。前篇的主人公即作家，回想起他和妻子初恋时情景——“那时也是晴朗的冬天，她听得他说决计反抗一切阻碍，为她牺牲的时候，也就这样笑迷迷的挂着眼泪对他看”，与婚后生活压力下一切都变了、变得黯淡阴郁的氛围，形成了强烈的对比。作家沉浸于构思中，不好决定究竟把小说场景设置在伦敦还是巴黎，这时身后的妻子却拿“阴凄凄的眼睛”盯着他。后篇讽刺不学无术、品性低劣的高干亭竟敢到女校去讲学，他原本就没怀好意，面对一屋子女学生，才感到在学生面前，自己会不由得心虚、惶恐：“他不禁向讲台下一看，情形和原先已经很不同：半屋子都是眼睛，还有许多小巧的等边三角形，三角形中都生着两个鼻孔，这些连成一气，宛然是流动而深邃的海，闪烁地汪洋地正冲着他的眼光。但当他瞥见时，却又骤然一闪，变了半屋子蓬蓬松松的头发了。”①

高干亭原本是一赌徒、无赖，胸无点墨，平日的工作就是“打牌，看戏，喝酒，跟女人”。有一天突发神经，写了一篇《论中华国民皆有整理国史之义务》的“名文”，发表在《大中日报》上，被“贤良女校”聘为历史教员。因慕俄国文豪高尔基，改名为“高尔础”。其实他心里想着的就是去看女学生，充满了下流欲望。这个冒充“学者”的流氓，他没想到的是，学生的“眼睛”有时会有多么尖利，非得面对面、被半屋子眼睛扒下伪装，才领教了那闪闪烁烁的眼睛的厉害。当然，更厉害的是鲁迅，他创造性地刻画了“半屋子都是眼睛”这一令人难

①《鲁迅全集》（第二卷），人民文学出版社，2005 年版，第 82 页。

忘的情景，成了一切善于伪装的流氓们的克星。

鲁迅《我怎么做起小说来》有一段话，专门谈到了小说写人要写眼睛，经常为人所引用：

> 忘记是谁说的了，总之是，要极省俭的画出一个人的特点，最好是画他的眼睛。我以为这话是极对的，倘若画了全副的头发，即使细得逼真，也毫无意思。我常在学学这一种方法，可惜学不好。①

“学不好”无非自谦的说法。鲁迅的30多篇小说中，刻画出色处正在人物形象的眼睛。

对女性的相貌，鲁迅也有自己的标准，似乎多以脸部略呈圆形为美，红唇，尤为不可少的是两个酒窝，眼睛亦须有光，而眼睛的清澈和明净则是一个极高的要求了。如子君，总是微笑着，而且“脸上带着微笑的酒窝”，眼中闪着“稚气的好奇的光泽”。当她出神似的凝想时，“神色越加柔和，笑窝也深下去”。再如嫦娥，天天吃乌鸦的炸酱面，对羿颇为不满，但当回忆起过去的美好生活时，心情也变得好起来：“残膏的灯火照着残妆，粉有些褪了，眼圈显得微黄，眉毛的黛色也仿佛两边不一样。但嘴唇依然红得如火；虽然并不笑，颊上也还有浅浅的酒窝。”②

鲁迅小说女性人物群像里，《在酒楼上》的一个人物形象——船户的女儿阿顺，历来被当作一个可怜人、一个不幸而早死的女孩子，

①《鲁迅全集》（第四卷），人民文学出版社，2005年版，第527页。
②《鲁迅全集》（第二卷），人民文学出版社，2005年版，第373页。

然而鲁迅却着力且着墨甚重地描写了她的眼睛："后来她也长得并不好看，不过是平常的瘦瘦的瓜子脸，黄脸皮；独有眼睛非常大，睫毛也很长，眼白又青得如夜的晴天，而且是北方的无风的晴天，这里的就没有那么明净了。"[①]

如此清澈、明净有如夜的晴天的眼睛，实为罕见，或许根本上是不存在的，仅存在于作家的想象中，因而也是一种理想化的描写。

鲁迅还写到了女性相貌上的一个变易性特点，即容华零落，青春流逝，总之，女性的美是短暂的。与此相伴，则女性的人生态度也很轻易地变得晦暗、消极。《幸福的家庭》中回顾了五年前的一个场景：在晴朗的冬天，作家的妻子听了他决计为她牺牲的誓言时，嘴唇通红着，可爱而又天真的脸上，"笑迷迷的挂着眼泪"。仅仅过了五年时间，还是这同一张脸上，"两只阴凄凄的眼睛恰恰钉住他的脸"。《故乡》里的杨二嫂，年轻时人称"豆腐西施"，人漂亮，豆腐店的生意非常好，现在却成了"一个凸颧骨，薄嘴唇"，两手搭在髀间、张着两脚的老女人，"正像一个画图仪器里细脚伶仃的圆规"，一说话即发着尖利的怪声。

三

鲁迅更多的笔墨则是嘲弄、讽刺、挖苦，有时用漫画的方式，刻画种种不雅之相。小说中最突出的相貌类型，基本上是些胖子。以下试举几例。

《示众》里十一二岁的"胖孩子"，眯着眼睛，"歪了嘴"在店门口叫卖热包子；看客们围成一大圈在张望，刚出现一个空隙，立刻被一个"赤膊的红鼻子胖大汉"补满了。

---

①《鲁迅全集》（第二卷），人民文学出版社，2005年版，第29页。

《肥皂》里的四铭，与他的儿子“一般肥胖的圆脸”，只多了两撇细胡子，独霸着饭桌的上首，像庙里的财神。

《高老夫子》中毛家的大儿子，“胖到像一个汤圆”；还有如《长明灯》里肥胖的庄士光,《理水》中被众随从簇拥的两位胖胖的大员等等。鲁迅并不是专意跟胖子过不去，也不是特别地讨厌胖人，只是对胖而歪嘴斜眼、胖而自找无聊无趣等等，格外地多讽刺了几笔。

自然意义上的五官不正或尺寸失度，得自遗传，爹娘赐予，谁也无法更改，即使整容，痕迹则愈露。鲁迅忽略自然意义上的相貌，他只观察并描写与低劣行为有关的相貌上的不雅表现，这也是鲁迅国民性批判的一个组成部分。鲁迅小说中那些斜眼歪嘴、癞疤秃头的人物，之所以均为否定性形象，不是因为他们有生理缺陷，而是其行为之恶俗使得此种缺陷愈加突出。阿 Q 的癞疮疤和那副时时“怒目而视”的样子，即非正常之人应有的相貌，已经成了一个符号，一种象征，一种禁忌。鲁迅有两篇小说集中展示了他这方面的描写特点，一篇是《长明灯》，另一篇是《示众》。

《长明灯》从开始到收尾，除了主角“疯子”长相颇周正，其他出场人物，单从相貌上判断，吉光屯里无好人。小说以“疯子”总想熄灭“长明灯”为紧急议题，依次以茶馆、神庙和四爷家客厅为场景，让吉光屯的主事者和支持者们一个个亮相。

茶馆：先是喝茶的“三角脸”发问，引出话题即“疯子”不仅熄灭“长明灯”，简直要放火了，回答者为“方头”，视“疯子”为屯上一大害，提议要除掉他。此二人形貌便很有特点，显见得是鲁迅拿几何学名词为之命名了。紧接着便是“胖脸”的庄七光放开喉咙叫嚷道，这灯自梁武帝传下来，岂能让“疯子”吹灭了云云。庄氏的形貌特点按照形体胖瘦来写，与接下来出场的茶馆主人兼工人“灰五婶”异曲同工，五婶而“灰”，肯定非其本姓或本名，“灰”者，脸面颜色，与胖并属一类。

四爷家客厅：议题如前，坐在上首的是年高德劭的郭老娃，“脸上已经皱得如风干的香橙，还要用手捋着下颏上的白胡须，似乎想将他们拔下”。郭氏主张将“疯子”捆了，送到城隍庙搁上一夜，以除“邪祟”。主人四爷“也捋着上唇的花白的鲇鱼须”，悠悠然全不以为意。此二人上了年纪，故小说突出其胡须特点，均为白胡须。议事过程中，主人家上茶的一个女孩子，仿佛为了与两个白胡须相映衬，长了一头“黄头发”，黄白比照，从颜色上看去，并不美观。

结尾写黄昏时分，此时出现了几个玩耍的小孩子，到庙里来猜谜。小说似乎也不放过戏弄的机会，毫不客气地拿形体特点命名，当小女孩出谜面时，两个小男孩，一个“生癞头的”，一个“赤膊的”，回答小女孩。或许有人会忍不住发问，孩子无辜，岂可与成人同等视之？其实，鲁迅看得更深，成人如此，成人营造的社会氛围如此之糟糕，生活在其中的孩子能好吗？这也是鲁迅为什么大声疾呼“救救孩子”的原因。《狂人日记》的主旨即在结尾一句“救救孩子”，据研究者说，鲁迅这里所说的“孩子”系特指，在限定条件和范围内，指那些还没有参与吃人的孩子、还没有学会向狂人瞪眼睛的孩子。《长明灯》里的孩子已经学着大人样，向“疯子”作射击状了，嘴里还伴着“吧吧”声。阔亭和庄七光们威胁“疯子”时，那个“赤膊的”孩子拿着苇子做枪状，“将樱桃似的小口一张”，对着“疯子”便是“吧”的一声。“樱桃似的小口”，这是小儿极可爱状，“吧”的一声刺杀，则系成年人恶行的影响。说到底，鲁迅对小儿描写，毕竟手下留情。

与小说中所有那些以形体特征来命名的人物不同，正面人物“疯子”是其中唯一一个被赋予了正常容貌的人物形象，相貌周正、英俊，一双总是闪闪发光的眼睛里，流露着的则是一种正气：“他也还如平常一样，黄的方脸和蓝布破大衫，只在浓眉底下的大而且长的眼睛中，略带些异样的光闪，看人就许多工夫不眨眼，并且总含着悲愤疑惧的神情。短的头发上粘着两片稻草叶，那该是孩子暗暗地从背后给他放上去的，因为他们向他头上一看之后，就都缩了颈子，笑着将舌头很快地一伸。”①

鲁迅是认真的，他刻画这类人物形象用了心思：方脸，浓眉，眼大而长，眼光中流露出的神情是悲愤的，因其怀抱忧患之情；眼中时时“闪闪地发亮”，则有济世的精神动力。如果说鲁迅小说中存在着一种模式，一种给人以希望的刻画人物的模式，那么，好人形象就该是这样子，只能是这样子。这个好人系列中人物形象的面貌及精神大体相近，其中有几个人物明显有着他本人的影子，除上引《孤独者》中的魏连殳外，还有《铸剑》里的黑色人宴之敖。宴之敖是鲁迅的笔名。小说数次写到这个人物的颜色——黑色，“黑须黑眼睛，瘦得如铁”，眼光则如“燐火一般”。入王宫复仇一节，对宴之敖有一个近距离描写：“先头是宦官，后面是四个武士，中间夹着一个黑色人。待到近来时，那人的衣服却是青的，须眉头发都黑；瘦得颧骨，眼圈骨，眉棱骨都高高地突出来。”②

再看另一篇小说《示众》。小说开篇描写天气酷热的景象，令人觉得窒息，连叙述者都有些无法忍受，赶忙指给读者看远处那两个铜

①《鲁迅全集》（第二卷），人民文学出版社，2005 年版，第 61-62 页。
②《鲁迅全集》（第二卷），人民文学出版社，2005 年版，第 443-444 页。

盏——卖酸梅汤小贩常用的器具，其敲击声才令人依稀感到一丝凉意。接着，推出一个“十一二岁的胖孩子”，被阳光晒得迷细了眼睛，歪着嘴在叫喊卖包子，这已经有点幽默意味了。忽然胖孩子看见马路对面一个巡警用绳子拉着一个白背心的囚犯，便“像用了力掷在墙上而反拨过来的皮球一般”，飞奔过去。这一动态图，带动了以下人物出场。这是《示众》最为突出的特点：与其说是人物在活动，不如说是人物的相貌、形体表现出种种动态，占据了全幅的画面，而且是不雅之相。

总体图景——刹时间，“看客”围了大半圈；接下来类似于分镜头，一场连着一场，请出了各色人等：

一个“秃头的老头子”挤进圈子，空缺已无多。

又有一个“赤膊的红鼻子胖大汉”很快占住了仅有的空缺，胖大汉体态“过于横阔”，占了相当于两个人的空位，随后塞进的只能屈居在第二层了，而且是从“两个脖子之间伸进脑袋去”。

一个抱孩子的老妈子想乘机挤进来，秃子连忙站直身子，将她堵在身后，他正用心观察囚犯——看清了，“草帽檐下半个鼻子，一张嘴，尖下巴”。

一个小学生飞奔过来，边跑边用手按着雪白的小布帽，向人丛中钻进去，也许已是第四层了，抬头看到的却是“蓝裤腰上面有一座赤条条的很阔的背脊，背脊上还有汗正在流下来”。小学生幸而在尽头发现一点空处，透着亮光，刚想钻进去时，只听到一声“什么”，“那裤腰以下的屁股向右一歪”，立刻将空处塞满了，那点亮光也不见了。

以小学生目光为视角，再次强调性地描写先前那个胖男孩和胖子——“胖小孩子后面是一个赤膊的红鼻子胖大汉”，惊奇而且佩服于胖大汉的“红鼻子”。与此同时，胖小孩本来注视着小学生的脸，这时也不禁随着他的眼睛回过头，看到了一个景象——“在那里是一个很胖的奶子，奶头四近有几枝很长的毫毛”。

一个工人似的粗人退出去了，很快“一个挟洋伞的长子”补了缺，后面的人必须竭力“伸长脖子”向里看；“有一个瘦子竟至于连嘴都张得很大，像一条死鲈鱼”。

此时，先前的秃子不高兴了，他一直觉得背有些不太平，耳边总有“唧咕唧咕的声响”，双眉一锁，回头看到他右边，“有一只黑手拿着半个大馒头正在塞进一个猫脸的人的嘴里去”。忽然，听到暴雷似的一击，连横阔的胖大汉都不免向前一个踉跄，“从他肩膊上伸出一只胖得不相上下的臂膊来”，一掌打在胖孩子的脸上——这只胖得出奇的胳膊原来是店掌柜的。

随后空出的地方又补进来一个戴硬草帽的学生模样的“头”来，将瓜子之类的东西放进嘴里，“下颚向上一嗑，咬开”，然后，此头退出了，随即便“补上了一个满头油汗而粘着灰土的椭圆脸”。

研究者们多注意到了《示众》所描写人物的滑稽相，这是对的。进一步探析这个文本，它于人物描画上显示出来的特点，是以人体及其动作来代替一个人全貌的。这些人体部位给予读者的印象滑稽、丑陋、可笑、怪诞，总之，它们统统表现出了“丑”的美学效果。鲁迅绝不是为写人体而突出人体之丑，他在突出丑的类型过程中，寄寓了“国民性”批判思想：活画出某类国民如此的尊容，以此作为“立人”、立“新人”的对照。这里也反映出鲁迅的启蒙主义文学观念。

对坏人、恶人等等类型，于其相貌描写上，鲁迅向来是不假辞色，不留情面：坏人长着一副坏相、恶相，一看就不是好人，这种模式化的描写方式，就中国新文学史而言，似乎是滥觞于鲁迅的小说。康大叔，系《药》里的刽子手，华家的茶馆早上开门，花白胡子和驼背五少爷进来不久，突然闯进来一个“满脸横肉的人”，披着一件玄色布衫，纽扣散开着，用很宽的玄色腰带胡乱捆在腰间。“横肉”这个词多次出现，如“横肉的人只是嚷”，嚷着叫华老栓包好“人血馒头”；如“横肉块块饱绽”，这是因为康大叔看见众人都耸起耳朵听他，格外亢奋等。

四

鲁迅《伪自由书》前记中写道，他的杂文，“在论时事不留面子，砭锢弊常取类型”，并专门解释了“类型”，“盖写类型者，于坏处，恰如病理学上的图，假如是疮疽，则这图便是一切某疮某疽的标本，或和某甲的疮有些相像，或和某乙的疽有点相同”[①]。既然为类型，往往会写到相貌、神态、表情等。对某一类国人的相貌“动态图”，鲁迅是不留情面的。以下试举数例。如《娜拉走后怎样》，刻画了“永远是戏剧的看客”群众的面目：

> 牺牲上场，如果显得慷慨，他们就看了悲壮剧；如果显得觳觫，他们就看了滑稽剧。北京的羊肉铺前常有几个人张着嘴看剥羊，仿佛颇愉快，人的牺牲能给与他们的益处，也不过如此。而况事后走不几步，他们并这一点愉快也就忘却了。[②]

再如《铲共大观》描写的民众一批又一批前往杀场观看杀人场景：

---

①《鲁迅全集》（第五卷），人民文学出版社，2005年版，第4页。
②《鲁迅全集》（第一卷），人民文学出版社，2005年版，第170页。

……我一读，便仿佛看见司门口挂着一颗头，教育会前列着三具不连头的女尸。而且至少是赤膊的，——但这也许我猜得不对，是我自己太黑暗之故。而许多“民众”，一批是由北往南，一批是由南往北，挤着，嚷着……。再添一点蛇足，是脸上都表现着或者正在神往，或者已经满足的神情。①

再如《爬和撞》描写人群抢着去接小姐“彩球”的神态：

……要考据起来，恐怕只有古时候“小姐抛彩球”有点像给人撞的办法。小姐的彩球将要抛下来的时候，——一个个想吃天鹅肉的男子汉仰着头，张着嘴，馋涎拖得几尺长……②

鲁迅甚至毫不客气地指出，“两眼歪斜，张嘴露齿，却是我们自己本来的相貌”：

……他们每看见不常见的事件或华丽的女人，听到有些醉心的说话的时候，下巴总要慢慢挂下，将嘴张了开来。这实在不大雅观；仿佛精神上缺少着一样什么机件。据研究人体的学者们说，一头附着在上颚骨上，那一头附着在下颚骨上的“咬筋”，力量是非常之大的。我们幼小时候想吃核桃，必须放在门缝里将它的壳夹碎。但在成人，只要牙齿好，那

①《鲁迅全集》（第四卷），人民文学出版社，2005 年版，第 106-107 页。
②《鲁迅全集》（第五卷），人民文学出版社，2005 年版，第 279 页。

咬筋一收缩，便能咬碎一个核桃。有着这么大的力量的筋，有时竟不能收住一个并不沉重的自己的下巴，虽然正在看得出神的时候，倒也情有可原，但我总以为究竟不是十分体面的事。①

容貌的美丑其实是文化的产物。单纯生物和生理意义的相貌，是没有意义的。鲁迅品人相貌，从来就是结合着精神、修养、国民性等，以儿童照相为例，鲁迅比较了中日两国的孩子，倘若穿着一样，是很难分辨的，但国人“却有一种错误的速断法”，以为温文尔雅、不大言笑、不大动弹的是中国孩子，健壮活泼、不怕生人、大叫大跳的是日本孩子。于照相时，“照住了驯良和拘谨的一刹那的”，是中国孩子相，“照住了活泼或顽皮的一刹那的”，则是日本孩子相。其实国人一般的趋势是把孩子导向了驯良一面、静的一面，凡属于“动”的，则是“洋气”。鲁迅分析了其原因：“其实，由我看来，所谓‘洋气’之中，有不少是优点，也是中国人性质中所本有的，但因了历朝的压抑，已经萎缩了下去，现在就连自己也莫名其妙，统统送给洋人了。这是必须拿它回来——恢复过来的——自然还得加一番慎重的选择。”②

鲁迅注意到了中国古代“相人术”，并把它与所谓“相面”区分开来，后者仅从气色中来推证一个人品性的好坏，臆断、迷信成分多。前者的理论中则包含某种比较合理的部分，这与鲁迅关注内在精神是大有关系的：“中国古来就喜欢讲‘相人术’，但自然和现在的‘相面’不同，并非从气色上看出祸福来，而是所谓‘诚于中，必形于外’，

①《鲁迅全集》（第三卷），人民文学出版社，2005年版，第432页。
②《鲁迅全集》（第六卷），人民文学出版社，2005年版，第84页。

要从脸相上辨别这人的好坏的方法。一般的人们，也有这一种意见的，我们在现在，还常听到‘看他样子就不是好人’这一类话。这‘样子’的具体的表现，就是戏剧上的‘脸谱’。富贵人全无心肝，只知道自私自利，吃得白白胖胖，什么都做得出，于是白就表了奸诈。红表忠勇，是从关云长的‘面如重枣’来的。……”①

古代的“相书”中也含有某种科学因素，鲁迅抽绎出这些因素，并将其与他经常试图加以指摘且要改良的“国民性”结合起来，最终目的仍然落实在“立人”上：

> 相书上有一条说，北人南相，南人北相者贵。我看这并不是妄语。北人南相者，是厚重而又机灵，南人北相者，不消说是机灵而又能厚重。昔人之所谓“贵”，不过是当时的成功，在现在，那就是做成有益的事业了。这是中国人的一种小小的自新之路。②

这也可以说是鲁迅自己的“相人术”。

①《鲁迅全集》（第六卷），人民文学出版社，2005 年版，第 137–138 页。
②《鲁迅全集》（第五卷），人民文学出版社，2005 年版，第 457 页。

第八章　鲁迅修辞方式及其中反映出的创作心理

一

鲁迅有三篇小说写到了“静”的状态，一次胜似一次，一次比一次出色，已臻化境。

1919年作小说《明天》。宝儿死后，单四嫂子感到了一件平日未曾感受过的“异样的事”：熟识的屋子，忽然之间显得“太静”了。单四嫂子，系小说主人公；小说叙述者却非她本人，也许是作者，也许是作者熟悉的鲁镇本地人。不论何人，这人总认识单四嫂子，他不时向读者介绍：她是个粗笨女人，不会说话，不会表达。自小说开始至结尾，只这代言者一人说话、描述、指点、议论，比如，宝儿持续发烧——“但宝儿也许是日轻夜重”。情节发展到此处，叙述者比小说里所有相关的人物都清楚明了，情势已颇危急了，他便悄悄背对单四嫂子，面向读者，在“但”字上做了一番文章：“单四嫂子是一个粗笨女人，不明白这‘但’字的可怕：许多坏事固然幸亏有了他才变好，许多好事却也因为有了他都弄糟。”[1] 这话是不能让单四嫂子听到的。不过，即便听见了，恐怕她也不懂。“但”字与它的家族字系列，如“但是”“可是”“然而”等等，俱显可怕，所含威力，实不可逆，它才不管你是粗笨女人，还是一个女王，落在谁头上，谁就得独自承受。莎翁笔下的埃及女王克莉奥佩特拉，手握绝对权力，想把全埃及人赶往希腊去给她的情人安东尼送信，唯独对这“但”字，无权可用，无计可施，只好大发一通脾气，以为发泄：“我不爱听‘可是’，它会推翻先前所说的那些好消息；呸，‘可是’！‘可是’就像一个狱卒，它会带上一个大奸巨恶的罪犯。”[2]

粗笨女人能够感受到“太静”，却“想不出”合适词语表达。具有人道情怀的叙述者便替她把这感受说出来，走进她的内心世界，细微地感受她的感受，形象地述说她的感受。她只能感到“太静”，代言的叙述者则要想出办法，指着器物和空间，让这种他人看不见、摸不着的感受，具象地显出“太静”的程度。首先是纺车，此刻“静静地立在地上”，往日那么欢快地转动的机器，织出的棉纱“也仿佛寸寸都有意思，寸寸都活着”，现在则以不动的形象，显出了静；静又使得屋子显得太大、太空。其次，便是空间，这大而空的屋子，从四面包围着她，好似具备了一种力量，须知不是空间本身有了力量，而是空间里的静渐渐聚合、凝结成为一种力量，包围她，挤压她，使她喘不上气来。静居然有了力量，能压迫到一个人，使之无法顺畅地喘息，这种极富想象力的词组与句子，只能出现在鲁迅笔下。

小说终了时，单四嫂子哭累了，叹口气，想着于梦中见见自己的

①《鲁迅全集》（第一卷），人民文学出版社，2005年版，第474页。

②《莎士比亚全集》（第10卷），朱生豪译，人民文学出版社，1978年版，第42页。

宝儿，于是合上眼，赶快入睡。她哪里知道，其时由知识者倡行的科学精神，视此为“消极”和迷信；秉持启蒙主义文学观念的作者，出面干预，否定了她的愿望，剥夺了她梦见宝儿的机会。现在，单四嫂子睡着了，咸亨酒店也关门了，鲁镇全体落在“寂静”里，“只有那暗夜为想变成明天，却仍在这寂静里奔波”。静，这个被渲染的词语、意象、氛围，纵贯了小说始终，最后轻轻地全覆盖了单四嫂子的无梦之梦。

“暗夜”在“寂静”里“奔波”，最终在“明天”这一意象中合为一体，也即完成合题，此种词语之组合又显示了鲁迅于词的组合方面之高超技巧。

法国哲学家、文学评论家巴什拉《空间的诗学》第一章写道：家护佑着梦想，梦想因而甚至有了一种自我增值的特权。巴什拉又写道：有时，梦想比睡梦更为有用[①]。

对单四嫂子来说，此时睡梦却比梦想更为有用。她年轻，身体健壮，生命力旺盛。当下重要的事情是，她要睡足，用以休养哭累了的身子。睡梦足够了，体力恢复了，她仍然会有另一个梦想。这是一定的：创造了她的作者明确地许诺给了她一个切实的“明天”。

1925 年作小说《长明灯》。吉光屯的疯子扬言要吹熄“长明灯”，这是不得了的大事。传说，自梁武帝时就点起的长明灯，一直没有熄灭过，长毛造反的时候也好好的。外人路过吉光屯时，都指指点点，一脸神往，“你看，啧，那火光不是绿莹莹的么”，多么好看，天下第一。可那疯子竟然要吹灭它，真吹灭了，吉光屯立刻变成大海，屯里的人都会变成泥鳅，这不就是世界末日了么。被关起来的疯子看见

①〔法〕加斯东·巴什拉：《空间的诗学》，张逸婧译，上海译文出版社，2013 年版，第 5 页、第 8 页。

阔亭、方头和庄七光一同走来，大而且长的眼睛里有“异样的光闪”，高喊一声“我放火”。听到这句疯话，三人一下子静下来，“沉默像一声清磬，摇曳着尾声，周围的活物都在其中凝结了”①。

沉默即静、即无声，而清磬则为清越之声。本句中，静之状态并非以清磬来描述，静与清磬之间原本不存在任何关系，只有“我放火”这个主词出现时，二者经由此词，由平行而至相交。其顺序为：我放火——清磬——沉默（静）。放火烧掉千年朽物长明灯，此声音包含一种内在的深沉力量，有如清磬，使庄七光们一时惊呆了，静默了；而这沉默又似发着大声，令周围一切活动之物凝固。人被关在了社庙里，身体被限制了活动空间，语言则如清磬之声，“摇曳着尾声”，击打着那些神理在握的庄七光们。

1925年作小说《孤独者》。小说叙述者，也是主人公之一的申飞，在山阳当教师时受到当地几个绅士的匿名攻击，说他“挑剔学潮”云云。为避嫌计，除了上课，他便关起门来躲着，竟至于小心到了过敏、过度地步，“照例连吸烟卷的烟也谨防飞散”，怕引起绅士们的猜疑。熬到深冬，“下了一天雪，到夜还没有止，屋外一切静极，静到要听出静的声音来”。

静即无声，此为常识。“静的声音”，从文法及修辞角度，并非将无声与有声强行扭结起来，更非所谓“此时无声胜有声”之意。能听见“静的声音”，显系幻听。知识者多敏感，即如申飞，以他之眼光描述主人公魏连殳，而他本人在小说中的言行及作用，绝不应该仅仅看作是为了衬托主人公。魏连殳身上确有鲁迅的影子，而申飞身上同样也闪现着鲁迅的性格。至少在写作本篇小说时，鲁迅把自己分割

① 《鲁迅全集》（第二卷），人民文学出版社，2005年版，第63页。

两半，分配给魏、申二人。申飞和魏连殳一样，俱为新式知识分子，有个性，善思考。比如，关于儿童教育问题，魏连殳主环境说，好的环境利于儿童独立、健康的人格成长，坏的环境则制造出一批怪胎。申飞则不以为然，他正在看佛经，便将此种理论用于人性观察中，恰如花果，内含好坏胚胎。如果没有坏根苗，长大怎么会有坏花果？这种交锋使魏连殳气愤极了，看了他一眼，不再开口。

申飞既系敏感的新式知识者，谨慎、小心，眼下又受到环境压抑，关在小屋里，无人可与之交谈，便退缩至内心世界，很自然地听到内心那种“静的声音”。静的声音是声音吗？倘若是，那会是怎样的声音？静的声音不是声音，那为什么又称之为声音？小说没有写。联想到英国小说家吴尔夫的体验，或许，申飞听到“静的声音”，其精神状态似临界分裂，亦未可知，但其内心之孤独程度，则于“静的声音”一词中有所溢显、外化。这里有一个颇为相近的、比附性的例子：吴尔夫的丈夫后来说，吴尔夫无法控制自己的精神时，能听到内心各种不同的声音，而且，声音跑到思维前面去了。有时候，她还能听到窗外的麻雀们叽叽喳喳，用希腊语交谈[①]。吴尔夫听到的声音，大可说即是申飞听到的“静的声音”。

二

《在酒楼上》是鲁迅最为出色的短篇小说之一，主人公有一年从北地向东南旅行，专程绕道探访了他的故乡S城。对主人公来说，工作、生活了多年的北方固然不是旧乡，南来也只能算一个客子。这是小说

①〔加拿大〕S.P. 罗森鲍姆：《岁月与海浪——布鲁姆斯伯里文化圈人物群像》，徐冰译，江苏教育出版社，2006年版，第144页。

中类近于闲笔的一句，却蕴含了值得玩味的意思：鲁迅那些写实小说多取自故乡题材，如未庄、鲁镇、咸亨酒店等等，但鲁迅小说里恰恰没有故乡情结。说鲁迅小说有乡土色彩、乡土风格，这是严重的误解。本篇主人公即叙述者，也有鲁迅本人的影子，他于微雪飞舞之时来到往日记忆中熟识的小酒楼，名曰一石居。一个故乡情结已淡漠的人，再度踏上故乡之地，心情平静，情感正常，不像一些情绪浓烈之人看去，故乡再糟，感觉也处处胜过他乡，因而便觉得周遭一切“于我都没有什么大关系了”。于饮酒吃菜时，味觉亦不受情感左右，不会倒退至儿时记忆，便颇为舒适地呷一口酒：“酒味很纯正；油豆腐也煮得十分好；可惜辣酱太淡薄，本来S城人是不懂得吃辣的。”

独有一处景致，从主人公已惯于北方的眼睛看去，很值得“惊异”，情感上稍稍激动了一下。这便是一石居楼下的废园所见：

> 几株老梅竟斗雪开着满树的繁花，仿佛毫不以深冬为意；倒塌的亭子边还有一株山茶树，从暗绿的密叶里显出十几朵红花来，赫赫的在雪中明得如火，愤怒而且傲慢，如蔑视游人的甘心于远行。①

鲜花“怒”放、鲜衣“怒”马、“怒”涛翻滚等词语中的“怒”字，已属习见常用、习焉不察。钱锺书《谈艺录》有一节文字专门列举了含“怒”字的词语及诗句，如“四厢花影怒于潮”“东海潮来月怒明”“草木怒生”“大鹏怒而飞”“山木悲鸣水怒流”“汀草怒长”“春葩怒抽”

①《鲁迅全集》（第二卷），人民文学出版社，2005年版，第25页。

等等，解释其中“怒”字即生物和生命“健”“强”之意[①]。

鲁迅笔下“怒”放的山茶花亦包含强、健之意，应无疑义。不过，这十几朵“明得如火”的花，呈现于主人公眼前的可不仅仅是强、健之“怒”，主要展现出“愤怒”状。“怒”是花之自然属性，而“愤怒”则为拟人修辞格，具有了人的主观属性。“愤怒”与“傲慢”俱为带有蔑视性质的情绪，所发泄的对象即为甘心于远行的“游人”——其实无非孤寂的主人公，于孤寂中将自己情感投射于花朵，是一个早已没有了故乡和故乡意识的客子内心孤独的声音，在自我嘲弄而已。

鲁迅描写自然景物，从来不满足于客观观察以及描述自然属性，而是赋予景物别样的色彩和生命，这和鲁迅本人性情有关。《厦门通信》一文中，鲁迅说“对于自然美，自恨并无美感，所以即使恭逢良辰美景，也不甚感动”[②]。因而在鲁迅作品中，就没有单纯的对自然景物本身特征的描写。以花为例。借助花这种自然景物，往往创造出心中的意象，其质性主观、热烈而又神秘、奇幻。《秋夜》里一种极细小的粉红花，于冷的夜气中，瑟缩地做着梦。在梦中，“她于是一笑，虽然颜色冻得红惨惨地，仍然瑟缩着”。花会笑，并不稀奇；花会做梦，则超乎想象。更为奇特之处在于，小粉红花旁边还挺立着一棵脱尽了叶子的枣树，它不仅知道小粉红花的梦，而且在猩红的栀子花开花时节，竟然“又要做小粉红花的梦”。做梦的枣树，一反先前脱尽叶子般的苍老，再度“青葱地弯成弧形了”。这是爱情吗？也许。但，这是伤感之爱，只有它知道小粉红花永远不会知道自己隐秘的梦。这是无望之爱，原来枣树在单恋，然而苍老的外形以及年龄，本是无可突破的界限，尽

① 钱锺书：《谈艺录》，生活·读书·新知三联书店，2001 年版，第 344–345 页。
② 《鲁迅全集》（第三卷），人民文学出版社，2005 年版，第 387 页。

管它们同处一地。这更是一种逻辑之爱，经由作家超乎寻常的想象力，于枣树和小粉红花之间，建立了一种逻辑关系。俄国哲学家列夫·舍斯托夫说：“逻辑也会给人一种巨大快感。”①

词与词之间有属性关联，亦可逻辑推衍。鲁迅散文诗《雪》即是一例。冬花开在雪野中，自然及现实中是有的；蜜蜂飞舞在雪野中，自然及现实中是没有的。但雪野中既然有花，蜜蜂当然要逐花而来；既然引来了蜜蜂，这些小东西们上下翻飞发出嗡嗡的闹声，自在情理之中，亦为其题中应有之义波兰大诗人希姆博尔斯卡《爱侣》一诗：“我们沉醉在自己的惊喜中，还有什么能让我们惊讶万分？无论是夜晚的彩虹，还是雪中飞舞的蝴蝶。”②现实世界里，大雪之中绝无蝴蝶飞来。唯在艺术世界里，大雪之中，蝴蝶一如夏秋时分，自由地、优美地飞舞。谁能阻挡得了艺术的想象和力量，谁又能阻挡得了大雪之中留恋戏蝶时时舞呢？这也是组词法之一例。

俄国著名文论家维·什克洛夫斯基说：“文学不仅是词的现象，它更是思维现象。”③这是不刊之论，《雪》即印证了此理论：雪野、冬花、蜜蜂及嗡嗡闹声，是词的组合，更体现着一种文学思维，诸种意象相互吸引、契合，构成了超现实的、奇幻的梦境。散文诗《好的故事》又是一个超现实的梦境：各种相近词如大红花、茅屋、狗、塔、村女、云等，次第出现，它们需要一个逻辑链串连起来。这个链即是一条带子——水中倒影的“大红花”被适时地拉长了，拉成了一条“带

①〔俄〕舍斯托夫：《无根据颂——非教条主义思维的一次尝试》，张冰译，商务印书馆，第 108 页，2019 年版。

②〔波兰〕维斯瓦娃·希姆博尔斯卡：《希姆博尔斯卡诗集 I》，林洪亮译，东方出版中心，2019 年版，第 72 页。

③〔苏〕维·什克洛夫斯基：《散文理论》，刘宗次译，百花洲文艺出版社，1997 年版，第 117 页。

子”，将以上各物“组织”起来，“带织入狗中，狗织入白云中，白云织入村女中……”，终于织成了“一天云锦”。这云锦，便是“好的故事”。好的故事，原来是一场梦，它非自然的、无序的、随意的梦，而是拿“切梦刀”用心、细心切出的，体现了高深文学思维的梦。

三

鲁迅创作虚构性文学作品时，尤在散文诗这种文体中，喜用成对的反义词。修辞学上称“矛盾修辞法”或“反义法”。这些反义词，拆开来看，无非平常意思的词语，然而到了鲁迅笔下，一旦合成，则产生奇异、奇幻景象，且大多只能感受，却殊难释解。试从《野草》诸篇章中拈出几例。

《题辞》：“我以这一丛野草，在明与暗，生与死，过去与未来之际，献于友与仇，人与兽，爱者与不爱者之前作证。”①

上引六组反义词，其属性、性质分属两极，且不相交：过去与未来永不衔接，生与死幽明相隔，一个“之际”则把两种状态并置起来。这还不算新鲜、稀奇。以“野草”比喻十几篇散文诗，把它们献于友、献于人、献于爱者，人情之常，平常得很。可同时献于仇、兽和不爱者，则不仅让人感到诧异，而且难以索解。作者也非故意难为读者，他用“作证”一词将所有词语再度联系，最后完成了合题：这十来篇类似一丛野草的作品，是献于你们一切人面前的，也是献于你们一切非人面前的，请阅读，请细品，请“作证”。

《墓碣文》：“于浩歌狂热之际中寒；于天上看见深渊。于一切

①《鲁迅全集》（第二卷），人民文学出版社，2005年版，第163页。

眼中看见无所有；于无所希望中得救。”[①]

四对反义词：狂热——寒、天上——深渊、一切眼中——无所有、无希望——得救，皆于同一语境中产生了因果关系。这个语境就是标题所显示的“墓碣”，也即圆顶墓碑，似是沙石所制作，于苔藓丛生中孤立，其上文字多剥落，仅存上引四句。墓碑文一般格式为叙述死者生平事迹、贡献等，盖棺定论，而本文所录墓碣文则体现出反墓碑文的特点，留下的只是彻悟般的思想，发出这思想的即为无名无姓，亦属非常之士的墓主人：他于浩歌狂热至极点时，一定会体味到大寒颤；他立足于高处（天上），才看清了深渊及地狱景象，只因极苦地狱的鬼魂反而失语，遑论认清自身何以受苦；他从“一切眼中”——从逻辑上讲，一切眼即无眼——看出了无所有；他于无所希望中看到得救的希望，盖因“绝望之为虚妄，正与希望相同”。对《墓碣文》通行的释读是，它表现了虚无和失望，是对有毒思想的否定，全说错了。《墓碣文》之主旨，简单概括：思想是无羁的、充满生命力的；人活着要思想，死了也要思想存留下去。

《死火》：“我拾起死火，正要细看，那冷气已使我指头焦灼。”[②]

此系更进一层反义组合：“冷气”使指头“焦灼”，足见冷气凝结之程度，显示作家想象力之奇特。然而这想象并不是漫无边际的，它建立在相当的科学基础之上。蒙古草原上有一种可怕的“白毛风”，伴以酷寒，牧人不幸遭遇其中，临死前感觉浑身烧灼，以致将衣服全部撕扯掉。张承志短篇小说《春天》即写此情景。草原之奇冷，令人感到烧灼般的痛苦；那么，极度的“冷气”，也能将手指烧焦。

①《鲁迅全集》（第二卷），人民文学出版社，2005年版，第207页。
②《鲁迅全集》（第二卷），人民文学出版社，2005年版，第200页。

美国诗人弗罗斯特诗《十月》中有一节，亦使用了反义组合方法，描写“寒霜”怎样“烧灼”了叶子，与“寒气”把手指“焦灼”几近一致：“慢下来！慢下来！/为了葡萄，如果它们是全部，/它们的叶子已被寒霜烧灼，/它们一簇簇的果子……”①

反义词组合运用得准确、形象的，还可举出莎士比亚。罗密欧为爱快要昏了头时，宣泄了一番关于爱的感悟和心得：“唉！想不到爱神蒙着眼睛，却会一直闯进人们的心灵！……啊，吵吵闹闹的相爱，亲亲热热的怨恨！啊，无中生有的一切！啊，沉重的轻浮，严肃的狂妄，整齐的混乱，铅铸的羽毛，光明的烟雾，寒冷的火焰，憔悴的健康，永远觉醒的睡眠，否定的存在！我感觉到爱情正是这么一种东西，可是我并不喜爱这一种爱情。……”②爱之体验达到巅峰状态，不断变异、变化，由一极趋向另一极，更多则是两极交替、并存，一会儿亢奋，一会儿寒颤；一会儿傻笑，一会儿哭闹……总之，就是一种非常的病态。罗密欧暗恋朱丽叶，自家有病自家知，而且深知此病不正常，故而他自己也不喜欢。病态的爱，直合用反义词的构成来表达，才能曲传出那种疯癫状态。

四

散文诗集《野草》所收录诸作品，充分体现了鲁迅修辞艺术上的高超，其中《好的故事》一篇在运用、组合词语方面，最具鲁迅特色。这篇不足千字的作品予人以深刻印象之处，是它用了一些优美的词语，合成了一幅优美的画。正如什克洛夫斯基所说，文学不只是词语现象，

①〔美〕弗罗斯特：《林间空地》，杨铁军译，上海文艺出版社，2015年版，第27页。
②《莎士比亚全集》（第8卷），朱生豪等译，人民文学出版社，1986年版，第12页。

也不单是修辞现象，其背后反映的还是一种文学思维。对作家而言，这种思维也显示了他所拥有的文学观念。

法国汉学家弗朗索瓦·于连在其论文《作家鲁迅：1925年的展望——形象的象征主义与暴露的象征主义》中写道，《好的故事》是《野草》中“唯一具有积极意义的景物描写”的作品，其他作品“均从否定的方面进行景物描写”，即用同一类型诸物对立的手法，如雪与北方、枣树与天空、火与冰、树与墙、东方与西方等等，使相互间关系呈反向或反对状态，整个背景或氛围因此显得紧张，“沉重地压在人的心头”。[①]以《秋夜》《雪》《腊叶》这三篇主要采用景物描写为主的散文诗为例，可证于连的观察是准确的。在《秋夜》中，枣树铁似的枝干直刺奇怪而高的天空，二物间存在着矛盾对立的关系。《雪》中如粉如沙的朔雪与滋润美艳之至的南国的雪之间，显然处于相反状态。即便同一景物的两种不同状态，像《腊叶》所描写的，当其还在树上未曾坠落时，虽也显浅绛、绯红，通体却是青葱浓绿，而夹在书中的这一片如今黄蜡似的躺着，其对比意味亦甚为强烈。所谓积极意义的景物描写，意指从正面、肯定的角度加以描写，铺写景物本身的美，这种观点虽不能说已接近了《好的故事》的“本义”，但大体上已指向了一个正确的方向，从而将之与其他从否定意义层面上描写景物的作品区别开来。

非常奇怪的是，与于连的看法、观点完全相反，国内学界自20世纪50年代以来，均从于连所说的“否定方面”着眼，亦即从《好的故事》中衍生出一种“景物—现实对应”的固定模式，以景物的美好来反照现实的丑恶，各家观点小异而大同。冯雪峰《论〈野草〉》一文说道，

① 钱林森：《法国汉学家论中国文学——现当代文学》，外语教学与研究出版社，2009年版，第36页、第37页。

作品的意境“建立在作者所向往的理想和目前的现实的对立上面”，即理想与现实是对立的，这种观点颇具代表性：

> 不用说，于闭眼休息的刹那间，在朦胧中看见这样美丽的生活图画，这恰好说明了他在目前的现实中看不见这样美丽的生活，看不见“美的人和美的事”的悲哀心情。在这里就流露着作者的疲劳的情绪和空虚的感觉。而且在后来，当他正要凝视这幅美丽的生活图画的时候，“骤然一惊，睁开眼，云锦也已皱蹙，凌乱，仿佛有谁掷一块大石下河水中，水波陡然起立，将整篇的影子撕成片片了”。当他赶快想“趁碎影还在”，“要追回他，完成他，留下他”，“欠身伸手去取笔”的时候，又“何尝有一丝碎影，只见昏暗的灯光”了。这都反映着作者的失望的痛苦。但是，从作品的主要精神看，这幅美丽的生活图画是确确实实地存在于作者的希望中的……①

再如王瑶认为，作品“抒写了理想与现实的对立”，“借景抒情，表现了作者对理想的美好事物的凝视与追求”②。孙玉石则以为作品“展示了作者所向往的理想与黑暗现实的对立”，从而启示人们为毁掉“昏沉的夜”、实现那充满“好的故事”的生活而奋斗③。

还有一种看法，认为作品反映了理想与现实间的矛盾，李何林即

① 冯雪峰：《冯雪峰论文学》，人民文学出版社，1981 年版，第 358-359 页。
② 王瑶：《鲁迅作品论集》，人民文学出版社，1984 年版，第 127 页。
③ 孙玉石：《〈野草〉研究》，北京大学出版社，2010 年版，第 59 页。

持此种看法，说作品表现了作者的“怅惘与失望”，“也表现了作者的理想与现实的矛盾”，在黑暗的现实中“追求美好的事物”[①]。许杰亦持相近观点，他说作品“揭示现实与理想的矛盾”，从儿童生活记忆中“拈出山阴道上的印象”，作为美的理想与缩影，“用它和现实生活作对置的”[②]。

有些学者甚至说作品的主旨是逃避现实，王西彦就持此种看法，他认为鲁迅写了美好的景色，其意在于，“是由于对当前现实的强烈不满，是回忆和现实的对比，是借回忆作逃避现实的港湾”[③]。

另外，还有一种较为新奇的说法，是又央1993年提出的“情爱说”，认为作品的主题为“呼唤和向往爱情”[④]。李天明颇为认同“情爱说”，并进一步说《好的故事》中具有音乐性特点，“浅表层次的思乡和潜隐层次的渴望爱情的两个主旋律交奏回响”[⑤]。胡尹强在其论著中又强化了此观点，证实“好”“好的事”等词义皆指情感、性爱、婚外情或结婚，因此美丽的景物便是“诗人对两性相悦的美好和谐的情爱生活的想象”或“男女相悦、和谐美好的情爱生活的写意画”[⑥]。所谓“情爱说”，其实仍然是对“景物—现实对应”模式的变相表述。

这种固定模式往往要从作品描写的景物中寻绎出相应的现实对应物，然后引申出与现实相关的诸种含义，预设了“昏沉的夜”与“美

① 李何林：《鲁迅〈野草〉注解》，陕西人民出版社，1981年版，第87页。
② 许杰：《〈野草〉诠释》，百花文艺出版社，1981年版，第163页。
③ 王西彦：《关于〈野草〉的通信》，《鲁迅研究集刊》（第一辑），上海文艺出版社，1979年版，第189页。
④ 又央：《〈野草〉：一个特殊序列》，载《鲁迅研究月刊》1993年5期。
⑤ 李天明：《难以直说的苦衷——鲁迅〈野草〉探秘》，人民文学出版社，2000年版，第146页。
⑥ 胡尹强：《鲁迅：为爱情作证——破解〈野草〉世纪之谜》，东方出版社，2004年版，第142页。

的人和美的事”这样一个简单对立关系，限制了更多可能性的阐释空间，把具有丰富性和复杂性的意象，固化为一个明确的指代物，一种意象只能代表一个意思，而不能有其他更多的解释。比这种方法还要糟糕的是过度阐释，把作品中本来就没有、也不可能有的因素，附加于诸意象之上，比如说鲁迅童年时“山阴道上的印象”，拈取出来便成了一种“美的理想”，以之来反衬现实的冷酷。把一种美的景物生硬地转换为某种理想，再以此处理想来比照现实，这种缺乏内在逻辑的思路是颇有问题的。

《好的故事》是一个沉默的文本，学者们仍在朝着其真正的内涵、意图，努力接近它。

李欧梵在《铁屋中的呐喊——鲁迅研究》一书里，将《野草》比拟为鲁迅狂想的“幽暗花园”；以《好的故事》为这本“梦魇似的集子”里所提供的“唯一好梦”——故事正在展开时却被打乱了，美丽的形象于是乎变化为无法补缀的碎片，似乎表明所谓“一切美丽事物的完满世界”仅为一种幻想，现实中不可能存在，“因此，诗人一旦醒来，就不可能追回和完成这个故事”[①]。丸尾常喜在其著作《耻辱与恢复：〈呐喊〉与〈野草〉》中，以细读的方式，以“记忆”和“过去的体验”为基础分析了作品，并且特意指出“浏览《初学记》的‘我’，被其中收录的关于故乡绍兴鉴湖的记载勾起了一场幻想”，于是“某个夜晚”他在自己的脑海里展开了对“一篇‘故事’的记录”，当“我”想更清楚地凝视这个故事，并且要取笔记录下来时，一切却消失了。丸尾

① 李欧梵：《铁屋中的呐喊：鲁迅研究》，尹慧珉译，岳麓书社，1999年版，第107-108页。

结论道，《好的故事》是作者对“黑暗”与“虚无”的抵抗[①]。

李欧梵与丸尾常喜的研究皆注意到作品中的“我”要“追回”“记录”和“完成”一个“好的故事”，颇见新颖之处，然而前者止步于“现实世界”，后者止步于抵抗“黑暗”，终是有间未达。

张洁宇《独醒者与他的灯——鲁迅〈野草〉细读与研究》，其中对《好的故事》解读，已基本接近了作品隐藏甚深的意图。张洁宇说，《好的故事》就是一个“关于‘写作’的观念”，结尾部分“其实已经非常明确地涉及了文学写作的问题，涉及了写作与记忆、梦境等之间的关系问题”：

> 写作，是对于记忆、梦想、幻想等的“追回”、“完成”和保留，是一种“为了忘却的记念”，这一点，前文已经多次谈到过了。事实上，回忆性的写作一直是鲁迅写作中的一个贯穿性的主题之一，非常常见、变化多端，在他的各种文体中都存在。小说、散文诗、杂文，特别是《朝花夕拾》式的散文里面有非常多的回忆性的题材、情绪、叙事、回忆的姿态，以及文章结构和语言节奏层面，类似意识流的手法，等等，都体现出一种回忆性的写作的特征。在鲁迅的文字中，一直存在着一种“记忆”与“遗忘”的斗争。有的东西是为了不要忘却而写作，是对遗忘的抗拒，有意识的回忆；有的则是想忘而忘不掉，成为一种下意识或无意识的回忆。鲁迅的回忆性写作，很多都是自觉的，尤其在《好的故事》中，

① 〔日〕丸尾常喜：《耻辱与恢复——〈呐喊〉与〈野草〉》，秦弓、孙丽华编译，北京大学出版社，2009 年版，第 228 页。

更体现了他本人对于这类写作的一种“自觉”的思考。[①]

把《好的故事》当成一个关于写作观念的文本，这是最接近鲁迅此篇文字内在意图的一种说法，到目前为止，似乎还无第二人。惜乎作者只在写作观念的外围议论，并很快转入了“回忆性写作”的讨论，未能进入此文本内部，没有解决鲁迅在这个文本中是如何描述他本人的创作观念，怎样以形象化的文字，即以多种美丽的意象以及意象间组合，来曲曲折折地传达他对创作甘苦的体验。另外，说鲁迅的创作体现出一种回忆性的特征，存在着“记忆”与“遗忘”的斗争，这不能说是鲁迅的创作特征，任何一个作家都可以从记忆中提取写作资源。鲁迅创作上面临的最大困境，并非“记忆”与“遗忘”间的矛盾。用鲁迅本人生前的表述，他并没有在写作中显露出全部的血肉来，许多人以为他是信笔写来，直抒胸臆，其实并不尽然。鲁迅说，他有许多“顾忌”，顾忌之一就是当他想到自己的文字有可能“毒害”了可爱的青年时，便“迟疑不敢下笔”[②]。这是鲁迅终其一生也没有解决的创作上的困境。

《好的故事》中有几个重要关键词句，如“《初学记》”“朦胧”“一天云锦”“交错”“织成一篇”“伸手去取笔”“追回”“完成”等等，其中“云锦”一词共出现了三次。“云锦”——这是诗家常见之景，是古典文学理论中一个重要术语，代指文学创作，《文心雕龙·定势》所谓“譬五色之锦，各以本采为地矣”。陆游《九月一日夜读诗稿有

①张洁宇:《独醒者与他的灯——鲁迅〈野草〉细读与研究》,北京大学出版社,2013年版,第155页。

②《鲁迅全集》（第一卷），人民文学出版社，2005年版，第301页。

感走笔作歌》：“天机云锦用在我，剪裁妙处非刀尺。”莫砺锋释陆游此二句诗，是指“进入艺术的自由王国后的创作心态”[①]。在《好的故事》中，“云锦”是一个至为核心的关键词，其他一切意象、形象等均围绕着这一词语而展开，包括人、狗、花、白云、河水等等。再看《初学记》，这是唐玄宗时的官修类书，玄宗曾对张说所说“儿子等欲学缀文，须检事及看文体”，意谓此书方便诸皇子作文时检寻事类、引用典故[②]。把这些关键词连缀起来，它们所要表现的正是创作构思或艺术想象过程。以下摘取《好的故事》中重要段落，尝试说明。

> 这故事很美丽，幽雅，有趣。许多美的人和美的事，错综起来像一天云锦，而且万颗奔星似的飞动着，同时又展开去，以至于无穷。
>
> ……诸影诸物，无不解散，而且摇动，扩大，互相融和；刚一融和，却又退缩，复近于原形。[③]

这显然是创作兴发、思绪初起时的内在情状，诸种形象飞动、展开、解散、融和等，开始时处于无序状态，也即《文心雕龙·神思》中所说“神思方运，万途竞萌，规矩虚位，刻镂无形”，周振甫释此句为“文思开始酝酿，各种各样的念头争着萌生”“开始萌生的许多念头并不都能进入作品，这时没形成一个主题，就文思说，还是虚位、无形”[④]，正是意象形成之前“诸物诸影”的无序“飞动”，它要趋向的最终目

① 莫砺锋：《唐宋诗歌论集》，凤凰出版社，2007 年版，第 469 页。
② 韦力：《鲁迅古籍藏书漫谈》（下卷），福建教育出版社，2006 年版，第 382 页。
③《鲁迅全集》（第二卷），人民文学出版社，2005 年版，第 190 页。
④ 周振甫：《〈文心雕龙〉注释》，人民文学出版社，1981 年版，第 305 页。

标便是一种有序的形式。

> 现在我所见的故事也如此。水中的青天的底子，一切事物统在上面交错，织成一篇，永是生动，永是展开，我看不见这一篇的结束。
>
> ……茅屋，狗，塔，村女，云……也都浮动着。大红花一朵朵全被拉长了，这时是泼剌奔迸的红锦带。带织入狗中，狗织入白云中，白云织入村女中……
>
> 现在我所见的故事清楚起来了，美丽，幽雅，有趣，而且分明。青天上面，有无数美的人和美的事，我一一看见，一一知道。[①]

当构思即将确定、意象渐已成形时，各样形象渐呈有序交错，“织成一篇”，此过程恰如陆机《文赋》所说“情曈昽而弥鲜，物昭晰而互进”，张少康释此句“当想象发展到一定阶段时，艺术形象就逐渐鲜明地涌现出来了”[②]。比照《文赋》和《好的故事》中几个关键词句：“曈昽”与“我在朦胧中”，“昭晰”与“诸影诸物”渐渐“扩大”，以及“互进”与“一切事物”生动展开等，皆为对想象过程的描述。当想象力充分活跃并达到一定程度时，作家即开始了他的创造性的组合，各种意象在愈来愈清晰的结构中，由无序走向有序，依照艺术的内在逻辑，各归其位，在一种相宜结构中找到其合适的位置。“无数美的人和美的事”变得越发清晰，诸种细节、形象一一可见，下一步则是将它们

①《鲁迅全集》（第二卷），人民文学出版社，2005年版，第190—191页。
② 张少康：《〈文赋〉集释》，人民文学出版社，2002年版，第59页。

外现为文字、章句。

> 我正要凝视他们时，骤然一惊，睁开眼，云锦也已皱蹙，凌乱，仿佛有谁掷一块大石下河水中，水波陡然起立，将整篇的影子撕成片片了。我无意识地赶忙捏住几乎坠地的《初学记》，眼前还剩着几点霓虹色的碎影。
>
> 我真爱这一篇好的故事，趁碎影还在，我要追回他，完成他，留下他。我抛了书，欠身伸手去取笔，——何尝有一丝碎影，只见昏暗的灯光，我不在小船里了。[①]

构思将要完成、形诸文字之时，“意”即意象和形象却突然飞逝了，这种情况即便在优秀作家甚至大师身上，也时有发生。黄侃释《文心雕龙·神思》“暨乎篇成，半折心始”，以为“思”往往与“文”“不能相符”，这是因为“思多变状”，“研文常迟，驰思常速”，而“以迟追速”，很难达意[②]。黄侃此处所说的“追”，即《好的故事》结尾文字“追回它，完成它，留下它”。钱锺书释《文赋》“文不逮意”为“得心而不应手也”“得诸巧心而不克应以妍手，固作者所常自憾”，并引用法国一画家语“设想图画，意匠经营修改，心目中赫然已成杰构，及夫着手点染，则消失无可把捉，不能移着幅上”，虽然有些“轮才饰伪者”以之作为借口，来掩饰自己的“知行不齐，心手相乖”，但不能因此抹杀创作中的“心手不一”现象，历来“大家雄伯每亲证

①《鲁迅全集》（第二卷），人民文学出版社，2005年版，第191页。
② 黄侃：《〈文心雕龙〉札记》，华东师范大学出版社，1996年版，第120页。

其境”[1]。

鲁迅本人至少在三处地方明确表达了“文”与“思”之间的迟速矛盾现象，这说明了作为大师的鲁迅，也曾“亲证其境”，且将这种体验和经验记录下来。

在《怎么写——夜记之一》一文中，鲁迅描述了心灵恰要宣泄表现之时，却陷入了无法写出的困境：“……我沉静下去了。寂静浓到如酒，令人微醺。……我靠了石栏远眺，听得自己的心音，四远还仿佛有无量悲哀，苦恼，零落，死灭，都杂入这寂静中，使它变成药酒，加色，加味，加香。这时，我曾经想要写，但是不能写，无从写。这也就是我所谓‘当我沉默着的时候，我觉得充实，我将开口，同时感到空虚’。[2]

1936年5月8日致李霁野信：“我有许多小小的想头和言语，时时随风而逝……”[3]

《朝花夕拾·小引》中，鲁迅用“幻化”一词，说明文与思难以同步完成：“前天，已将《野草》编定了；这回便轮到陆续载在《莽原》上的《旧事重提》，我还替他改了一个名称：《朝花夕拾》。带露折花，色香自然要好得多，但是我不能够。便是现在心目中的离奇和芜杂，我也还不能使他即刻幻化，转成离奇和芜杂的文章。或者，他日仰看流云时，会在我的眼前一闪烁罢。”[4]

这三处有关创作心理的文字，颇可佐证《好的故事》乃鲁迅采用

---

①钱锺书：《管锥编》（第三册），生活·读书·新知三联书店，2007年版，第1864-1866页。

②《鲁迅全集》（第四卷），人民文学出版社，2005年版，第18-19页。

③《鲁迅全集》（第十四卷），人民文学出版社，2005年版，第95页。

④《鲁迅全集》（第二卷），人民文学出版社，2005年版，第235页。

一种优美、形象的修辞方式，词与词组合妥帖无间，从而描写了文与思之间难以并行、心与手偶或不能协调的创作现象。与“现实对应”观点相比较，这或许更接近于鲁迅想在此篇中所要表达的本义。这种修辞方法背后也正是鲁迅文学观念的反映。

第九章　鲁迅文学用典考证及辨析

一

鲁迅在《陀思妥夫斯基的事》一文里写道，自己年轻时候阅读了伟大作家的作品，虽然很敬服那作者，然而终于不能爱起来的，一共有两位，一位是陀思妥夫斯基（今译陀思妥耶夫斯基），另一位是但丁。原因即在于，他们对人性、灵魂的拷问严酷、无情而深刻。陀思妥耶夫斯基简直就如“残酷的拷问官”，他把自己的小说人物形象置于难以忍受的境地里，不仅剥掉他们洁白灵魂下隐藏着的罪恶，又要继续拷问隐藏在罪恶之下的“真正的洁白”来。而对但丁，鲁迅说：

> ……那《神曲》的《炼狱》里，就有我所爱的异端在；有些鬼魂还在把很重的石头，推上峻峭的岩壁去。这是极吃力的工作，但一松手，可就立刻压烂了自己。不知怎地，自己也好像很是疲乏了。于是我就在这地方停住，没有能够走

到天国去。[①]

《神曲》描写特殊的、独一无二的惨烈景象，特别是《地狱》篇中“昏暗暴厉的景象”[②]，会让人的心灵感到直观震动，并由此产生似乎是切身的痛苦。这或许也是鲁迅最终无法爱上但丁的原因之一。灵魂经受折磨，是《神曲》的一个最大特点，甚至可以说是一种自始至终的描写模式。以下试从王维克散文译本中摘取数例。

第二圈：惩罚色欲场中的灵魂，惩罚方式为令其在空中飘荡、撞击，“地狱的风波永不停止，把许多幽魂飘荡着，播弄着，颠之倒之，有时撞在断崖绝壁的上面，则呼号痛哭……好比冬日天空里被寒风所吹的乌鸦一样，那些罪恶的灵魂东飘一阵，西浮一阵，上上下下，不要说没有静止的可能，连想减轻速度的希望也没有”。这些灵魂们中间，就包括引起特洛伊战争的美女海伦，还有埃及女皇克奈何巴（今译克莉奥佩特拉）。

第三圈：惩罚犯了饕餮罪的灵魂，“一个凶恶可怕的魔鬼，有三个头，和狗一样地向着那些幽灵狂叫。他的眼睛是红的，胡须是油光漆黑的，肚子大，手有爪，抓着了幽灵，便把他们四分五裂。雨雪冰雹，不断地打在他们身上，使他们悲啼不止”。

第五圈：惩罚愤怒者的灵魂，“那水源沸着，流成一条沟……看见池沼里面污泥满身的灵魂，他们都是赤身露体，满面怒气。他们互相斗着，手和手打，头和头拼，胸和胸挺，脚踢嘴咬，弄到皮破肉烂”。

第七圈：打入其中的是佛罗伦萨文人、政治领袖柏吕奈多，但丁

①《鲁迅全集》（第六卷），人民文学出版社，2005年版，第425页。
②〔意大利〕但丁：《神曲》，王维克译，作家出版社，1954年版，第24页。

看见他“烧焦的面孔”；另有三个影子，他们的身上“新伤旧痕，都是给火烧的”，焦头烂额。

第八圈：惩罚欺诈者，“我看见许多头上生角的魔鬼，他们手拿着大鞭子，在那些灵魂的背上残酷地打着。只要第一鞭打下去，罪人的脚立即跳动起来……”本圈还惩罚了伪君子，“一个犯人躺在地上，成一十字形，用三根木桩钉着”。本圈又惩罚了伪造者，“……他们的身上盖满着疮痂……他们痒得厉害，没法可想，只好把他们的指甲深深地没到肉里去。他们的指甲搔落他们的疮痂，和刀子刮下鱼鳞，或别的大鱼没有两样”。本圈中惩罚窃贼的方式，“一班惊惶裸体的灵魂乱窜着……他们的手给蛇缠住在背后，蛇的头尾穿过他们的腰部，再结合在他们的胸前”。本圈中还有一个大人物，就是足智多谋的尤里斯（今译尤利西斯），以木马计攻破特洛伊城的英雄，他的智谋或诡计，成了他永久“在火里悲泣”的罪行。

第九圈：惩罚叛徒，“他的两耳已经冻落了”。稍后，出现几百几千个灵魂，面孔“冻得发紫”。

以上是《地狱》各圈中的灵魂受罚惨象。下面再引两处《净界》（即“炼狱”）中受罚情形。

第二层：惩罚嫉妒者，“因为当我走近这些灵魂的时候，我看清了他们的形状，一阵心酸，竟使我落泪。一块粗毛布裹着他们；他们肩头和肩头互相靠着，背部都靠着山壁。……这些忏悔的灵魂也是拒绝阳光的，因为每个人的眼皮都用铁丝缝合着”。

第六层：惩罚贪食者，“在我们后面的一群灵魂也是如此。……他们的眼睛黑而凹了进去，面色灰白，身上无肉，只是皮包着骨头”。

灵魂脱离了肉身，无论落入地狱，还是上升到净界（即炼狱），应该说与肉体没有任何关系了。然而，阅读《神曲》，让人感到迷惑不解的是，上帝惩罚灵魂，所用的唯一的、严厉的方法和手段，就是折磨肉体。《地狱》《净界》里那些让人读后极度不适的场景，无非是在肉体上做文章，或剖心挖腹，或折脊断腿，或烧，或煮，或被魔鬼撕裂成碎块吞咽咀嚼，等等。但丁于此处极尽铺陈，他似乎忘却了一种显在的矛盾：灵魂与肉体不同，它是无形、无血、无肉的。《净界》第二篇，但丁和维吉尔遇见了音乐家加色拉，“这些灵魂看见我……我看见其中一个冲上来要拥抱我……呵，空虚的影子，空虚到只有外貌！我三次把手去绕他的脖腰，三次都回到我自己的胸前”。影子没有实体，生者搂抱的便是虚空。没有血肉的灵魂，却无情地惩罚其肉体，委实难以理解。那么，但丁创作的秘诀，大概可以归纳：地狱里折磨肉体，用的依然是人间的版本。

地狱里的灵魂没有希望了，永堕其中，永久受苦。净界里的灵魂则只要忏悔，洗净生前所造罪孽，可一层一层艰难上升，最终会进入天堂。鲁迅文章里所引用推巨石上山的灵魂，出自净界本部第一层，惩罚的是那些太骄傲的人。不过，不是推动，而是背着石头上山。王维克译本《净界》第十一篇，描写这些身负巨石的灵魂，被压得以致弯下身子，快要到了地面，行走时膝盖与胸脯相撞击。但丁写道，“有许多建筑物，为支持屋顶或天花板，常用一种雕刻着人形的柱，那人形是膝与胸接，作负重的表示”，看到这种“假的形象”即艺术的表现的时候，观看者心里都会产生一种“真的不安”。更何况，看到了真实的情形，只见石块移动，而看不到石块下面是什么东西，给但丁的感触是，他们中间最能负重的灵魂，似乎哭着说“我不能再支撑了”。尽管如此悲惨，这些灵魂们发现但丁和他的导师维吉尔后，为他们自己，也为但丁师徒二人发出“愉快的祈祷”，“他们同时压在重物下面走着，如同在梦魇中受重压一般。他们受着不等的劳苦，绕着山腹的第一层旋转，直到他们脱出在地上所蒙的浓雾”。“浓雾”是一个意象，隐喻着傲慢，走出浓雾，即洗去了傲慢罪行。这些灵魂不会死，只要走完规定的路途，最后便进入天堂。

显然，鲁迅引用此典故时有误，净界里的灵魂是“不死”的，即使大石头滚下来，还可以推上去。实际上，灵魂背负的石头稳稳地，一直移动着，向上，向天堂接近。这也就是为什么那些压得快要哭出声来的灵魂，见了生人面还会“愉快”地打招呼的原因。

1981年版、2005年版《鲁迅全集》，文后均只注释了但丁生平及创作情况，未具体注明鬼魂被压烂出自哪一节，这不合体例。倘要注释，则须一并订正鲁迅引文失误处。

二

杂文《论俗人应避雅人》一文首节，鲁迅拿朱熹作了一个例子：

> 道学先生是躬行“仁恕”的，但遇见不仁不恕的人们，他就也不能仁恕。所以朱子是大贤，而做官的时候，不能不给无告的官妓吃板子。……[①]

文后注释，叙述朱熹给官妓严蕊吃板子一事，所用材料出自南宋周密《齐东野语》卷二十记载，大意为：天台营妓严蕊，“色艺冠一时”，新任台州太守唐仲友酒宴时曾命严蕊赋词，并赏赐两匹锦帛。

①《鲁迅全集》（第六卷），人民文学出版社，2005年版，第211页。

后来朱熹以使节行部到台州，弹劾唐仲友不法，并将严蕊关进狱中达数月之久。严蕊在狱中受杖刑，却一句话也不牵连唐仲友。《鲁迅全集》本文注释只引用到“两月之间，一再受杖，委顿几死”即结束。周密原文精彩处是最末几句，不知何故，原注释没有引用。这几句是：“未几，朱公改除，而岳霖商卿为宪。因贺朔之际，怜其病悴，命之作词自陈。蕊略不构思，即口占《卜算子》云：‘不是爱风尘，似被前缘误。花开花落自有时，总赖东君主。去也终须去，住也如何住？若得山花插满头，莫问奴归处。’即日判令从良，继而宗室近属，纳为小妇以终身焉。《夷坚志》亦尝略载其事而不能详，余盖得之天台故家云。”①

从此以后，各类文学作品就将严蕊描写成一个忠烈女子，严蕊与唐仲友二人也几乎成了爱情模范，而一代大儒朱熹则被描画成了一个不近人情的、甚至有点变态的小人。

实际上，这是一个胡编乱造的故事。

著名学者莫砺锋先生曾专门撰文《死后是非谁管得》②，辨析了此案。莫砺锋先生引用束景南先生《朱熹年谱长编》一书的证伪及其重要结论，主要有三点：第一，唐仲友是一个贪赃狼藉的不法官吏，朱熹对他的弹劾是合法合理的；第二，严蕊其人，并不像周密所记载的那样清纯无邪，她和唐仲友的关系也不是一般意义的才子佳人；第三，那首让后代读者喜爱的词《卜算子》，并非出于严蕊之手。

莫砺锋先生运用多种文史资料，用深远的眼光，辨其伪，求其真，还原了该事件的历史语境和真相。现转述莫文对相关史实的简述。

淳熙八年（1181 年）八月，浙东大饥。九月，由右相王淮推荐，

① 周密：《齐东野语》，中华书局，1983 年版，第 375–376 页。
② 莫砺锋：《死后是非谁管得》，《文史知识》2010 年 12 期。

朝廷任命朱熹为提举两浙东路常平盐茶公事，前往该地组织救灾。朱熹认为灾荒与当地官员的贪腐有关，故而于救灾同时，严厉整顿吏治，弹劾了多名地方官员。七月，巡行到台州，甫一入境，即看见灾民蜂拥前来，诉说知州唐仲友不顾灾情，依然催租不断。朱熹于大量调查基础上，连上六本奏折，弹劾其种种不法行为。唐仲友与宰相王淮是同乡加姻亲（其弟媳是王淮之妹），自恃朝中有人，贪赃枉法，无所不为。唐仲友还伙同其家族私自经营织染、刻书等行业，强行垄断当地海产业，因此富甲一方，横行乡里。唐仲友本人在私生活上极其腐烂，根本就不是一个正经人。《齐东野语》作者周密自称他叙述的严蕊的故事，得自于“天台故家”，这个“故家”很有可能就是唐家，否则便不会如此美化严蕊。严蕊本是一官妓，投靠唐仲友，恃宠骄纵，经常替人打通关节，收受贿赂，是唐仲友的贪腐帮手。朱熹在奏折里涉及严蕊，即因调查到她既然参与了不法活动，便也是案件重要证人。唐仲友案由绍兴府处理，严蕊被收在台州狱中，由通判赵某审问。此案从始至终，朱熹并没有直接干预狱事，也就根本上不存在所谓给官妓打板子一事。唐仲友是地方要员，又有宰相作靠山，轻易是扳不倒的。弹劾唐，必然会得罪其姻亲权相，这对朱熹极为不利。恰在这一点上，朱熹不畏强权的行为，体现了儒家的刚正风范，不愧为一代大贤。

莫砺锋先生考证了《卜算子》一词并非严蕊所咏。此词最早出处是在朱熹六本奏折的第四状：“五月十六日筵会，仲友亲戚高宣教撰曲一首，名《卜算子》，后一段云：‘去又如何去，住又如何住？若得山花插满头，休问奴归处。’”记述明白，此筵会上没有严蕊，《卜算子》乃唐仲友一亲戚所撰。朱熹写此状为八月八日，下距岳霖判案并令严蕊口占一词，尚有三个月时间。而所谓岳飞之子岳霖重新审判案件，也是一件子虚乌有的事。史料记载，从乾道至庆元年间，历任浙东提刑的全部官员名单里，没有岳霖其人。唐仲友案最后不了了之，朝廷也没有另派员去复审，何来岳霖复判事。《齐东野语》所载岳霖与严蕊一番对话，看上去动人得很，其实属于编造。再看唐仲友与严蕊关系，二人绝非忠于对方的痴情男女，唐宠爱严是事实，但同时也宠其他官妓如沈芳、王静、沈玉、张婵、朱妙等人，她们随时供其淫乐。严蕊亦非用情专一之人，她也养着自己的面首。周密是严谨史家，言必有据，他为何美化二人？莫砺锋先生没有推测原因。我们可以推测，前文周密称严蕊故事得自“台州故家”，即唐仲友家，没准儿周密得了唐家好处，只听一面之词，便把一对品性俱属很烂的男女，描写成了至死不渝的楷模。后世人们往往为唐、严二人洒一掬同情之泪，顺带糟蹋一下朱熹，就是受了周密的误导。

《鲁迅全集》的注释均由鲁研领域专家撰写，释文本身即融知识、观点为一体。1981 年版与 2005 年版的不同，在于释文更客观，不断吸取学界最新研究成果。读《鲁迅全集》，首在读本文，释文同样重要，同样需要认真阅读。仔细看，《鲁迅全集》注释不是没有瑕疵，有不少还需进一步修订，朱熹一条即为其中之一。倘《鲁迅全集》再版，朱熹这条注释，应当吸收莫砺锋先生《死后是非谁管得》之结论。同时，也要考虑吸取束景南先生《朱熹年谱长编》的研究成果。

三

杂文《这个与那个》第一节，鲁迅写道，“史书本来是过去的陈账簿”，偶尔翻一翻，便会发现我们现在的情形和那时“何其神似”；

现在许多糟糕的现象，其实以前就已经有过了。写到这里，鲁迅用了一个颇为形象的比喻：“试到中央公园去，大概总可以遇见祖母带着她孙女儿在玩的。这位祖母的模样，就预示着那娃儿的将来。所以倘有谁要预知令夫人后日的丰姿，也只要看丈母。不同是当然要有些不同的，但总归相去不远。我们查账的用处就在此。”①

“令夫人”与丈母这个比喻，是一个典故，大概出自邯郸淳《笑林》一书：

> 平原陶邱氏取渤海墨台氏女，女色甚美，才甚令，复相敬。已生一男而归，母丁氏年老，进见女婿。女婿既归而遣妇，妇临去请罪，夫曰：“曩见夫人，年德以衰，非昔日比。亦恐新妇老后，必复如此。是以遣，实无他故。”②

鲁迅熟悉中国古代笑话，《中国小说史略》中罗列并论述了诸如邯郸淳《笑林》、侯白《启颜录》等笑话集。所以，他会熟练地运用到自己的文章中，有些属于化用，如上引丈母娘笑话。还有一篇非常著名的文章《立论》，也化用了一则古代笑话，只是化得巧妙，不着痕迹，研究者们似乎很少看得出来。文章写主人公梦见自己在讲堂上预备作文，向老师讨教立论的方法，一个孩子过满月，一人说“这孩子将来要发财的”，便得到了一番感谢；一人说“这孩子将来要做官的”，便收到了几句恭维；一人说“这孩子将来是要死的”，他于是得到大

① 《鲁迅全集》（第三卷），人民文学出版社，2005 年版，第 149 页。
② 陈维礼、郭俊峰：《中国历代笑话集成》（第一册），时代文艺出版社，1996 年版，第 4 页。

家一顿合力的痛打。主人公对老师说，自己既不想说谎话，也不想挨打，怎么说才好呢？老师教他的方法便是“您瞧！多么……”这个情节其实是化用了清人程世爵《笑林广记》中的《不利语》：

> 有一人惯说不利之语，人皆厌之。……一家五十得子，三朝，人皆往贺，伊亦欲往，友人劝之曰：“你说话不利，不去为佳。”其人曰：“我与你同去，我一言不发何如？”友曰：“你果不言，方可去得。”同到生子之家，入门叩喜，直到入席吃酒，始终不发一言，友甚悦之。临行，见主人致谢曰：“今日我可一句话也没说，我走后，你的娃娃要抽四六风死了，可不与我相干。”①

有些则直接引用，比如杂文《扁》，发表于1928年，是一篇三百来字的短文。此文批评了当时文艺界的一种现象：只输入新名词，并不介绍该名词的涵义，于是各各望文生义，加以想当然的解释，看见作品中讲自己的，便称之为表现主义；讲别人的，即为写实主义；看见女郎大腿作诗，是浪漫主义；见女郎大腿不准作诗，即为古典主义；天上掉下一颗头，头上站着一头牛，就是未来主义。鲁迅认为，这是一种“可怕的现象”。文章末尾引了一则笑话，借以说明文艺批评上“比眼力”，总得先挂起一块匾来，空洞的争论是无益的：“乡间一向有一个笑谈：两位近视眼要比眼力，无可质证，便约定到关帝庙去看这一天新挂的扁额。他们都先从漆匠探得字句。但因为探来的详略不同，只知道大字的那一个便不服，争执起来了，说看见小字的人是说谎的。

① 冯梦龙：《明清笑话十种》（下册），三秦出版社，1998年版，第1097页。

又无可质证，只好一同探问一个过路的人。那人望了一望，回答道：'什么也没有。匾还没有挂哩。'"①

这则笑话并不是乡间的笑谈，系出自学者著述，鲁迅记忆有误。文章后面作了一个注释，说"这个笑话，在清代崔述的《考信录提要》中有记载"，未引原文。按《考信录提要》上卷有一条"不考虚实而论得失"，内容如下：

有二人皆患近视，而各矜其目力不相下。适村中富人将以明日悬匾于门，乃约于次日同至其门，读匾上字以验之。然皆自恐弗见，甲先于暮夜使人刺得其字，乙并刺得其旁小字。暨至门，甲先以手指门上曰："大字某某。"乙亦用手指门上曰："小字某某。"甲不信乙之能见小字也，延主人出，指而问之曰："所言字误否？"主人曰："误则不误，但匾尚未悬，门上虚无物，不知两君所指者何也？"②

崔述著作中的笑话，严格说来，不是"原创"，而是有所本的，其来源、出处应为明人冯梦龙作品。更何况在没有确凿证据的情况下，也不能断定鲁迅文章引用的就是崔述《考信录提要》。《匾》文后面的注释就是不恰当的。

近视眼看匾的笑话，最早应出自冯梦龙编纂的笑话集《笑府》，其中有一则题为《近视》：

①《鲁迅全集》（第四卷），人民文学出版社，2005年版，第88页。
② 崔述：《考信录提要》，中华书局，1985年版，第21页。

兄弟三人皆近视，同拜一客。登其堂，上悬“遗清堂”匾，伯曰：“主人病怯耶？不然，何为写‘遗精室’也？”仲曰：“不然，主人好道，故写 ‘道清堂’耳。”二人争论不已，以季弟少年目力使辨之。季弟张目曰：“汝二人皆妄，上头哪得有匾？”①

鲁迅熟悉冯梦龙的作品，《中国小说史略》第二十一篇中有专文论述冯氏“三言”等小说；《关于小说目录两件》一文中，又言及其“好刻杂书”，所列三种书目中即有《笑府》一书，可证鲁迅读过此书。注释成语、典故等出处时，除非作者直接引用过，这部分自然能够轻易查对、征引；其他则应该引前不引后，即引用出现更早的材料。因此，《匾》文后的注释文字，当引冯梦龙《笑府》而非崔述《考信录提要》，殆无可疑。

行文中适时、适当地引用笑话，自会增加文章的趣味，令阅读者不觉乏味。鲁迅的文章可称之为范例。

鲁迅还有不少文章引用笑话，他本人未加注明，后来的研究者亦未查明出处。最明显的有以下几条。

《并非闲话》：“相传曾经有一个人，一向就以‘万物不得其所’为宗旨的，平生只有一个大愿，就是愿中国人都死完，但要留下他自己，还有一个女人和一个卖食物的。现在不知道他怎样，久没有听到消息了，那默默无闻的原因，或者就因为中国人还没有死完的缘故罢。”②

《“人话”》：“是大热天的正午，一个农妇做事做得正苦，忽而叹道：‘皇后娘娘真不知道多么快活。这时还不是在床上睡午觉，

① 冯梦龙：《明清笑话十种》（下册），三秦出版社，1998 年版，第 711 页。
② 《鲁迅全集》（第三卷），人民文学出版社，2005 年版，第 131 页。

醒过来的时候，就叫道：太监，拿个柿饼来！’”①

《说“面子”》：“不是有一个笑话么？一个绅士有钱有势，我假定他叫四大人罢，人们都以能够和他扳谈为荣。有一个专爱夸耀的小瘪三，一天高兴的告诉别人道：‘四大人和我讲过话了！’人问他‘说什么呢？’答道：‘我站在他门口，四大人出来了，对我说：滚开去！’”②

《病后杂谈》：“我曾经爱管闲事，知道过许多人，这些人物，都怀着一个大愿。大愿，原是每个人都有的，不过有些人却模模胡胡，自己抓不住，说不出。他们中最特别的两位：一位是愿天下的人都死掉，只剩下他自己和一个好看的姑娘，还有一个卖大饼的；另一位是愿秋天薄暮，吐半口血，两个侍儿扶着，恹恹的到阶前去看秋海棠。”③

这几则笑话，在新版《鲁迅全集》里也未作注释，想来研究者们也注意到了，将来一定会有博识者考证出来的。

四

鲁迅早年深受尼采思想影响，曾翻译过《察拉图斯忒拉的序言》。他有不少议论直接源于尼采。散文诗《求乞者》“我不布施，我无布施心，我但居布施者之上……”即来源于序言第三节：

> “不要给他们，”圣者说，“反不如从他们取下一些，和他们一同负担着——这是于他们最舒服的：倘于你也有些

①《鲁迅全集》（第五卷），人民文学出版社，2005年版，第80页。
②《鲁迅全集》（第六卷），人民文学出版社，2005年版，第132页。
③《鲁迅全集》（第六卷），人民文学出版社，2005年版，第167页。

舒服！

如果你要给他们，便不要比布施给的多，而且还须使他们来乞！

“不然，”察拉图斯忒拉答，“我不是给一点布施。我还不至于穷到怎底。”[①]

孙周兴新译本直接译为“我不施舍”：

查拉图斯特拉答道：“关于爱我讲什么啊！我要带给人类的是一件礼物！”

什么也不要给人类，这位圣徒说。你宁可取走他们一点负担，与他们一起担着——这样对他们最有好处了：只要你乐意这样做！

而要是你想给予他们什么，那就只给他们以施舍，还要让他们乞求你的施舍！

“不，”查拉图斯特拉答曰，“我不施舍。要行施舍，我还不够贫穷呢。”[②]

尼采的“不布施”是对着“末人”而言，“末人”对立面则为“超人”。这一对概念反映了尼采蔑视人类的思想。尼采用了一个比喻，形象地阐释了此概念：超人就是大海；而末人则为小沟，小沟的特点即易脏。国内学界曾一度将尼采哲学命题“上帝死了”引入并广为流行，口耳

①《鲁迅译文集》（第十卷），人民文学出版社，1958年版，第441页。
②〔德〕尼采：《查拉图斯特拉如是说》，孙周兴译，上海译文出版社，2010年版，第8页。

相传，实际上属人云亦云，不知此名言内涵：上帝死了，前提是死于对人类的爱；“上帝死了；上帝死于他对人类的同情”。孙周兴先生注释中引用了科利版《尼采全集》载相同表述：“上帝对人类的爱是他的地狱。”这个命题还包含着一个前提：如果上帝不爱人类，那么，上帝便是不死的[①]。

鲁迅清楚尼采哲学里包含的对人类的蔑视，《求乞者》一文亦满是“烦腻，疑心，憎恶”，不仅憎恶那求乞者，同时也憎恶自我，“我将得不到布施，得不到布施心；我将得到自居于布施之上者的烦腻，疑心，憎恶”。但鲁迅终于不能认同尼采的冷酷，因自己是一个“民族的人道主义者”——这是他的日本学生增田涉对老师的定义。

鲁迅早期思想中一个重要术语——“中间物”，便是从尼采那里采撷而来，但洗掉了尼采的阴暗和冷酷。尼采序言第四节开始：

> 人是一条索子，结在禽兽和超人的中间，——一条索子横在潭中。
>
> …………
>
> 在人有什么伟大，那便是，他是桥梁不是目的；于人能有什么可爱，那便是，因他是经过又是下去。[②]

这个概念在《查拉图斯特拉如是说》第56节“旧牌与新牌”中再次出现：

---

①〔德〕尼采：《查拉图斯特拉如是说》，孙周兴译，上海译文出版社，2010年版，第139页。

②《鲁迅译文集》（第十卷），人民文学出版社，1958年版，第445页。

也正是在那里，我在路上拾起了“超人”这个词，并且说人乃是某种必须被克服的东西，——人是一座桥梁，而不是一个目的：庆幸于自己的正午和黄昏，作为通向新曙光的道路。[①]

人是“某种必须被克服的东西”，杀机甚深。鲁迅在采用这个重要命题时，弃其冷酷的一面，并将其化为“中间物”，温和、明确又具有历史意识。杂文集《坟》的后记《写在〈坟〉后面》，鲁迅写道，“……以为一切事物，在转变中，是总有多少中间物的。动植之间，无脊椎和脊椎动物之间，都有中间物；或者简直可以说，在进化的链子上，一切都是中间物”[②]。《热风四十九》中有一段话，即为对此形象化的注释：“但进化的途中总须新陈代谢。所以新的应该欢天喜地的向前走去，这便是壮，旧的也应该欢天喜地的向前走去，这便是死”[③]，如果路上有深渊，老人便用那个“死”来填平，让新的继续前行。

增田涉早就注意到，鲁迅接受尼采思想，是以民族的发展为目的，“他所生存的中国的历史具有过渡期的矛盾重重的混乱”。作为启蒙主义者的鲁迅，首先燃烧着的是“爱国的人道主义”和“民族的人道主义”，故而鲁迅在运用尼采理论时，剔除其冷酷的质性，

①〔德〕尼采：《查拉图斯特拉如是说》，孙周兴译，上海译文出版社，2010 年版，第 317 页。

②《鲁迅全集》（第一卷），人民文学出版社，2005 年版，第 301–302 页。

③《鲁迅全集》（第一卷），人民文学出版社，2005 年版，第 355 页。

而为我所用。海外华人学者张钊贻先生称鲁迅为“温和的尼采”[①]，是颇有道理的。

五

1926年6月，鲁迅发表《再来一次》一文，开篇即说上年编定《热风》时，有意地删削了好几篇，但有一篇原想编入却遗失了的稿子，现在居然找出来了，遂收入本文，这便是嘲弄章士钊错解并非僻典的“二桃杀三士”的《“两个桃子杀死了三个读书人”》。鲁迅解释说：

> 去年，因为“每下愈况”问题，我曾经很受了些自以为公正的青年的教训，说是因为他革去了我的“签事”，我便那么奚落他。现在我在此只得特别声明：这还是一九二三年九月所作，登在《晨报副刊》上的。那时的《晨报副刊》，编辑尚不是陪过泰戈尔先生的“诗哲”，也还未负有逼死别人，掐死自己的使命，所以间或也登一点我似的俗人的文章；而我那时和这位后来称为“孤桐先生”的，也毫无“睚眦之怨”。那“动机”，大概不过是想给白话的流行帮点忙。[②]

按，鲁迅在教育部的官职应为“佥事”，这是1912年8月21日由临时大总统袁世凯任命，8月26日又被委兼社会教育司第一科科长。

① 张钊贻：《鲁迅：中国“温和”的尼采》，北京大学出版社，2011年版，第18页。
②《鲁迅全集》（第三卷），人民文学出版社，2005年版，第316页。

《鲁迅日记》1912年8月22日写道："晨见教育部任命名氏，余为佥事。"[①]这说明教育总长章士钊革掉的是"佥事"，而非"签事"。鲁迅在与陈西滢打笔墨官司时，数次提及这一官职，如《有趣的消息》："自己的'区区佥事'，又因为'妄有主张'，被章士钊先生革掉了"[②]。再如杂文《不是信》："至于署名，则去年以来只用一个，就是陈教授之所谓'鲁迅，即教育部佥事周树人'就是。但在下半年，应将'教育部佥事'五字删去，因为被'孤桐先生'所革；今年却又变了'暂署佥事'了，还未去做，然而豫备去做的，目的是在弄几分俸钱……"[③]1925年发表《"碰壁"之余》，文中特意纠正了将"佥事"写为"签事"的习惯性错误：

> 据我想来，佥事——文士诗人往往误作签事，今据官书正定——这一个官儿倒也并不算怎样"区区"，只要看我免职之后，就颇有些人在那里钻谋补缺，便是一个老大的证据。[④]

鲁迅所说"官书"，系1914年7月颁《教育部官制》，其中第十五条为"教育部置佥事二十四人，承长官之命分掌总务厅及各司事务"[⑤]。

据北新书局1926年初版本《华盖集》，排为"签事"。那么，这至少表明在初版本中就已经不正确了。此后包括全集在内的各种

---

①《鲁迅全集》（第十五卷），人民文学出版社，2005年版，第16页。
②《鲁迅全集》（第三卷），人民文学出版社，2005年版，第210页。
③《鲁迅全集》（第三卷），人民文学出版社，2005年版，第243页。
④《鲁迅全集》（第三卷），人民文学出版社，2005年版，第126页。
⑤《中国近代教育史资料》（上册），人民教育出版社，1961年版，第292页。

版本，将此失误延续了下来。至2005年新版本的《鲁迅全集》，一仍其旧。

其实，一个连作者本人都认为是确然无疑的错误，于编辑排印时完全可以订正过来，一种方法是径直改正，另一法为添加注释，指示此处有误。不能因为是鲁迅的文章，就有理由一路错下去。

一个词语写错了，属区区小事，不值得小题大做；然而，一个本可以直接改正的小错误却错了近80年，则绝非细事。

第十章　鲁迅在当代（一）：王蒙与鲁迅

当代作家中，引用、谈论鲁迅最多的是王蒙，他对鲁迅著作的熟知程度，尤其是贴切自如的运用无人可及，左抽右取，信手拈来，化为己有——不仅表现在散文、随笔、评论、演讲、访谈等中，同时也在小说作品中有所体现。《青春万岁》（1957 年，1979 年）序诗开头几句“所有的日子，所有的日子都来吧，/ 让我编织你们……”[①]，即从鲁迅《好的故事》中受到了“一种启示，一种吸引，一种创作心理学意味上的暗示”。短篇小说《风筝飘带》（1980 年）中，王蒙甚至有意识地吸收了鲁迅杂文手法。在“写得最像小说”的长篇小说《青狐》（2003 年）中，至少有八处地方写到了鲁迅。长篇小说《闷与狂》（2014 年）中六处地方直接引用鲁迅文字。鲁迅及其著作未必是王蒙的一个基本参照，但鲁迅却是王蒙最喜爱的作家之一。王蒙曾接受韩国《现代文学》杂志采访，在回答“你最喜爱的作家”时，他提到的第一个作家即是鲁迅[②]。

① 王蒙：《王蒙文存·你为什么写作》，人民文学出版社，2003 年版，第 35-36 页。
② 王蒙：《王蒙新世纪讲稿》，上海文艺出版社，2005 年版，第 384 页、第 427 页。

王蒙上小学时就知道鲁迅，也听说过名句“一株是枣树，还有一株也是枣树”，为此专门找来《秋夜》来读，他虽然读不懂，却能感到一种“清冷中的深思的气氛”，一如夜半时分忽然听到吃吃的笑声，委实有点惊心动魄[①]。1945年，王蒙考入私立北平平民中学，开始阅读鲁迅杂文，此时的他年仅12岁[②]。在整个初中阶段，王蒙系统地阅读了现代文学诸大家；对鲁迅的作品，他喜欢《祝福》《故乡》，更喜欢《风筝》《好的故事》，他从一开始就感受到并发现了鲁迅的“深沉与重压，凝练与悲情”，认为读鲁迅“不是一件好玩的事”。20世纪50年代初王蒙参加工作后，更是一遍又一遍阅读鲁迅，读了《雪》“那是孤独的雪，是雨的精魂”后，仿佛自己也“变得冷峻和忧愤起来”，对那种本无恶意却每每做出伤害他人之事的人比如《祝福》中的柳妈，为之怃然良久，禁不住感到一种“巨大的失落”[③]。当然，阅读中总是有比较，亦会受到时代风气影响，充满热情、追求理想的年轻人王蒙在读了《钢铁是怎样炼成的》之后，回过头来再读鲁迅作品，就觉得不是那么太满意了，甚至视鲁迅作品为“不够革命”，还没有巴金的作品革命；巴金作品中至少出现过革命党，而鲁迅的则没有——“没有代表未来的英雄人物，指路意识”[④]。1962年，王蒙调入北京师范学院中文系任教，次年撰写了《〈雪〉的联想》一文。这是王蒙谈论鲁迅的第一篇文章，也是《野草》研究史上一篇重要文献，从作家创作心理角度敏锐、准确地指出了想象、直觉尤其是联想在理解《雪》这种“奇文”时的重要性，同时也委婉地批评了自20世纪50年代以来《野草》

---

① 王蒙：《王蒙文存·你为什么写作》，人民文学出版社，2003年版，第35页。

② 王蒙：《王蒙文存·文学：失却轰动效应之后》，人民文学出版社，2003年版，第525页。

③ 王蒙：《王蒙自传·半生多事》，花城出版社，2008年版，第49页、第117页。

④ 王蒙：《王蒙文存·圈圈点点说文坛》，人民文学出版社，2003年版，第216-217页。

研究中出现的机械、生硬倾向，即为内涵丰富、生动的意象寻找固定的社会政治对应物，将优美的散文诗变成了粗浅的寓言[①]。1981年，王蒙发表《我愿多写点好的故事》一文，初步总结了自己30多年来阅读鲁迅的感受、经验和认识："少年时候读鲁迅的作品，有许多社会背景、思想意义、人物遭际是我所无法理解的。但是，那作品的情调，鲁迅的那种冷静——深蕴着炽热的同情和深邃的思索的冷静，那种对于人的道是无情却有情的冷峻的解剖，却早已像刀刻一样留在我的心上了"，随着年龄的增长，"越来越感觉到鲁迅思想的那种照亮一切的令人战栗的光辉了"。[②]

王蒙对鲁迅的基本看法是：鲁迅只有一个，像任何伟大的作家一样，鲁迅及其文学具有"唯一性"特点，"他是绝对不二的"，不可复制。同时，鲁迅也有自己的环境、时代，他的清醒、深刻、冷峻乃至决绝、一个也不宽恕等品质均与此相关，鲁迅"也是具体的时间环境与文化传统相激荡的结果"[③]。在某种意义上，王蒙秉持着作家本位、文学本位观念，他分得清鲁迅本有的文学内容和附加在鲁迅身上的内容。他对一种倾向——拿鲁迅对自己时代的批判生搬硬套在当下时代、以鲁迅来证明当代作家都不行等，始终保持着警觉。因此，王蒙对鲁迅文学、思想的认识颇具个性化色彩，展现出个人独到的见解；即便有时不得不卷入关于鲁迅的论争，如"费厄泼赖"缓行问题、"五十个鲁迅"问题等，与反对者的误解和曲解相比，王蒙的议论实际上更

① 王蒙：《王蒙文存·妙喻如舟》，人民文学出版社，2003年版，第6页。据作者文末"附记"，此文于1964年寄《甘肃文艺》，1979年始接到该刊一位编辑来信，通知将要发表。虽然当时没有发表出来，产生应有影响，却是首次指出《野草》研究中的一种偏向，其意义不可忽视。

② 王蒙：《王蒙文存·你为什么写作》，人民文学出版社，2003年版，第38页。

③ 王蒙：《王蒙自传·九命七羊》，花城出版社，2008年版，第183页、185页。

为接近鲁迅的本意。

二

对鲁迅不同文体作品，王蒙的喜爱程度和评价等级也是不同的。比较而言，王蒙最喜爱《野草》。扩大而言，王蒙说“在所有的短的作品中”，他最喜欢的还是《野草》[①]。于回答韩国《现代文学》杂志问20世纪“最有价值的文学作品有哪些”时，王蒙首先提到的便是《野草》[②]。《野草》全部24篇（包括“题辞”）中，王蒙最喜欢的几篇依次为：《好的故事》《风筝》《影的告别》和《雪》[③]。

王蒙之所以特别喜爱《野草》，原因大约在于两个方面。首先是与个人小时候阅读经验和相应的人生体验有关。王蒙上小学时便开始读《野草》中的《秋夜》；升入初中后又读了《好的故事》《雪》《风筝》。《好的故事》当然是他最为喜爱的一篇，并且全部背了下来，那种“许多美的人和美的事”织成一天云锦的奇幻景象，让少年王蒙感到了“一种激动、一种共鸣”。这种影响一直持续了下来：

> 直到今天，当我坐到桌前，面对着钢笔、墨水、洁白的稿纸的时候；当我在构思的过程中或者命笔的过程中不由得微笑、低语、念念有词起来或者眼睛湿热、呼吸粗重起来的时候；当我努力去追踪、去记录、去模拟那稍纵即逝的形象

① 王蒙：《王蒙新世纪讲稿》，上海文艺出版社，2005年版，第404页。

② 王蒙：《王蒙文存·圈圈点点说文坛》，人民文学出版社，2003年版，第129页。

③ 在与人对谈中，王蒙说过《好的故事》“是《野草》中最好的”，见《王蒙文存·圈圈点点说文坛》，第361页；在自传中说比起《故乡》《祝福》，“更喜欢他的《风筝》和《好的故事》”，见《王蒙自传·半生多事》，第49页；在一次讲演中，王蒙称《影的告别》也是他“非常喜爱的作品”，见《王蒙文学十讲》，第60页。

的推移、情绪的流转、意念的更迭，去表现那“诸影诸物，无不解散，而且摇动，扩大，互相融合；刚一融合，却又退缩，复近于原形”的生活的五光十色的时候；我觉得，我的尝试、我的心情和我的追求，都可以从《好的故事》里得到鼓励和参照。我愿意为了我们的时代和人民，编织一点各式各样的好的故事。[①]

读《风筝》则与个人的生活经历直接相关。王蒙回忆说，他小时候压根儿就没有放过风筝，一方面自己营养不良，身体瘦弱，住在北京的小胡同里，没有地方可去放风筝；另一方面买不起、也不会做风筝。“我没有童年”，这便是王蒙阅读《风筝》时联想到的。这样的想法必然会把一个少年引向那样一条路：始而抗议，继而斗争，最后走向革命，革命的动机泰半即是“为了让每个孩子得到童年，为了让每个孩子放起属于自己的风筝”。风筝始终牵动着王蒙的情感，直到看见子辈们在碧蓝的天空中放飞风筝时，不由得感到说不出的痛快、舒展，自己的心也仿佛跟随着风筝飞向蓝天了。1980年王蒙发表短篇小说《风筝飘带》，还在让“风筝”“风筝飘带”“屁股帘儿”（王蒙说这或许就是鲁迅写的“瓦片风筝”）寄托主人公多年的向往和怀念，其实何尝不是寄托着作家本人的向往和怀念[②]。

其次，王蒙喜爱《野草》也是敏感于这部散文诗集独特的形式和风格，他用了“奇特”一词来形容《野草》[③]。王蒙对《野草》有一个

① 王蒙：《王蒙文存·你为什么写作》，人民文学出版社，2003年版，第36页。
② 王蒙：《王蒙文存·你为什么写作》，人民文学出版社，2003年版，第36-37页。
③ 王蒙：《王蒙文存·文学：失却轰动效应之后》，人民文学出版社，2003年版，第65页。

总体性评价，认为其中“有许多是写感觉的，在某种意义上，也可以干脆说是意识流的篇什”，《秋夜》《好的故事》《雪》等等都是。不应该考证其中“讽喻”了什么，去挖掘出什么“微言大义”，或者坐实“影射”了什么人和事，或者去寻找某种主题思想等等，“这都不对”[①]。这种认识在关于《雪》的评论中体现得最为明显。

王蒙写作《〈雪〉的联想》一文，并不是把《雪》单独抽取出来作为一个孤立的文本加以分析，而是在熟知《野草》整体风格的基础上，将《雪》当成一个开放性文本。他首先指出了 20 世纪 50 年代以来《野草》研究中出现的“那种简单的、刻板的、不科学也不艺术的杀风景的做法”，即把作品中自然景物比如雪说成是一种象征、一种比喻、一种符号，然后再指出“北方的雪”和“南方的雪”又分别代表着什么。再如对《秋夜》中所描写的天空、枣树、小红花、瘦诗人、小青虫、星星、夜鸟等等，亦费力找出各自对应着什么或代表着什么意思。这种研究方法受当时时代氛围影响，为作品中意象附加一些政治含义，看似抬高了作品的价值，实则把内涵深刻的文本变成了一种“粗浅的寓言”。其流风延续至今，未曾衰歇。从《野草》研究史角度而言，是王蒙首次敏锐地指出并委婉地批评了此种流弊，其意义不可低估。

王蒙是从一个作家特有的艺术感知角度发现了《雪》的独特所在——伟大作家由于思想的广阔和深刻、由于对生活独具慧眼的观察和感受，以及高超的艺术表现能力，往往给笔下的小景物、小事件注入了很多思想和感情，“使这小景物小事件的客观意义大大超出了作家的主观意图”，《雪》也是如此。江南白雪、雪之子的形象不仅仅是鲁迅的童年形象，扩大而言还包括一种青春形象，“它所引起的关于

① 王蒙：《王蒙文存·你为什么写作》，人民文学出版社，2003 年版，第 184 页。

童年和青春的联想，具有着特别有趣、特别深刻的与众不同的地方”。具体说来即是，第一，《雪》表现了鲁迅“怀念童年和青春的美丽”，如“滋润美艳之至”的江南白雪，“血红的宝珠山茶”，“白中隐青的单瓣梅花”等等，这些正是童年和青春的图画。第二，鲁迅更为沉重、更为清醒地懂得，童年和青春虽然美丽，但也有着“软弱、不定、短暂的一面”，童年和青春会长大，长大了会变化，正如雪罗汉，尽管它明艳、洁白、闪闪地生光，却经受不住晴天或寒夜的冷暖影响，最终不知要变成别的什么形状。王蒙发现，与此同时，鲁迅又写了“朔方的雪”的形象，这也正是鲁迅本人的形象。能把江南的雪和朔方的雪联结在一起写，非鲁迅这样的大手笔而莫办：

> 就是这样，鲁迅在《雪》中塑造了两个形象：江南的雪和朔方的雪；使我们联想起两种性格：美艳又不免脆弱的童年和青春与坚强又不免孤独的战士和公民；敷染了两类美学色调：瑰丽的和斑驳的，亲切的和严峻的，鲜活的和深重的，怡悦的和粗犷的，温馨的和悲壮的……这二者像一个乐曲中的第一主题与第二主题，互相补充，互相渗透，互相纠缠，互相争斗，组成了一个小小的然而是非凡的乐章。[①]

《雪》给予了王蒙极深刻的印象。2006年出版的自传中，王蒙又一次回忆了当初写作《〈雪〉的联想》时的情形，称精读并研究《雪》是当教师期间的“一个收获”，并且半是调侃半是认真地透露了以前没有说出的一句话：“怕是南方的雪，曾经‘纯美如处子的皮肤’，

① 王蒙：《王蒙文存·妙喻如舟》，人民文学出版社，2003年版，第17页。

却终于‘不知道是什么形状’啦。直到六十年代我才感觉到了朔方的雪的形象的感人与内蕴的痛苦。”[①] 长篇小说《闷与狂》第十章“豁达通畅也关情”中引用了王蒙颇为喜欢的两句“在无边的旷野上”“那是孤独的雪，是死掉的雨”《庄子的享受》中，王蒙还只是说当读到“藐姑射之山，有神人居焉”，首先想到鲁迅《雪》“江南的雪，可是滋润美艳之至了……”[②] 而到了《与庄共舞》中，则断言鲁迅关于“南方的雪”的描写，系“直接使用”了庄子关于藐姑射之山那一段中的词语[③]。

王蒙说过，他写《〈雪〉的联想》实际上也是借此表达个人的“审美理想、人生感觉”：“一个作家可以写所谓主题消解的故事，这还是很令人羡慕的路子，但你不管主题怎么消解，一个有着丰富的人生经验的非常博大深邃的胸襟的作家，他写出的哪怕是最无意义的故事、最普通的生活，往往凝结着他更深刻的情感、智慧、灵魂”[④]，而这和他在《〈雪〉的联想》中所标示出的伟大作家具备的三要素——广阔深刻的思想、独具慧眼的观察和感受、高超的艺术表现力——大体上也是一致的，具备了如此素养的作家，即使写细微之物亦能注入更多的思想和感情。

总之，在王蒙的阅读、评价系统中，《野草》具有极高地位，排在第一位。他会随手举出其中一篇，或借小说人物之口，加以释读、阐发，其见解、观点总是令人耳目一新，闻所未闻。比如对《立论》，

① 王蒙：《王蒙自传·半生多事》，花城出版社，2008 年版，第 202 页。
② 王蒙：《庄子的享受》，安徽教育出版社，2010 年版，第 26 页。
③ 王蒙：《与庄共舞：人生的自救之道》，生活·读书·新知三联书店，2014 年版，第 287 页。
④ 王蒙：《王蒙文存·圈圈点点说文坛》，人民文学出版社，2003 年版，第 294 页。

王蒙在长篇小说《恋爱的季节》中这样写道，祝正鸿在集体婚礼上突然感到一丝悲哀，竟想起鲁迅的《立论》："一家的孩子过满月的时候，一位客人指出：这孩子将来是要死的。这是智慧、深刻、冷静和勇气吗？还是不合时宜的矫情呢？他可不愿意充当一个矫情和晦气的角色啊。"① 长篇小说《踌躇的季节》中，钱文给一个学生辅导现代文学，他说《立论》的主题是感叹说实话难，学生反驳道，这个例证未免有一点牵强和矫情，"钱文嗫嗫嚅嚅，他说，鲁迅讲的是真假问题，而同学讲的是情理问题。本来，在人家婴儿过生日的时候，客人们讲一些吉利话讲一些符合主人的心愿的话算不上多么虚伪；而在这个场合宣讲人人终有一死这个婴儿也终有一死这样一个并无新意并无新发现也并非众人所不知晓的话语，实在有悖情理，甚至也颇无聊，因为从最终的结局来说，包括讲这个话的人也难逃一死。但是鲁迅先生恰恰是从人们的心理情理上看到了人们的讳言真实与喜爱奉承——哪怕这奉承相当虚假——的天性。"②

钱文与学生的谈话传出去后，变成了钱文附和学生对鲁迅杂文的质疑，最后不得不低下头去，作检讨，改掉"爱思索爱提问的恶习"，并且也不允许学生滋长这种"恶习"。

2007年，王蒙为上海一家电视台录制讲演节目，又举了他"非常喜爱"的《影的告别》为例："人睡到不知道的时候，就会有影来告别……"指出鲁迅写出了一种很难理解的心态，"这种心态，按我的理解，就有一种I与ME的对话。就是自己对于自己的这个样子、这个状况，在I与ME分离的时候，有某一种评价，有所批评，有所愿意，有所不

① 王蒙：《恋爱的季节》，人民文学出版社，1993年版，第269页。
② 王蒙：《踌躇的季节》，人民文学出版社，1997年版，第377-378页。

愿意。这样一种微妙的自我对自我的评价、疑问、对话，是你在文学之外很难得到的”[①]。以如此新颖的视角审视、解析《影的告别》，确实发人所未发。

二

比较而言，王蒙对鲁迅小说的评价相对要低一些。王蒙有他自己的文学观念。在王蒙心目中，小说种类是有着等级区别的：长篇小说靠的是生活，并且在艺术上要求作家对生活作“整体性的把握与表现”，分量足，而短篇小说靠的是技巧（手艺）。两者相比，“短篇多游戏，长篇才是‘真格的’”。依此标准，不仅鲁迅的短篇小说，便是契诃夫、莫泊桑们的短篇，“也常常是零星片断，稍触即止，常常是巧有余而力不足”[②]。

对《狂人日记》这部中国新文学史上的第一部白话小说，王蒙以其敏锐的艺术直觉指出了它借鉴外国小说手法，在形式上表现得“惊人”“奇特”，相对于传统中国小说而言，则是“一大异端”。这反映了鲁迅在“艺术上的闯劲”，值得今人学习。小说形式及创作手法上的探求，一开始并不总是让人习惯，《狂人日记》更是如此，“我们当然比不上鲁迅，但是，如果凡是不习惯的东西都要排斥，不是连鲁迅也出不来吗？”[③]对《阿Q正传》这部“重要”“有名”的作品，

① 王蒙：《王蒙文学十讲》，上海文艺出版社，2009年版，第60–61页。

② 王蒙：《王蒙文存·欲读书结》，人民文学出版社，2003年版，第168–169页。《关于〈春之声〉的通信》（1980年）中，王蒙写道“如果生活是一个大西瓜，那么短篇小说可以是一粒西瓜子，也可以是一片、一角瓜……”，类似的提法在许多文章中出现过。见《王蒙文存·你为什么写作》，第33页。

③《王蒙文存·文学：失却轰动效应之后》，第65页；《王蒙文存·你为什么写作》，第33–34页。

王蒙倒并不是很喜欢，就像对《野草》他有自己喜欢的等级、名次，对鲁迅的小说，王蒙多次谈到并认为写得最好的，依次为：《伤逝》《在酒楼上》《孤独者》[①]——《伤逝》“是一首长长的散文诗”，《孤独者》与《在酒楼上》则“字字血泪”[②]。

《关于塑造典型人物》（1982年）一文中，王蒙从人物描写及由此应达到的深度方面，总体评价了鲁迅的小说：

> 设想一下，如果鲁迅没有致力于创造阿Q、孔乙己、涓生这样的高度概括又是高度鲜活的艺术典型，如果鲁迅只是在小说中写一些扣人心弦的故事，或者只是抒发一己的喜怒哀乐之情，他就不可能通过他的小说帮助现代中国人民那样痛苦而又清醒地去认识那么多真理。他的现实主义文学创作的深度和价值，必将无法达到他所达到的那种水平。在鲁迅的一些小说里，人物的深度也就是作品的深度，人物的魅力也就是作品的魅力，人物的典型性也就是作品的认识价值，典型人物是鲁迅的这一批小说的灵魂，没有典型人物也就没有鲁迅的这一批小说。[③]

能够体现出人物塑造深度、魅力和认识价值的，王蒙举《祝福》中祥林嫂为例，并作了专门评析。在《悲剧二题·〈祝福〉的启示》（1980年）中，王蒙说，他观看了刚刚解禁的电影《祝福》，吃惊于影片中

① 王蒙：《王蒙文存·你为什么写作》，人民文学出版社，2003年版，第119页。
② 王蒙：《王蒙自传·半生多事》，花城出版社，2008年版，第117页。
③ 王蒙：《王蒙文存·中国文学怎么了》，人民文学出版社，2003年版，第97页。

鲁四老爷对待祥林嫂的态度：第一，辞退祥林嫂时规规矩矩算了工钱，并无克扣；第二，没有打骂，没有强奸，没有不给饭吃。王蒙把祥林嫂与当代文学（1949—1978 年）一种模式加以比较，与那种东家和雇工严重对立的模式化描写不同，祥林嫂的悲剧则显示出了与众不同。影片忠实于原著。鲁迅描写了“旧社会一个农妇的悲剧”，“没有写被克扣工钱，没有写被强奸，没有写被皮鞭抽打，那里边的地主和地主管事也还是规矩正派的”。然而，正是这些正派的封建势力的代表者，包括祥林嫂的亲属、邻居等无意中结成一体，共同害死了祥林嫂。不是某几个人，而是整个封建制度扼杀了祥林嫂，这正是鲁迅的深刻之处，他批判的是“那看不见、摸不着的封建主义的灵魂”①。再如孔乙己，王蒙认为这个人物形象显示了文学描写中占极重要地位的“知识分子个性化性格”，也即一种典型。孔乙己的命运令人感慨，王蒙说：“孔乙己餐厅北京也有，绍兴也有，而且在餐厅的门口还有孔乙己的雕像。因为我认识他们那儿的老板，也在那里吃过饭，有人就让我题词，我就写‘孔乙己学长’，‘孔乙己学兄’。因为孔乙己要是晚生个百八十年呢，也可能今天坐在这听我的讲座，要不就是我听他的讲座。他跟咱们是同行啊，都是念书的人啊，希望能混个学历。”②

在鲁迅小说塑造的人物形象中，王蒙认为阿 Q 这个典型的抽象程度是最高的。

阿 Q 是一个“病态的、令人沮丧的”人物形象，是一个“反常的典型性格”，但鲁迅在这个人物身上体现出的“深沉、犀利与忧思”

① 王蒙：《王蒙文存·你为什么写作》，人民文学出版社，2003 年版，第 297 页。
② 王蒙：《王蒙文学十讲》，上海文艺出版社，2009 年版，第 64-65 页。

却永远鼓舞着我们，这是王蒙对阿 Q 的一个基本认识和定性[①]。阿 Q 形象的创造反映了鲁迅的典型概括能力，因而阿 Q 及阿 Q 精神的抽象程度也是极高的。质言之，抽象性、模糊性和典型性是此形象的主要特点。因此，阿 Q 就是一个成功的典型人物，成了一个"共名"[②]。

鲁迅用喜剧手法描写了阿 Q。王蒙正确地指出，人们常常有一种误解，以为悲剧要比喜剧更有深度。阿 Q 的故事当然可以写成一个悲剧，写得让人悲愤，催人泪下，但是结果不一定具有"深邃和丰富的内涵"。人们读《阿 Q 正传》，为鲁迅对阿 Q 的嘲弄所折服，但没有看出来阿 Q 也会嘲弄人，嘲弄城里人，嘲弄城里人切的葱丝不合规格，"如果阿 Q 会写剧本的话，他又将怎样嘲弄他的读者和观众呢"[③]。一般以为，阿 Q 做出种种好笑的事，读者知道，他自己不知道；阿 Q 身上显示出种种奴性人格，读者知道，阿 Q 不知道。但是，王蒙指出，阿 Q 身上还存在着一种品质，这就是自嘲和"嘲弄"。尽管王蒙没有作过多分析，但毫无疑问这是一个重要发现。能自嘲的人、会嘲弄的人多少还是一个清醒的、自我反省的人。阿 Q 也时时感到一种痛苦，就像歌德所说，能感到痛苦的人往往会睁开眼睛自我反省。阿 Q 在被押去法场的路上，看见沿路看客的眼睛，猛可间脑中如旋风般想起四年前山中遇狼情景，就像当时那些"又凶又怯，闪闪的像两颗鬼火"的狼眼似乎穿透他的皮肉，目下这些路人的眼睛"已经在那里咬他的灵魂"。能将两件不同的事情联系起来，感受其中包含着相同的威胁，这便是多少还算清醒的标志。

① 王蒙：《王蒙文存·你为什么写作》，人民文学出版社，2003 年版，第 418 页、第 49 页。
② 王蒙：《王蒙文存·中国文学怎么了》，人民文学出版社，2003 年版，第 104 页。
③ 王蒙：《王蒙文存·你为什么写作》，人民文学出版社，2003 年版，第 369 页。

《阿Q正传》的“认识意义、讽刺、幽默都达到了很高的境界”，原因还在于鲁迅没有采用现实主义创作手法，而是取用一种抽象的、观念化的方法：

> 《阿Q正传》写得非常理性，非常观念化。阿Q这个典型与其说是阶级的、地方的、活人的典型即模范的现实主义典型，不如说是一种观念批判、一种完全超出阿Q的身世与个人性格规定之外的观念概括的载体。这种观念概括的独特性与深刻性，也是我说过的超常性，征服了读者。其实《阿Q正传》这篇小说的细节与情节，小说的文学描写并不那么重要，甚至其描写是可以更替、可以代换的。鲁迅先生完全可以用其他的人物身世和故事来表现同样实质的阿Q。这丝毫不影响鲁迅作品的伟大，也许他伟大就伟大在这里。显然是鲁迅对中国的国民性有了概括以后的产物，所以《阿Q正传》的情节和细节带有相当的随意性。[①]

王蒙分析道，这种认识意义表现在，阿Q没有出现之前，大家似乎并没有怎么觉得生活中有多少阿Q，可是读了《阿Q正传》之后，“你就发现这儿无处不是阿Q，无人不是阿Q，包括自己也有那么点阿Q”。这也表明文学描写有时也会成为生活中的一种契机，“文学变成了一种生活的因素”[②]。

① 王蒙：《王蒙文存·圈圈点点说文坛》，人民文学出版社，2003年版，第207页、第221页。

② 王蒙：《王蒙新世纪讲稿》，上海文艺出版社，2005年版，第151页。

阿Q性格的丰富和深邃还表现在：在阿Q之前，“我们没有在国外的作品或者中国的作品中发现过这样的性格，但是被鲁迅写出来了”；不但写了他的“精神胜利法”，而且也写到了鲁迅最讨厌的一个缺点，这便是“弱者向比自己更弱的人施暴”——打不过王胡，便欺负小D，打不过小D，便欺负小尼姑，“阿Q的这种性格，实际上是非常惨烈的”[①]。

阿Q是一个相当丰富、复杂的形象，他的身上有着令人极为讨厌的、“惨烈”的缺陷，但同时也有着可爱的一面。王蒙一直在设想着如果阿Q懂写作、会写作，情形将会是怎样。这不完全是调侃、玩笑。憋着一肚子气的青狐在酒桌上就禁不住地想：“阿Q哥”的可悲之处在于不会写小说，倘若会写，没准儿会把吴妈追到手；倘或真会写，“一定能得诺贝尔文学奖，至少是茅盾文学奖”[②]。阿Q追求吴妈，那个方式就不对，他所用的语言是“我要和你困觉”，这当然太直接了，大煞风景。王蒙说，他为阿Q求爱失败而感遗憾，看来看去，阿Q和吴妈这两个人还是比较般配的，失败的原因是前者“没有基本的文学修养”，“我和你困觉”属于“性骚扰”[③]。王蒙相信，如果阿Q先生有机会出洋学点英文加拉丁文，或上个私塾读点先秦两汉，“他照样也可以成为学界昆仑、国学泰斗、研究院院士的。你信不信？”[④]

把阿Q与庄子拉到一起，看起来似乎有一点突兀，没准二者之间存在某种关系——庄子乃阿Q精神的渊薮[⑤]。两者并举，也是为了更好

① 王蒙：《王蒙文学十讲》，上海文艺出版社，2009年版，第63-64页。
② 王蒙：《青狐》，作家出版社，2009年版，第253页。
③《王蒙新世纪讲稿》，第149页；《王蒙文学十讲》，第11页。
④ 王蒙：《庄子的享受》，安徽教育出版社，2010年版，第141页。
⑤ 王蒙：《庄子的享受》，安徽教育出版社，2010年版，第23页。

地理解阿Q形象。王蒙说道："我这里无意以阿Q的名称来轻蔑庄子，毋宁说我有以庄子的名义替阿Q找一点理解的好意。对于阿Q，恐怕也不是靠一味嘲笑能于事有补的。中华民族历史上许多时候处于逆境中，经受了太多的试炼，却又有多次咸鱼翻身、起死回生的经验，中国人必须常常安慰自己、鼓励自己，哪怕有时候是哄着自己，坚持坚持再坚持，相信相信再相信，相信最后胜利属于自己。除了乐观再乐观，中华民族难道有其他的选择吗？可又不能说除了阿Q主义我们再无其他的精神依托。"①

不过，庄子与阿Q仍然有根本性的区别：庄子有一套完整的说辞、理论、机锋，甚至有他的一套忽悠，达到了思辨的高端，"他能上也能下，能大也能小，能高也能低，他绝对不是阿Q能够望其项背。就是说，庄子可以做到与阿Q一样的低，阿Q兄却永远做不到与庄子一样的高明、高扬、高大"。庄子智商太高不求事功而只求"精神胜利"，阿Q却因愚昧而只靠"精神胜利"②。

附带提及，除了《老子的帮助》中偶尔提及《故事新编》中的老子形象——《出关》里一个"不无滑稽的角色"③，对这部著名的带有喜剧色彩的小说集，王蒙没有任何评价。原因可能还是与他所持有的文学观念相关。王蒙说，他在年轻时"基本上不接受喜剧"，后来虽然也写过不少幽默小说，但再后来他依然觉得"太多太油地幽默了"或许是一种老态、一种狂态乃至变态④。从这个角度看，王蒙不谈《故事新编》是有他的道理的。

① 王蒙：《与庄共舞》，生活·读书·新知三联书店，2014年版，第102页。
② 王蒙：《与庄共舞》，生活·读书·新知三联书店，2014年版，第287页。
③ 王蒙：《老子的帮助》，人民文学出版社，2014年版，第27页。
④ 王蒙：《王蒙文存·你为什么写作》，人民文学出版社，2003年版，第120页。

王蒙在《庄子的享受》中颇为简洁地评议过鲁迅的文章风格："鲁迅的愤懑、沉重、犀利是不凡的，他更像解剖刀与手榴弹而不是文章的高山大海。"[①] 这里所说的应该也包括鲁迅的杂文。对鲁迅杂文，王蒙更为熟悉，随口道出，信手拈来。

三

王蒙是无意中卷入了关于鲁迅的论争，这使他对鲁迅的认识愈加清晰、坚定。

1980年，王蒙发表了《论"费厄泼赖"应该实行》，文章有很强的指向性、针对性——刚刚过去的"文化大革命"对整个社会的危害，留下许多"后遗症"，人与人之间依然存在着宿怨、隔膜、怀疑等，以至于今日都未曾消除，提倡"费厄泼赖"便是"对症的良药"。对人民内部矛盾，可以"费厄"；学术问题上的争议，更应"费厄"；哪怕对待"敌人"，亦不妨实行一点"费厄"，有何不可，现今时代毕竟不同于鲁迅所处的时代。关于"费厄"的内涵，王蒙定义道：

> "费厄泼赖"意味着和对手的平等竞赛，意味着一种文明精神，一种道德节制，一种伦理的、政策的和法制上的分寸感，一种民主的态度，一种公正、合理、留有余地、宽宏大度的气概，意味着"三不"主义和"双百"方针。所有这些，对于一个社会主义国家的建设和治理，对于实现安定团结，对于实行政治民主、经济民主、学术和艺术民主，对于造成一个又有集中又有民主、又有纪律又有自由、

① 王蒙：《庄子的享受》，安徽教育出版社，2010年版，第364页。

又有统一意志又有个人心情舒畅的生动活泼的政治局面，是很必要的。[①]

严格地说，王蒙不过是借题发挥，并非讨论鲁迅文章观点，这一点非常清楚。文章真正涉及鲁迅的有两处，一是指出鲁迅文中一个往往被人忽略掉的主题，即“费厄泼赖”要“缓行”，并不意味着“永不实行”；二是“对待鲁迅也不能搞句句是真理”，对鲁迅也不能搞“凡是”。“凡是”一词，已经点明了文章的主旨、背景和论述对象。20多年后，一本名为《谁挑战鲁迅》[②]的书中，将王蒙的文章收入，作为批判对象。王蒙没有正面回应，但他显然有火气，批判者误解甚至曲解了他的观点。2003年出版的《王蒙自述：我的人生哲学》中，王蒙在谈论体育节目时顺带说到了这个话题：“……在2002年韩日世界杯足球赛期间，所有的球赛转播电视节目的片头都有‘fair play’的字样，这当然不是向鲁迅挑战，而是讲体育运动的一个基本原则，足球大赛的一个基本口号。鲁迅讲的缓行费厄泼赖，是指三座大山压迫下的半殖民地半封建地的旧中国的阶级斗争，不是讲足球。认为社会主义的新中国，搞了市场经济的今天，阶级斗争已经不是纲的当代，还不能搞公平竞赛，那是不可思议的。即使当年，鲁迅讲的也是缓行，而不是永不实行，这都是极浅显的不争的道理。把缓行变成永远不得实行，那才是对鲁迅的曲解。”[③]

① 王蒙：《王蒙文存·冬之丢失》，人民文学出版社，2003年版，第418页。
② 此书为陈漱渝主编《谁挑战鲁迅——新时期关于鲁迅的论争》，四川文艺出版社2002年版。书凡10辑，王蒙文章列在第3辑，目录题名“再论‘费厄泼赖’”，除王蒙文章外，收录其他论争文3篇。
③ 王蒙：《王蒙自述：我的人生哲学》，人民文学出版社，2003年版，第219页。

2008年出版的自传以及关于自传的访谈中，王蒙再次谈到了“缓行”问题，他认为鲁迅在自己的时代主张缓行“费厄泼赖”，是正确的，但鲁迅并未说过新中国成立60年以后还得“缓行”。王蒙说，现在有人指“谁谁向鲁迅挑战，把我也弄进去”，“归入‘向鲁迅挑战’的黑名单中”，这让他哭笑不得。其实，王蒙较真，并不是为私，并不是为着自己憋一口气，而是为公。他想得深，看得远。他在“挑战”心态中看出了对鲁迅的一种“简单化”认识和利用，同时，也看出了其中的激进主义因素，这“和那个用煽情来代替理性，用诅咒来代替分析一样害人”。[①]

因此就不难理解为何王蒙一有机会便要拿“缓行”问题调侃几句。长篇小说《暗杀》（1994年）第十五章，李门到B国参加一个“科学研讨会”，为“集贸市场”的译名问题，与给中国学者当翻译的苏小姐“捣了许多麻烦”——“苏说是‘fair’，李门说那是‘公平’，是鲁迅当年认为应该缓行的那个‘费厄’，为什么伟大的鲁迅反‘费厄’？苏怎么听也听不明白。……”[②] 长篇小说《闷与狂》（2014年）第三章“我的宠物就是贫穷”中，有一段感慨：“你好像是一只应该活活打死的落水狗，谁懂得落水狗的悲凉与自爱，呻吟与舐吮，它们也有被抚摸的梦……虽然你本来极其崇拜鲁迅。为什么他那样讨厌落水狗？那时候阔佬的宠狗落水的可能性极小极小。”[③] 这是调侃《论“费厄泼赖”应该缓行》中的“打落水狗”。

与“费厄泼赖”缓行问题相比，“五十个鲁迅”问题似乎影响更

① 王蒙：《王蒙自传》第三部，花城出版社，2006年版，第184页。
② 王蒙：《暗杀》，人民文学出版社，2003年版，第238页。
③ 王蒙：《闷与狂》，北京联合出版公司，2014年版，第52页。

大些——这是王蒙卷入“人文精神”讨论时顺带以鲁迅作为一个比附性例子，原本就不是在谈论鲁迅，却因语涉鲁迅，便成了一个有争议性的话题。《人文精神问题偶感》（1994 年）一文中，王蒙对所谓“人文精神”失落问题发表了自己的看法，他认为，恰恰是市场经济条件下，“人文精神”才有回归的可能性：市场经济“更承认人的作用、人的主动性”，也使人们的私欲“更加公开化、更加看得见摸得着了”，我们的目标是“建立一个人人靠正直的劳动与奋斗获得发展的机会的更加公平也更加有章可循的社会”。计划经济时代用假想的“大写的人”的乌托邦来无视和抹杀“人的欲望与要求”，是一种“伪人文精神”，其实质是“唯意志论和唯精神性”。这说明，真正的“人文精神”在以前根本就不存在，一个不存在的东西怎么会失落？王蒙还举了一个相当过硬的例子，以反证一些人大呼“失落”的真正原因：“为什么别的国家市场经济搞了几百年也照样有大作家大艺术家大思想家大文化人引领风流，而我们的知识分子一见市场经济起了个头，就那样脆弱地哀鸣起来了呢？觉得自己不被重视了？要求谁的重视呢？觉得经费少了？向谁要经费呢？刚刚议论一下作家‘养’（指以行政体制把作家纳入公职人员的系统）不‘养’，就恐慌到了那个样子，以至不惜对讨论这个问题的人恶言相加或人身攻击，真是咄咄怪事。”[①] 所谓“人文精神”实际上就是“文化精神”，大呼“失落”，则是因为在经济生活空前搞活的同时，文化有被忽略的现象，有些文化人觉得受轻视了。所以，王蒙才敢以他特有的幽默善意地嘲弄道：肚子才吃饱几天，已经痛感“人文精神”失落了？

王蒙是厚道的，他并没有指出来，在高调呼吁“人文精神”的背后，

① 王蒙：《王蒙文存·文学：失却轰动效应之后》，人民文学出版社，2003 年版，第 215 页。

是一种焦虑、慌乱和缺乏自信的心态。

批评者们把王朔当作批判对象，王蒙连带辩护了几句，这里面就涉及鲁迅："还有一种虚假的与吓人的假前提。如果我们的作家都像王朔一样那怎么行？当然不行。王朔只是一个作家，他远远不是作家的样板或最高标杆。要求作家人人成为样板，其结果只能是消灭大部分作家。反过来，我们的作家都像鲁迅一样就太好了么？完全不见得。文坛上有一个鲁迅那是非常伟大的事，如果有五十个鲁迅呢？我的天！中国这样一个大国，这么多写家这么多出版物，怎么能够以为肯定或基本肯定就是要求向之看齐呢？中国人都成了孔夫子或者都成了阿Q，那是同样的可怕，同样的不可思议。都成了王朔固然不好，都成了批评王朔的某教授，就更糟糕。连起码的幽默感都没有，还能有什么人文精神？这样提出问题本身就是潜意识中的文化专制主义。"①

所谓"五十个鲁迅"，王蒙后来解释道，只是一种修辞手法，"把事物说到极致，以增加雄辩力"②。王蒙强调了鲁迅的特殊性，即鲁迅有他自己的时代和环境，那是一个不正常的时代，属无道之世；"那是革命前夜"，是社会解体的时代。鲁迅"所有的大大小小的出击和自卫"都是他那个时代、环境的一部分；鲁迅的清醒、深刻、使命感等等，亦与之有关。后人学习鲁迅，应该学习他的清醒、深刻、使命感，而不是鲁迅于特殊条件下形成的反击、讽刺、不宽恕等风格。就此意义而言，鲁迅是唯一的、不可复制的，在《大师小议》一文中，王蒙写道，鲁迅的"严峻深邃凝重""鲁迅式的伟大人格"独一无二，"不

① 王蒙：《王蒙文存·文学：失却轰动效应之后》，人民文学出版社，2003年版，第211-212页、第217页。
② 王蒙：《王蒙自传·九命七羊》，花城出版社，2008年版，第183页。

仅是中国，就是外国，也没有第二个鲁迅”。王蒙说，他凭直觉认定，“鲁迅是非常中国的现象、非常中国的人物、非常中国的英雄，中外都无法重复”[①]。

王蒙之所以强调这一点，是基于对当下时代的判断，即在我们这个相对稳定的社会中，很难设想有哪个作家会“以人民导师、正义火炬、社会良心、真理化身的面貌出现”。一个健康的现代人竟然渴望“以巨人的良心为良心”，而不相信自己的良心，这本身就是个问题[②]。天下无道，才会产生圣人、文学大师、弥赛亚或鲁迅式的精神领袖；天下无道，才会产生对“圣人救星”的期待，“而一个社会如果基本运转正常，各安其业，小康中康，越是会各顾各的发财过日子，而不会产生对圣人救星的期待与狂喜”。还有一种情况，即当社会矛盾丛生，也会产生出给群体带来灾难的“假圣人”，装模作样，大言欺世，成事不足，败事有余[③]。王蒙在这里提出了一个颇为重要的观念，即在一个正常社会中，拥有独立个性、健全理性的现代人，应该依自不依他，应该依靠自我判断，自己决定如何生活，而不是把个人交给“圣人领袖”替自己安排一切，最后丧失掉人的地位，其结果便为专制主义的滋生提供了一种社会土壤、一种温床。

对争论中附加在鲁迅身上的内容，王蒙指出，那其实也是一种对鲁迅的“遮蔽”：“鲁迅是一个重要的遗产，应该更好地研究、继承、弘扬。但多年来也附加了许多非鲁迅的遮蔽。我从里面看到几种观点，而这几种观点实际上本质是一致的。第一种是把鲁迅说成是整个国家、

---

① 王蒙：《王蒙文存·风格伦敦》，人民文学出版社，2003 年版，第 471 页。
② 王蒙：《王蒙文存·欲读书结》，人民文学出版社，2003 年版，第 365 页。
③ 王蒙：《庄子的享受》，安徽教育出版社，2010 年版，第 245 页。

民族、文学的例外，用鲁迅的伟大来论证上至政府下至草民的卑劣。第二种是近百年来中国人，包括鲁迅，都不灵，只有外国人行。第三种就是一有点对鲁迅的议论就积极捍卫，不允许有任何正常的学术上的争论。”[①]

简略地说，在此次论争中，王蒙谈得更多的不是本原意义上的鲁迅，而是如何继承、学习鲁迅，这方面他又看到太多反面的例子，特别反感其中的一种倾向——没有学到鲁迅的任何一面，却“天天宣布到死一个也不原谅”[②]。长篇小说《踌躇的季节》第六章，犁原临死前对钱文说过几句话：“鲁迅说过，他死的时候一个也不饶恕。我没有那么伟大的肝火，我是小人物。都过去了。一生就像一个小时……”[③]这当然是一种戏仿，从中亦可见王蒙本人的意见。

王蒙对鲁迅的评价要高得多，超出人们的想象。

意大利国家电视台曾请王蒙给他们主办的电脑博物馆推荐十部中国典籍，《鲁迅全集》就是王蒙开列的十部典籍中的一部[④]。

在王蒙眼中，鲁迅已经成了一种“民族传统”，是“民族的文化瑰宝”，是中国“文化上的一个代表”。王蒙排列出了一个代表着中国文化的少量天才人物名单，鲁迅自然是其中之一：孔子、老子、孟子、李白、杜甫、齐白石、徐悲鸿、鲁迅。这些少数人物的存在，正是一个民族自信、自尊的证明：

> 我们中国产生过一批这样的人，和没有这样的人是不一

① 王蒙：《王蒙文存·圈圈点点说文坛》，人民文学出版社，2003年版，第141-142页。
② 王蒙：《老子的帮助》，人民文学出版社，2014年版，第330页。
③ 王蒙：《踌躇的季节》，人民文学出版社，1997年版，第95页。
④ 王蒙：《王蒙文存·风格伦敦》，人民文学出版社，2003年版，第222页。

样的。有了这样的巨人，民族的气势是不一样的，它的信心是不一样的，它的尊严是不一样的。一个国家，一个民族，应该有自己文化上的代表，应该有自己文化上对全世界的突出的贡献。①

①《王蒙谈话录》，上海文艺出版社，2011年版，第302页。《文学现状断想》（1983年）中，王蒙列出能代表民族传统的作家作品有：杜甫、三李（李白、李贺、李商隐）、《红楼梦》、《西游记》、《聊斋志异》、鲁迅、郭沫若、茅盾、巴金、赵树理、曹禺。再如《全球化浪潮与文化大国建设》（2001年）中，民族文化传统代表人物有：孔子、老子、孟子、屈原、司马迁、李白、杜甫、曹雪芹、齐白石、徐悲鸿、鲁迅。见《王蒙文存·文学：失却轰动效应之后》，人民文学出版社，2003年版，第101页、第257页。

第十一章　鲁迅在当代（二）：木心论鲁迅

一

木心是个艺术至上主义者，但不狭隘，亦不窄小。他的基座要宽广得多，他在艺术上的野心可能要远远超出我们的想象。他自述有一套完整的“体系”——表面看不出，但“内里有体系”，不知道这个体系有多大，如何排列分类。可是，在这个文学和艺术的体系内，他把哲学作为“底子”和“基础”，则须斟酌。倘若泛泛而言，比如，木心说做人“没有哲学底子”、没有根基，困境中抗不过去，这当然是可以的。又如说哲学是“手杖”，用得好了，会成为知识分子的脊梁，即“脊梁能硬得像手杖”，亦未尝不可。然而，把鲁迅写不出长篇小说归因于“诗和哲学的底子不够”[①]，却是颇有问题的，显见标准用得不当。

文学的深广度是否取决于哲学因素，值得讨论；说一个作家没写出好作品，比如，说鲁迅终其一生未能完成一两部长篇小说，原因在

① 木心讲述、陈丹青笔录：《文学回忆录》（下册），广西师范大学出版社，2013年版，第663页。

于哲学底子不够，基本上说错了。米兰·昆德拉就禁止自己使用一些哲学术语来描述一部作品，他调侃地说道，对那些总认为“艺术只是哲学与理论思潮的衍生物”的教授们，他太害怕他们了，言下之意是，对他们，畏而不敬。昆德拉有自己的发现和信念：

> 小说在弗洛依德之前就知道了潜意识，在马克思之前就知道了阶级斗争，在现象学者们之前就实践了现象学（寻找人类境况的本质）。普鲁斯特不曾结识任何现象学者，说他进行了“现象学的描写”，多么绝妙！①

与昆德拉意见相近的，还可举出一例。钱锺书在一封书信中指摘了当代一些文史家们的“通病”——这些学者“仅知文艺承受哲学思想”，却不知道庞德老早说过“诗人为时代的触须”，也即诗人、作家们先知先觉，得风气之先，哲学思想往往先崭露头角于文艺作品。卡夫卡早死，当然不及见存在主义大师海德格尔，而后者将之“奉为存在主义的先觉”。钱锺书认为，文艺与哲学思想“交煽互发，转辗因果”，学者们往往忽略了这一点②。

再看鲁迅。鲁迅生前计划创作的长篇小说有三部，均未完成。一部写杨贵妃，一部写四代知识分子经历及命运，还有一部据说要写红军。以杨贵妃为例。据鲁迅好友许寿裳后来回忆，鲁迅曾对他说过，这部小说的写法起于唐玄宗被刺那一刻，倒叙上去，把玄宗的生平一幕幕

① ［捷克］米兰·昆德拉：《小说的艺术》，孟湄译，生活·读书·新知三联书店，1992 年版，第 30–31 页。
② 钱锺书：《钱锺书散文》，浙江文艺出版社，1997 年版，第 423–424 页。

展现出来。鲁迅以为玄宗与杨贵妃的爱情早已衰歇，不然为何于七夕夜半密誓，愿世世为夫妇呢？在爱情浓烈时，哪里会想到来世？鲁迅对玄宗和杨妃的性格、盛唐的时代背景，以及宫室、用具等，均作了详细考证。许寿裳认为，鲁迅之所以没有写出计划中的小说，原因有两点。一是没有余暇。环境艰难，社会政治不良，鲁迅为一家人生活奋斗之外，还须替别人校稿、联系出版等，不可能有整块时间专心于长篇写作。二是没有助手。鲁迅的文章均以毛笔写作，写稿、誊稿、复信等，全由他一人来做[①]。还有一些因素也影响到了鲁迅的创作兴致，以至于渐次衰减。1924 年鲁迅应邀前往陕西讲学，实地体验了一番，结果很扫兴。他说，看到陕西的天空灰蒙蒙的，连天空都不是唐朝的天空，还写什么杨贵妃呢？鲁迅写不出长篇小说，与他本人有无哲学底子并没有关系。

冯雪峰《鲁迅先生计划而未完成的著作——片断回忆》中写道，鲁迅没有写过长篇小说，“也似乎不很有意思写长篇小说”。冯雪峰是鲁迅的学生，对鲁迅的创作情况和心理是比较了解的，他分析道，鲁迅之所在“不很有意思”也即兴趣不是很大，原因在于，在鲁迅看来，当前迫切的任务是要对社会作出快速反应，而短小的杂文便是最好的方式。鲁迅说过，“我一个人不能样样都做到；在文化的意义上，长篇巨制自然是重要的，但还有别人在；我是斩除荆棘的人，我还要杂感杂感下去……”冯雪峰说，鲁迅想写一部“描写唐朝的文明”的长篇历史小说，为此还专门跑到西安去看遗迹，然而眼前所见现存的遗迹“全不是古书上所见的那么一回事”，满眼俱是黄土、枯蓬，兴趣索然了。这部长篇没能完成，是他自己“似乎不想实现”。鲁迅一

① 许寿裳：《亡友鲁迅印象记》，人民文学出版社，1977 年版，第 51—52 页。

直想完成的另一部描写四代知识分子的长篇小说，却终因病死而未完成①。这说明鲁迅没能写出长篇小说与他的心境有关，也与他的身体有关。如果假以时日，就像鲁迅本人所希望的那样再活上十年，那么，他至少能写出一部长篇，应是没有问题的。

对文艺与哲学的关系，木心画了一个简洁的等式：文艺的爸妈是宗教，小时得受抚养和管教，长大后则很难管；等到了哀乐中年的时候，爹娘用不着管也管不了，于是便成了单身汉。不过，这单身汉毕竟还有一个好朋友，它的名字叫“哲学”。即此可见哲学在木心心中的分量。但这不是木心的发明，不少作家、诗人亦持有相似说法，如“九叶”诗人郑敏，她借用了海德格尔的“诗歌与哲学是近邻”这一句话来阐发自己的创作心灵旅程：“最早时，我最有兴趣的是诗歌艺术、音乐，而后我感到必须再上一层楼，那就是哲学；再后，我觉得哲学是一盏夜行灯，诗歌、音乐、艺术是我的身体的寓所，而这一切都是为了了解人类在几千年的文明史中所走过的路。”郑敏称，作为一个诗人，她常常渴望有“新的智慧”来观照生活，这智慧就是哲学②。身为诗人、作家，原本就以文学立身，却视哲学高于文学，文学受益于哲学，借用钱锺书《宋诗选注》里面的一个比喻：恰如自家有屋千间，却跑到邻居家去睡午觉③。

鲁迅肯定有自己的哲学。章衣萍在其作于1925年的《古庙杂谈》里，记录过鲁迅关于《野草》的一句话，后来经常为人所引用。章衣萍写道：

---

① 冯雪峰：《鲁迅先生计划而未完成的著作——片断回忆》，《我心中的鲁迅》，湖南人民出版社，1979年版，第163–164页。
② 郑敏：《诗歌与哲学是近邻——结构—解构诗论》，北京大学出版社，1999年版，第473–474页。
③ 钱锺书：《宋诗选注》，生活·读书·新知三联书店，2002年版，第244页。

“我也不敢真说懂得，对于鲁迅先生的《野草》。鲁迅先生自己却明白地告诉过我，他的哲学都包括在他的《野草》里面。”[1]鲁迅所说的哲学，范围应更广一些。汪曾祺《金岳霖先生》一文记载了哲学家金岳霖的一则故事，作为一个比附性例子，则很能说明问题：

> 沈（从文）先生有时拉一个熟人去给少数爱好文学、写写东西的同学讲一点什么。金先生有一次也被拉了去。他讲的题目是《小说和哲学》。题目是沈先生给他出的。大家以为金先生一定会讲出一番道理。不料金先生讲了半天，结论却是：小说和哲学没有关系。有人问：那么《红楼梦》呢？金先生说：“《红楼梦》里的哲学不是哲学。”……[2]

鲁迅阅读过尼采、施蒂纳等哲学家的著作，他们影响了鲁迅的人生价值、精神观念等，并且融化进了鲁迅的文学世界，体现在他所创作的不少文学形象中。张钊贻《鲁迅与尼采》一书专门探讨了此主题。

木心说鲁迅“哲学的底子”不够，不知何所据；但拿哲学底子来衡量、评价一个作家的文学成就，实属方凿圆枘。

二

木心毕竟是一个艺术家、诗人，虽然高调看得哲学高于文学，实际上他更多关注的依然是形象、想象、细节、人物等等，而非抽象的理念。

① 书同、胡竹峰编：《章衣萍集·随笔卷》（上），北京师范大学出版集团／安徽大学出版社，2015年版，第17页。

② 汪曾祺：《中华散文珍藏本：汪曾祺卷》，人民文学出版社，1998年版，第82页。

他对鲁迅作品的评价，他对鲁迅思想的看法，等等，都取决于他个人的文学观念——作家应相对地超脱于现实，文学亦相应具备独异性质。他用来评价鲁迅以及中国新文学的标准，则是他心目中具有至高地位的世界文学。故而勾勒、梳理出木心的文学观念和标准，有助于了解他对鲁迅以及中国新文学的评价。

木心的话说得漂亮，有些看似平常的观点，经他一点拨，三言两语间，让人眼前一亮，受到启发，如："我年轻时不看报，唯美，空灵，抽象，很长一段时间如此，不好的，不行的。一定要有土壤，肮脏的土壤，不然生命就没有了，味道没有了。"[①]这比那种所谓艺术源于生活的陈腐观念，眼界宽得多了，思路亦大为拓展，令人长久地回味。贾平凹在20世纪90年代写过一篇散文，表达了与此相近的意思：一座佛塔上长着一棵树，看起来楚楚可怜、高邈空灵，却没有多少内在生命力，永远不会长得参天茂盛，盖因无广阔深厚的土壤供其吸收营养。不过，两相比较，还是木心说得好，近乎庄子所说的"道"。东郭子有一次问庄子："所谓道，究竟表现在什么地方？"庄子说："道无处不在。"东郭子要求："请举例。"庄子说："道在蛄蝼、蚂蚁、杂草丛、砖瓦缝隙、屎尿之中。"生命寓于肮脏的土壤中，这委实可说是一种近似于得道的说辞。

木心思考的多是艺术上的大问题，比如，艺术与现实的关系——一个又旧又新的命题，木心的观点初看起来颇为大胆，且具有挑战性："艺术不反映现实。现实并不'现实'，在艺术中才能成为现实。现

① 木心讲述，陈丹青笔录：《文学回忆录》（下册），广西师范大学出版社，2013年版，第853页。

实是不可知的，在艺术中的现实，才可知。”[①] 意即没有一定的形式和媒介，对人而言，现实即是一个巨大的黑暗存在，无从认识。艺术创造了一种现实，建造了一种规则，它本身的形式就是人们认识现实的一条途径。其实，木心的观点是有出处的，也可以说，在世界文学范围内，尤在西方文学中，这已经是一个常识了。比如，黑格尔《美学》第一卷中就说过，日常生活和外在世界是一大堆杂乱无章的“形状”，艺术的功用则把它们表现成更高、更真实的“实在”；与现实比较起来，艺术的表现“更为纯粹，也更为鲜明”[②]。美国哲学家、美学家 H. 帕克《美学原理》——这是一本至今读起来仍然令人感到爽快的美学书，大半也在于译笔之流丽，第三章“艺术的固有价值”中，帕克写道，现实是单调的，只是一团混乱的感官印象，而艺术提供的则是“秩序井然的色彩、声音和形状”；现实混乱不堪，艺术却显得“自由而完美”[③]。2010 年诺贝尔文学奖得主巴尔加斯·略萨也说过相近的话：实际的生活是流动的、无法停止的，也不能度量，而小说表现出的现实则“有组织，有因果，有头尾”[④]。木心明确表示，比较起来，他还是喜欢“现实主义”，“现实”有如墨水一般，蘸一蘸，便可写“永久意义”，毕竟“现实是永久的一环”。

木心还谈到了作家的精神血统、谱系。他说：

世上有许多大人物，文学、思想、艺术等等家。在那么

① 木心讲述，陈丹青笔录：《文学回忆录》（下册），广西师范大学出版社，2013 年版，第 566 页。

②〔德〕黑格尔：《美学》（第一卷），朱光潜译，人民文学出版社，1958 年版，第 34 页。

③〔美〕H. 帕克：《美学原理》，张今译，商务印书馆，1965 年版，第 38–39 页。

④〔秘鲁〕巴尔加斯·略萨：《谎言中的真实》，赵德明译，云南人民出版社，1997 年版，第 73 页。

多人物中间，要找你们自己的亲人，找精神上的血统。这是安身立命、成功成就的依托。每个人的来龙去脉是不一样的，血统也不一样。在你一生中，尤其是年轻时，要在世界上多少大人物中，找亲属。[①]

木心的这段话，可能也有出处——海涅的《论浪漫派》。海涅以风趣幽默的笔调写道："文学史是一所硕大无朋的停尸场，人人都在那里寻找自己亲爱的死者，或亡故的亲友。我在这么多无关紧要的尸体当中一眼看到莱辛或者赫尔德的崇高的容颜，我的心不禁怦怦直跳。我怎能就此走过，而不匆匆地吻一下你们苍白的嘴唇！"[②]

作家们大都会在文学史中寻找自己精神上的亲属、性情相投的亲属，甚或找到自己的"精神父亲"，由此便会与前辈处于同一精神谱系中，薪火相传，自己也成了传统中的一环。倘若最终找不到，不知自己的来历，不了然于个人"精神源流上的精神血统"，木心以为这人将"一生茫然"，不会有多少成就的。然而奇怪的是，有勇气公开承认其"精神父亲"的作家，很少。

木心就是这少数中的一个。他说，自己有两个文学上的"舅舅"，这让人禁不住会心一笑：

我早年就感到自己有两个文学舅舅：大舅舅胖胖的，热气腾腾、神经病，就是巴尔扎克，二舅舅斯斯文文，要言不

① 木心讲述，陈丹青笔录：《文学回忆录》（上册），广西师范大学出版社，2013年版，第474页。
②〔德〕海涅：《海涅选集》，张玉书编选，人民文学出版社，1983年版，第27页。

烦，言必中的，就是福楼拜。福楼拜家，我常去，巴尔扎克家，只能跳进院子，从后窗偷看看。[1]

除了大舅、二舅，木心还有一个“家庭教师”，他的名字叫托马斯·哈代。木心说，从哈代那里，他学会了写作上的一个重要秘诀：“多记印象，少谈主见。”当然，也会发生变化，有些他会一生跟定，比如尼采；有些要换，从一家转到另一家，还有干脆要抛弃的，如罗曼·罗兰、高尔基、纪德等。木心小结道：“有终生之师，有嫡亲的，也有旁系、过房。父母不能太多的——找到了，经细翻家谱，一再研究，一接接触。”与此相关联，作家在精神、心灵、艺术等方面易受影响，这无须讳言，也用不着担心。木心认为，受了影响而能卓然独立的，便是天才；过去未受影响，现在接受影响亦为时不晚，且坦言他自己模仿塞尚10年，与纪德交往20年，信服尼采30年，爱陀思妥耶夫斯基40年，死心塌地，结果便是，“慢慢地建立了自己”[2]。

转益多师，博采众长，最终也成了一家——尽管木心半是玩笑、半是自谦地说，他算得上一个“小艺术家”，毕竟自成一家，有一家之风格、特色：信奉艺术世界的自足和特立，而且视一流的作家为超越时代和地域，与种族及时代无关，具世界性特点；严分雅俗，且“嫉俗如仇，爱雅如命”，整个人都被艺术所占有。

① 木心讲述，陈丹青笔录：《文学回忆录》（下册），广西师范大学出版社，2013年版，第566页。

② 木心讲述，陈丹青笔录：《文学回忆录》（下册），广西师范大学出版社，2013年版，第688页。

三

因而对包括鲁迅在内的中国新文学的成绩，木心的评价就很低：

> 排排我们的情况：从 1891 年到 1991 年，有什么文学？《子夜》？《家》？《金光大道》？《欧阳海之歌》？不能比。比较起来，只有《阿 Q 正传》。可惜质薄量少。
>
> 这一百年是文学的荒年。①

1991 年是木心讲课的那一年，所以他把下限放在本年。否定一百年的文学，绝非小事。木心的理由看似颇为充分，他有两个参照——古典与西方。与之对照的上一个百年是康乾之世，出过《桃花扇》《长生殿》《红楼梦》《儒林外史》等，新文学切断了与古典文学的联系；西方文学又未学到家，则更无可比。先天不足，后天失调，造成了新文学的如此荒年。——就古典文学一面而言，老子、庄子、孔子、孟子、荀子、墨子、韩非子，他们的文章写得多好，奇妙无比，这些文学遗产养育了中国两千多年的文化，但是到了近代，血脉断了，形成了“一个巨大的断层”；而在当代文学家中，几乎没有一个人的创作中能看出古代的影响，“文化大革命”后断尽了②。

木心对包括鲁迅在内的中国现当代文学评价如此之低，其缘故在于，他心中有一个关于文学的最高标准——世界文学的标准。拿此标准扫视一遍 20 世纪中国文学甚至整个古典文学，能上得了水平线的大

① 木心讲述，陈丹青笔录：《文学回忆录》（上册），广西师范大学出版社，2013 年版，第 490 页。
② 木心讲述，陈丹青笔录：《文学回忆录》（上册），广西师范大学出版社，2013 年版，第 160 页。

约不会太多。简单概括木心诊断出来的病因，主要有以下几个方面：

第一，缺少世界性视野，且视野的广度有限：

> 莎士比亚写遍欧洲各国，中国人写不到外国去。莎士比亚心中的人性，是世界性的，中国戏剧家就知道中国人？中国人地方性的局限，在古代是不幸，至今，中国人没有写透外国的。鲁迅几乎不写日本，巴金吃着法国面包来写中国。当代中国人是中国乡巴佬。中国人爱说“守身如玉”，其实是“守身如土”。古代呢，就是三从四德。[①]

木心仍以莎士比亚为标准：其人戏剧“放之四海而皆准”，中国的戏剧作品却放之而不准；莎剧如《罗密欧与朱丽叶》中的对话，是世界上最美的抒情诗，中国的元曲、京剧中的唱词和对白却互不协调。木心以为，根源依旧在于中国作家对人生、对人性的理解，存在着极大的局限。

“鲁迅几乎不写日本”，这只是一个说辞，木心真正想要表达的，也即他对鲁迅颇致不满的是：鲁迅不能像莎士比亚那样写了“人性”就应该是“世界性的”。反过来说，鲁迅笔下的中国人形象及其表现出的“人性”，所缺乏的恰恰就是莎士比亚戏剧表现出来的那种“世界性”。这一批评看起来不存在什么问题，也很有道理。倘若回顾历史，联系鲁迅所处的文学史语境，那么就可以看到，鲁迅早就对当时类似木心提出的质疑和批评作出过回应了。文学要表现普遍的人性，对这一点，鲁迅多次谈到过，他很清楚，态度也很坚决，如：

① 木心讲述，陈丹青笔录：《文学回忆录》（上册），广西师范大学出版社，2013年版，第353页。

我想，普遍，永久，完全，这三件宝贝，自然是了不得的，不过也是作家的棺材钉，会将他钉死。……[1]

文学有普遍性，但有界限；也有较为永久的，但因读者的社会体验而生变化。……一有变化，即非永久，说文学独有仙骨，是做梦的人们的梦话。[2]

而且，人性是永久不变的么？

类人猿，类猿人，原人，古人，今人，未来的人……如果生物真会进化，人性就不能永久不变。……要写永久不变的人性，实在难哪。[3]

鲁迅秉持的是启蒙主义文学观念，他的小说创作，其主旨即是“揭出病苦，引起疗救的注意”，故而小说中所塑造、刻画的人物形象，不仅外貌上有缺陷，内在精神上更多残缺，智力、道德、品性等方面俱欠完善，所以，小说的内在精神即在于“立人”。鲁迅从来就没有刻意地去描画出一个具有永久、普遍“人性”的人物形象。恰恰因为鲁迅不追求普遍、永久，他塑造的那些人物形象才获得了普遍性因素。即以木心视为代表了百年文学成就的《阿Q正传》来说，阿Q形象似乎太中国化了，其实正是这个时时遮掩头上癞疮疤的角色，其“精神胜利法”已经成了一个带有世界性的标志。张梦阳《阿Q新论——阿Q与世界文学中的精神典型问题》有一节“阿Q精神胜利法的普遍性”，

①《鲁迅全集》（第六卷），人民文学出版社，2005年版，第151页。
②《鲁迅全集》（第五卷），人民文学出版社，2005年版，第560页。
③《鲁迅全集》（第三卷），人民文学出版社，2005年版，第581页。

从心理学角度专门探讨了“世界性”因素：

> 鲁迅青年时代就说过一句名言：“根柢在人。”阿Q精神胜利法的根柢就在人本身。毋庸讳言，也无须遮遮掩掩、迂回曲折，阿Q精神胜利法之所以具有世界性的普遍意义，不分阶级，不分民族，不分国界，所有的人都能从阿Q这面镜子中看到自己的影像，从中开出反省之路，就在于它是以人为根柢的，从根柢上反映了人类的一种普遍弱点。

在同一节里，张梦阳按照印度现代著名心理学家S.K曼格尔《变态人格心理分析》中所列出防御机制理论的十二个方面，分析了阿Q的“精神胜利法”，得出结论：

> 阿Q成功地表现了人类易于逃避现实、退入内心、寻求精神胜利的普遍弱点。[①]

阿Q，这个被罗曼·罗兰评价为永存于记忆中的“苦脸”的人物形象，充满了“人性”的和“世界性”的因素。

第二，接受世界文学或西方文学的影响不够、不彻底，只学得了一点皮毛，原因在于心不诚、才不足：

> 一句话：唯有天才才能接受影响（只有健全的胃口才能

① 张梦阳：《阿Q新论——阿Q与世界文学中的精神典型问题》，陕西人民教育出版社，1996年版，第100页。

消化影响）。敦煌、云冈，受到多少外来文化的影响！鲁迅之为鲁迅，他是受益于俄国文学的影响，写好了短篇小说。他的中国古典文学修养也一流。但他接受得有限，成就也有限。

与鲁迅同代的，郁达夫学卢梭，郭沫若学歌德，茅盾学左拉，巴金学罗曼·罗兰——学得怎样？[①]

木心甚至设想，假若从唐宋以后，中国的历史直接进入19世纪，充分接受了世界文学的影响，那么，中国文学史可就有得说了，也一定会很精彩了，可惜的是中间就空掉了这样一大段。拿日本作家来作为一个参照和标准，比如芥川龙之介，在木心心目中，芥川是个“真正全盘接受西方文化的人”，可称得“世界公民”。相比之下，在中国就没有这样的人。

木心所谓“接受得有限”，意指鲁迅只接受了或主要接受了俄国文学。这一论断并不全面。

王瑶《论鲁迅作品与外国文学的关系》论析了鲁迅接受及运用外国文学的历史。王瑶正确地指出，鲁迅接触外国文学是与他“向西方找真理”过程一同开始的。从翻译方面看，鲁迅反对形式主义的模仿，主张不但要输入“新的内容”，也要输入“新的形式”。创作方面，则要“博采众家，取其所长”，在此基础上形成自己独立的风格[②]。茅盾当年曾发表《读〈呐喊〉》一文，称《呐喊》所收十几篇小说“几乎一篇有一篇新形式”[③]，这些新形式的作品给了当时青年作家们以极

① 木心讲述，陈丹青笔录：《文学回忆录》（下册），广西师范大学出版社，2013年版，第687页。
② 王瑶：《鲁迅作品论集》，人民文学出版社，1984年版，第41页、第45页。
③ 李何林编：《鲁迅论》，陕西人民出版社，1984年版，第23页。

大影响，很多人就跟上去学习。

木心可能忘了，鲁迅是中国新文学的开山者，在他之前，文学史上从来就没有过这种形式的作品。鲁迅确乎接受了俄国文学影响，这只是一个方面；鲁迅同时还接受了日本文学和德国文学的影响，都是不争的事实。开拓者的功绩，无论怎样评价、评价多高，都不为过。

第三，木心以为，因为存在诸多缺陷，中国现当代文学“和世界不同步”。木心划分出了一个简洁的文学思潮标准：“前面得有古典浪漫，而后现实写实，才会有唯美象征”，对号入座——鲁迅、茅盾、巴金等人倒是写实，然而，论才，不如陀思妥耶夫斯基、列夫·托尔斯泰，比不过人家；现代文学不会浪漫、唯美，早让唐宋人浪漫、唯美去了，中间虽亦有何其芳、李广田、卞之琳等人实践过，显然不够。再拿俄国文学作为标准来比一比，“中国在世界之外”。

中国现当代文学是不是与世界文学“不同步”，这是一个范围太大的研究领域。仅以鲁迅而言，其实，鲁迅的文学创作不仅有“现实”或现实主义方法，鲁迅同样使用过象征、荒诞，这在《野草》诸篇章中表现得分明。木心说得对，鲁迅受益于俄苏文学并写出极出色的短篇小说。鲁迅给人的印象似乎太专注于俄苏文学，却不能说明鲁迅会无视别国文学。关注程度容或有别，投入精力亦自有侧重，与国外文学或曰世界文学的发展呈“同步”状则为一。鲁迅《“醉眼”中的朦胧》有一段评论西方现代主义的话，可见他对西方最新文艺流派的关注和思考：“弄文艺的人们大抵敏感，时时也感到，而且防着自己的没落，如漂浮在大海里一般，拼命向各处抓攫。二十世纪以来的表现主义，踏踏主义，什么什么主义的此兴彼衰，便是这透露的消息。”[1]《论翻

①《鲁迅全集》（第四卷），人民文学出版社，2005年版，第62-63页。

印木刻》中谈到了立体派、未来主义等流派："但是，假使一定要问：'要使德国板画那类艺术作品搬到中国来，是否能为一般大众的理解呢'？那么，我也可以回答：假使不是立方派，未来派等等的古怪作品，大概该能够理解一点。"[①] 再如《谁在没落》里说到象征主义、构成主义（即结构主义）和写实主义的兴衰，《〈小彼得〉译本序》里说到踏踏主义（即达达主义）等，足可显示出鲁迅对西方文艺思潮特别是现代主义诸流派的发展并不陌生。

李欧梵《铁屋中的呐喊》公允地评价道：

> 所以我觉得鲁迅在三十年代过分吸取新俄文学，而忽略德、法、意、英、美等国的现代文学，是自有其社会和政治的因素的，这代表了他"公"的一在。然而，终其一生，他私下并没有完全排斥西方现代主义，当两者可以结合的时候——如珂勒惠支的版画——他当然大力推崇，但有时候他似乎把公私分开，甚至采取先后两种互相矛盾的态度，对于弗洛伊德、毕亚兹莱、波德莱尔甚至尼采等人，都是如此。如果我们考察鲁迅最有独创性的文学作品，则很容易看得出现代艺术意义的表现……[②]

鲁迅与世界文学同步，这是没有疑问的。夏济安准确地指出了《野草》的现代主义精神，他说，1924—1925年，西方文学世界出现了《荒原》《尤利西斯》《喧哗与骚动》等现代主义作品，《野草》也正是同一

① 《鲁迅全集》（第四卷），人民文学出版社，2005年版，第621页。
② 李欧梵：《铁屋中的呐喊——鲁迅研究》，岳麓书社，1999年版，第258页。

时期出现在中国文学界，表明鲁迅与西方文学大家是同步的。夏济安同时也认为，鲁迅由于“恐惧”且急于摆脱梦，没能继续写下去[①]。

鲁迅始终是木心谈论的对象，对鲁迅的评价，亦为其文学观念的一个基本体现。木心认为，就文学而言，鲁迅是“五四”以来第一人，此评价不可谓不高，然而木心把鲁迅放置在世界文学的范围，把鲁迅与莎士比亚、陀思妥耶夫斯基、列夫·托尔斯泰等并置，以世界性大师的标准来衡量，他对鲁迅就颇致不满了，认为在鲁迅身上存在着某些致命缺点：鲁迅与现实走得太近了，过于注重中国的国民性，纠缠于枝枝节节，导致世界性因素的不足，具体地说，就是“缺乏世界性的艺术观”。木心把艺术家、诗人的悲哀痛苦分为上、下两个层次：

> 艺术家、诗人的悲哀痛苦，分上下两个层次，一个是思想的心灵的层次，对宇宙、世界、人类、人性的绝望，另一个是现实的感觉的层次，是对社会、人际、遭遇的绝望。
>
> 高尔基、鲁迅、罗曼·罗兰，有下面的一个层次，而对上面那个层次（即对宇宙、世界、人类状况、人性本质），未必深思，一旦听到、看到共产主义可以解决社会、生活、人际关系、个人命运，就欣欣然以为有救了。
>
> 所谓一流的大师，上下两个层次同时在怀。莎士比亚只在怀于上面这个层次（也许就是这一层，鲁迅不在乎莎士比亚），尼采也只就上层次而发言（音乐家呢，先天限制他只有上一层次）。回到莱蒙托夫，他不是哲学家，但本能地怀

① 夏济安：《夏济安选集》，辽宁教育出版社，2001年版，第22页。

有上层次的痛苦，又憎恶他所处的那个时代。[①]

鲁迅怀有“下层次”意识，关注点过于集中，尽管他也不乏“上层次”意识，也涉及宇宙、人类、世界、人性等，但在木心看来，仅仅注意到了而“深思”不够、表现不够。表现在创作方面，以杂文为例，讽刺对象即过于具体，范围不大，那种“短兵相接”式的风格，木心总以为那是“报界巨擘”的事，大文学家、思想家实在避让不及时，可以挺身而出，不必过于纠缠，“投一点光辉”即可。先驱——就像灯塔一定要有高度，低于水面则不行。木心说，他阅读鲁迅的杂文甚感痛快，并推测他的学生们读来则“快而不痛”，而对下一代来说，读起来“不痛不快”[②]。讽刺、批判的对象太具体了，后人不了解当时的背景事件，不愿读，亦无心读，这只是一个方面。木心还用一个很高的标准来衡量，大文学家、思想家攻击的对象，一定要是大的、抽象的，才有意义：尼采攻击的是上帝，老子攻击的是宇宙，他们从不针对具体的人和事。木心更进一解，“漫画、杂文，留不下来。音乐不能讽刺任何东西，没有‘他妈的进行曲’。弹一曲琴，能把你的仇敌气死吗？音乐是纯粹的，这是它的弱，也是它的崇高”。木心自己总结了一个艺术原则：“攻大的，不攻小的；攻抽象的，不攻具体的”，打在关键处，树立大的目标[③]。

质言之，鲁迅与现实之间存在着千丝万缕的关系，而且总想着寻

① 木心讲述，陈丹青笔录：《文学回忆录》（下册），广西师范大学出版社，2013 年版，第 637-638 页。
② 木心讲述，陈丹青笔录：《文学回忆录》（下册），广西师范大学出版社，2013 年版，第 619 页。
③ 木心讲述，陈丹青笔录：《文学回忆录》（上册），广西师范大学出版社，2013 年版，第 445 页。

找一种依靠、一种寄托，以为那种“救救孩子”的未来，便是希望，便是一切，结果把精力、精神用在“下层次”上，把生命问题缩小了，与艺术产生了距离，成就便有限。木心特意挑出鲁迅思想经历上的一个实践，即鲁迅曾一度与佛教“触摸”了一下，这原本是一个很好的时机，但是，令人感到惋惜的是，鲁迅又急于离开，去建立一种实在的、有依靠的“人生观”。这说明鲁迅在应该建立他自己的世界观和宇宙观，即思考人的存在、人在世界中的位置、人如何看待世界这些“西方人的大问题”时，不是向前而是向后退缩了。不单鲁迅如此，鲁迅同代人身上均有这样的毛病：

> 中国近代的大思想家，梁启超、康有为、孙中山、陈独秀、蔡元培、瞿秋白、胡适、鲁迅，想的都是如何救中国，中国国民性是什么，等等。但是，战后西方人的大问题——什么是人的存在？人在世界中占何种地位？人应当如何看待世界——这些思想家很少想到。
>
> 鲁迅他们，是从人生观半路杀出来的，世界观不成熟，更没有宇宙观。他们往往容易为政治观说服，拉过去。[①]

这并不意味着木心完全否定了鲁迅。木心始终盯着艺术，他认为艺术具有相应的独立性质，艺术有自身的系统和目的，最不应该把艺术当成某种外在工具。木心对鲁迅多挑剔，可当言及鲁迅写起《朝花夕拾》来，木心便放心地说，“这就好了，是艺术家，一份热发两份光”，

① 木心讲述，陈丹青笔录：《文学回忆录》（下册），广西师范大学出版社，2013年版，第906页。

才真正显示出鲁迅作为一个作家的本色。这里确能表现出木心斩截的文学观，表明他是一个彻底的艺术至上主义者。木心从来不相信文学艺术能够解决社会问题，他以为，想用笔来拯救世人、来改造国民性，一开始就“打错算盘”了。便是鲁迅，当他以文学为改造国民性的手段时，也就意味着会“完全失败”[①]。

木心对鲁迅的认识和评价，与曾经流行的关于鲁迅粘滞于现实因而艺术成就不大的观点相类似，只是态度上更坚定而已。其实，鲁迅生前早已意识到此问题，也早有人以艺术的要求批评过鲁迅。这反而促使鲁迅有意识地突出了这种在他人看来是缺点的一面，在《华盖集》题记中，鲁迅说，他的杂文往往就是“执滞在几件小事情上”，而自己也“偏有执滞于小事情的脾气”。鲁迅何尝不知道创作艺术之可贵，却并不想进入“艺术之宫”，而寄希望于中国的青年，能大胆地对社会现状加以肆无忌惮的批评。《伪自由书》后记中，鲁迅更明确地说，他的杂文就是“对于时局的愤言”；《准风月谈》后记里，鲁迅又说，他的杂文中还反映着“中国的大众的灵魂”。这里面便既有具体的人和事，亦有更久远的艺术形象的刻画；既有具体的人和事，亦有抽象的观念性升华。

木心不满意于鲁迅的，还有一点，他认为鲁迅没有担当起一个批评家的责任：

> “五四”以来，中国够分量的评论家一个也没有啊！出了一个战士，鲁迅先生，出了一个教育家，蔡元培先生。没

① 木心讲述、陈丹青笔录：《文学回忆录》（下册），广西师范大学出版社，2013年版，第667页、第681页。

有评论家，苦在哪里呢？是直到现在，不是谁好谁坏的问题，而是什么是好什么是不好的问题，都没有弄懂。

鲁迅没有担当这些，热心于枝枝节节，说得再好，还是枝枝节节。让鲁迅评论，他也担当不起来。丹麦的勃兰兑斯把近代欧洲文学统统读过，统统来写，写成《十九世纪文学之主潮》套书。鲁迅在文学上缺乏自己的理论，也缺乏世界性的艺术观。说绘画，谈到木刻为止。对音乐，鲁迅从来不谈。[①]

鲁迅不是批评家，他的本业亦非批评，没有写出如勃兰兑斯《十九世纪文学之主潮》一类大部头文学批评著作，原也非多么意外之事。茅盾早期充分展现了一个批评家的才能和职责，他也未能有意识地写出一部有系统性且视野宏阔的文学史。木心说鲁迅缺乏自己的文学理论，这并不正确，任何一个一流的文学家都有自己的文学观念和理论，倘若没有，是称不上一流的。鲁迅“也缺乏世界性的艺术观”，因而影响了他写不出勃兰兑斯式的套作，这才是木心最为不满的。不过，这里也得区别说明。有没有某种观念和写不出，二者间不可画等号。写不出，肯定是有原因的；拿没有写出著作来反证鲁迅缺乏世界性艺术观念，此推论缺少证据。实际上，鲁迅自1926年南下至厦门大学、中山大学，再到上海定居，他的工作计划之一便是完成一部中国文学史。

鲁迅写过《中国小说史略》，系开山之作，此后的小说史著作，绕不过去。写一部中国文学史，这更是鲁迅自《中国小说史略》之后便拟想的著作，也一直在准备着资料，思考着文学史写作方法。1926

① 木心讲述、陈丹青笔录：《文学回忆录》（下册），广西师范大学出版社，2013年版，第738页。

年 11 月 1 日，鲁迅致信许广平，谈到自己的“两年计划”，包括小说写作和文学史写作：

……我自己想，我如写点东西，也许于中国不无小好处，不写也可惜；但如果使我研究一种关于中国文学的事，大概也可以说出一点别人没有见到的话来，所以放下也似乎可惜。[①]

关于中国文学史的写作，定居上海后，鲁迅不时谈起，而且也说到北平图书资料之宜于利用的话。1929—1931 年，鲁迅曾多次谈到文学史写作方法问题，据冯雪峰回忆，“鲁迅先生一向已注意到文艺与时代及社会环境的密切的关系，到这时似乎更觉得非先弄清楚历代的经济、政治和社会生活不可。记得他说过这样的话：‘中国更需要有一部社会史，不过这当然更难。’这时他对于俄国社会史的有价值的著作及西欧的艺术史（如霍善斯坦因等人的著作）都极有兴趣的细阅，我觉得这和他自己准备写文学史不是没有关系的。有时鲁迅先生还批评着他在这之前的介绍的日本板垣鹰穗著的《近代美术史潮论》的观点，也曾谈起他不满意当时出版的中国文学史，如刘大白的著作等。这时他很有即开手写的趋向，因为他曾说：‘或者先写 Sketch，像《魏晋风度及文章与药及酒之关系》那样，一断片一断片的写起来再说……’。但终因为别的在他看来更紧迫的工作所牵制，并没有实现他的夙愿；而且到他逝世前也仍在同样情形下，不克实现他的计划。”[②]

①《鲁迅全集》（第十一卷），人民文学出版社，2005 年版，第 187-188 页。

② 冯雪峰：《鲁迅先生计划而未完成的著作——片断回忆》，《我心中的鲁迅》，湖南人民出版社，1979 年版，第 165 页。

鲁迅说过，他写的文学史，其中会有“别人没有见到的话”，也即发人所未发，属于原创性的因而亦为开创性的论述，惜乎天不假年，后人难得再见了。1936 年时，鲁迅表达过一个愿望，假如自己能再活 10 年，慢慢地写，一年一本，该写的小说可以完成，拟想中的文学史也一定会面世。可惜，数月之后，鲁迅便离世了。

尽管有许多不满，木心对鲁迅的评价依然是非常之高的。他对鲁迅思想及文学的认识，亦别具洞见，不同流俗。

木心曾计划写一篇论文，题目都已拟好了：《鲁迅论》。倘若这篇文章写出来，想来定能贡献出异彩纷呈的观点。然而，斯人已逝，多少卓识新见亦随之而去。

后　记

本书是我多年来学习鲁迅作品的一个小作业。

很早以前就听到过一种说法：鲁迅研究领域已经没有生地、荒地了，后来的研究者只能寻一点“边角料”，在边边角角处捡拾点材料，小打小闹。的确，这一领域内有一批大师、名家，令人钦敬不已；还有不断涌现出来的一批学者，同样令人钦佩。所以，自己从来就没想过、也不敢想能写一本关于鲁迅的书，只把阅读鲁迅当作一项必要的功课。

故而于阅读鲁迅的同时，也时时留心各种研究鲁迅的文字。一路读下来，获益很多。自然也有了一些疑惑，一些不安，逐渐累积起来，总觉得研究论述中的鲁迅形象与实际的鲁迅之间，存在着差距。一个鲁迅，有多副面孔。

歌德曾称“说不尽的莎士比亚”。鲁迅也是说不尽的，但说着说着，会出现一种趋向，把鲁迅说得不像鲁迅了。

胡适于论证古典小说时，提出一种说法，叫“箭垛式的人物”。历史上人们会把种种发明、好事都归到一二名人身上，愈积愈多。但这并不是名人本身所拥有的。鲁迅研究的一种倾向，把不是鲁迅的东西也归放到其名下，好的有，坏的也有。

赫施名著《解释的有效性》区别了“本文含义”与“本文意义”，认为前者是作者真实表达的意涵，是确然、固定的；后者“意义”则会于历史境遇中，发生变化。鲁迅研究所面对的更多即是这种变化过程中的“意义”。

本书内容带有辩驳性质，看上去批评色彩要多一些。如果这也算得上批评，那么，所批评的对象，都是我平时特别喜欢甚至仰慕的鲁迅研究者。

我希望从他们的研究中看到一个亲切的而非令人望而生畏的鲁迅。

女作家吴曙天当年经常出入鲁迅家。有一天，她和两位朋友去看望鲁迅。刚到四川路上，就看见鲁迅很快地走着。几位年轻人望着鲁迅的背影，扯开嗓子大声喊叫。鲁迅显出没有听见的样子，一个劲儿地向前走。他们一直追赶到家门口，吴曙天说：“我叫你好几声，你都听不见！”鲁迅转过身，向着来时的路大声地“噢！噢！”，连着叫了几声，然后望着他们，意思是说：你们刚才叫了几声，我补应几声，怎么样？

这才是我心中所愿、充满人情味的鲁迅形象。

经过院学术委员会审核以及科研处工作人员的辛勤劳动，本书得以列入院文库丛书，在此一并表示真诚谢意。